講談社文庫

リベンジ・ホテル

江上 剛

講談社

目次

リベンジ・ホテル

第一章　ようこそ、ホテル・ビクトリアパレスへ

1

こういう気持ちをセンチメンタルというのかなぁ。引き返すならまだ間に合うかもしれないぞ。後悔、先に立たずというではないか。これでいいのか、花森心平《はなもりしんぺい》！

電車の窓からだんだんと遠くなっていく都心の高層ビル群を眺めながら心平は、自分に問いかけていた。

電車は、東京都心から出発して郊外にあるH市駅に向かっていた。都心の駅では、体が押し潰されるほど込み合っていた電車も、駅を通過する度に人が少なくなり、今では、窓から差し込む春の日差しが、車内を明るく、暖かく満たしている。車両には心平の外に、数人の客がいるだけだ。うつらうつらと船を漕いでいる者や携帯電話を覗き込んでいる者など、ほっこりと暖かい日差しのせいで弛緩《しかん》した車内、その中で一人心平だけが憂鬱《ゆううつ》そうな顔をしていた。

窓から見える景色は、低い屋根の家ばかりになった。それらを囲む木々が緑の葉を茂らせている。どうして人は、家の周囲を木で囲むのだろうか？　原始の昔に、森に住んでいた名残《なごり》なのだろうか。家と家との間には、いろいろな種類の野菜を植えた畑が見える。どの畑もさほど広くない。いずれは住宅地に変貌を遂げてしまうのだろう。

遠くに目を転じると、山々が見える。春霞《はるがすみ》に稜線《りょうせん》が滲《にじ》んでいる。まるで淡い紺色の絵具を流したようだ。電車は、一路、その山々に向かって進んで行く。東京郊外とは言うものの、田舎という言葉の方がしっくりとくる景色だ。人々の息が吹きかかるほど込み合い、体を密着し、お互いの体温や体臭を感じ、睨《にら》み合い、いがみ合い、せめぎ合っていた大都会が、たった一時間ほど電車に乗っただけで、なんと遠くに去ってしまったことか。

誰も、彼もいなくなれ！　と込み合った電車の中で、何度も無言で呪文を唱えたものだ。しかしそれも今となっては懐かしい。

まもなく電車は、H市駅に着くだろう。そこには心平が就職するホテルがある。今日は、四月一日。入社式だ。心平のスーツからは、下ろしたての匂いがする。スーツの量販店に行き、バイトで貯めた資金でなんとか買ったものだ。

心平は迷っていた。いくら就職が厳しくてもこれでよかったのかという思いが募《つの》って仕方がない。都心が遠くなるにつれ、引き返したいという思いが強くなる。

2

心平の最初のミスは、幕張メッセで開催された就活《しゅうかつ》フェアだ。

ここ数年、大学生の就職難が続いている。特に心平たちの卒業年度はひどい状態で内定率が六十パーセントにも満たない。理由はいろいろ言われている。私立大学が増え、それに合わせて大学生の数が増えたものの、企業の採用数は増えていない、グローバル化で企業は、日本人学生だけではなく外国人学生を多く採用し始めた等々。

心平は、真面目に就職活動に取り組んだ。幾つもの会社に面接してくれるように、インターネットを通じて申し込んだ。その数は百や二百ではきかない。途中から数えるのを止めてしまったが、自分のインターネットはどこにも通じていないのではないかと真剣に悩んだ。実際、どこにも通じていなかったのだろう。四年生になってからも内定を出す会社はなかった。

心平が通う東西大学は、場所こそ新宿にあるが、有名大学ではない。大きな声で言うことではないが、二流と三流の間くらいだ。その程度の大学にも、内定を幾つも獲得する学生がいる。キャンパスの真ん中を堂々と歩いている奴がそうだ。

「おい、心平、まだ決まんないのかよ」

内定が決まった奴が、これ見よがしに話しかけてくる。今にも笑いがこぼれそうで、嬉しくてたまらないという顔だ。

「まだだよ」

「要領が悪いんじゃねえの。なんでもいいから、べんちゃら言えばいいのさ」

「俺は、お前みたいに口が上手くないからな」

精一杯の皮肉を込めて言う。奴は、そんなこと、まったく意にかいさない。

「お前、なんとなく自信なさげに見えるんだよな。俺みたいにさ、頭、空っぽでも、言うことに中身なくてもさ、とにかく威勢よくやるんだよ。それで向こうも、ヨシ、行くかって思うんだよ。お前もさ、ぶっちゃけ、見かけだけでも威勢よくやればいいじゃん」

当たっている。心平は、ずしっときた。なぜだかなにをやっても自信がない。はるか田舎から東京に出て来て以来、なんとなく劣等感を抱き続けているからだろう。

「留年しようかな」

心平は言った。

「なに、しょうもないことを言っているんだ。留年したって、ろくなことはないぞ。とにかくどこでもいいから潜り込めばいいじゃん。じゃあな。幸運を祈るぜ」

奴は、軍人みたいに敬礼をすると、再びキャンパスの真ん中を歩き始めた。

惨《みじ》めだな。心平は、奴の後ろ姿を見ながら思った。

奴と自分との違いはなんだろうか。どんなに考えても特段の違いを見つけることは出来ない。強いて言えば自信のある、なしか。それが表情となって、心平の顔を覆い尽くしているのだろう。

なんとかしなくてはならないと焦る気持ちで、就活フェアにやってきた。広い会場に学生があふれかえっている。まるで蜜にたかる蟻みたいだ。誰もが一様に黒いスーツ姿。一人くらい白がいてもいいのにと思うけれど、そんな学生は皆無だ。かくいう心平も、黒のスーツを着用している。髪型もきれいに整えているので、このままでサラリーマンですと言っても通用するだろう。

それにしてもまだこれだけの数の学生が就職先を見つけられないでいるのかと思うと、そら恐ろしくなり、いよいよ自信がなくなってくる。こんなに多くのライバルがいるのではたいした特徴もない自分を雇ってくれる所などあるはずがない。そう思うと、落ち込むばかりで、顔つきは以前にも増して暗くなり、歩き方までうつむき気味になる。

世界は、自分を必要としていない。俺の存在意義はなんだ？　なんのために生まれてきたのだ？　生まれてきたのが間違いなのか？

心平は、本来、思春期に経験するべき自己のアイデンティティに対する疑問に今ごろ直面し、痛切に悩んでいた。

周りの学生は、就職が決まっていない割には、元気だ。少なくとも心平にはそう見える。明るい表情で、仲間とおしゃべりしながらいろいろなブースに顔を出している。まるで市場で屋台や小さな店を覗きこむような調子だ。確かにフェアと銘打っているから、市場には違いない。学生を買う市場？　いや、そうではない。優秀な学生を求める企業を、学生が選ぶ市場なのだ。選ぶのは、こっちだと気持ちを取り直して、周囲を眺めてみる。

すると、ぽつんと薄暗いブースが目に入った。空気が薄いのか、重いのか分からないが、なにかが淀んでいる感じがする。勢いがない。学生は、その雰囲気を感じているのか、誰も近寄ろうとしていない。そこには真面目そうなスーツ姿の男性が一人で座っている。ホテルという文字が見える。

ホテルか……？

　心平はなぜだかそのブースに足を向けていた。魅力を感じていたのではない。同病、相憐《あいあわ》れむとでも言うのか、自分と同じように存在感が薄い、自信が感じられないことに敏感に反応してしまったに違いない。

　ブースの前に立った。男性と正面から向かい合った。自分の周囲から音が消えた。光も消え、自分と相手の男性だけになった。彼が、自分を見て、にこやかに笑った。そしておもむろに右手をテーブルの上に差しだした。

　俺を誘っている……。

「ようこそ、ホテル・ビクトリアパレスへ」

　男性は、優しい声で言った。

　心平は、催眠術にでもかけられたように前に進んだ。そして男性の前に用意された椅子に座った。

「あの……、募集しているんですよね」

　心平は、当然のことを聞いた。就活フェアに出展しているのだから、学生を募集しているのは当たり前だ。

「募集していますよ。でも本当のことを言うと、期待以上の応募はしてくれませんがね」

男性は、情けなさそうに苦笑した。

応募者少なし。心平の心がざわざわと騒いだ。

「ホテルなんですね」

「ホテルです。総合的なホテルです。宴会から、結婚式から、宿泊からなんでもあります」

「ホテルって、楽しいですか？　あっ、だめだ。こんなことを聞いちゃ採用されませんね。実は、ホテルには関心がなくて、一社も回っていないんです」

心平は、焦った。

「正直な方ですね。そういう気持ちはホテルにぴったりです。今まではどんなところを訪問されたのですか」

「○○商社、××電気……」

幾つかの大企業の社名を上げた。二百社以上にエントリーして、ことごとく無視されていることは黙っていた。

「すごいですね。大手ばかりですね。そんな会社に比べるとうちは小さなゴミのようなものです」

男性は、微笑《ほほえ》みを絶やさない。特にゴミと言った時は、白い歯を見せて、笑った。

「そ、そんなことはないです。立派なものじゃないですか？」

心平はパンフレットに掲載されたホテルの写真を指さした。そこには白亜《はくあ》の殿堂が青空に突き刺すようにそびえている。あまりのまぶしさに心平は眼をそむけた。

「申し遅れましたが、私、管理部マネージャーの高島和夫と申します」

男性は名刺を出した。

「私は、東西大学経済学部の花森心平です」

高島は、資料の束をめくり始めた。

「あった、あった」

嬉しそうに笑った。

「なにがあったのですか？」

「花森さんの資料請求の申し込みです。これです」

高島は、プリントアウトされたペーパーを心平の目の前に出した。えっ、と思わず驚きの声を出しそうになるのを、慌てて飲みこみ、心平はまじまじとそのペーパーを見つめた。そこには花森心平と書いてあった。

「資料を請求していただいていたのですね。ホテルに関心がないなんて、嘘ばっかり！」

高島はよほど嬉しかったのか、なれなれしい口調で言った。

覚えていない。ホテル・ビクトリアパレス？　まったく記憶にない。

しかし、ここに自分が入力した個人データがプリントアウトしてあるのを見ると、資料請求の応募をしたことは間違いがないのだろう。そして当然、資料が送られてきているはずだ。何百社も資料請求を出したから、送られてきた資料のうちには、封も開けずに捨ててしまったものもある。いい加減な気持ちで資料だけを請求したものもあるから、封を開けずに捨ててしまったのだろう。

「ああ、そうでした。思い出しました。資料を拝見しました。いいホテルですね。私も泊まりたいなと思いました。ホテルって、ホスピタリティ、もてなしに由来するんでしたね」

心平は、如何《いか》にも浅薄《せんぱく》な知識を絞り出して、べんちゃらを言った。就職活動の勝ち組の友人のアドバイスに従うことにしたのだ。

「よくご存じですね。正確にはホテルは、ラテン語のホスピターレ、旅人を温かくもてなすという意味を持っているんですよ。その歴史は、ローマ帝国時代にさかのぼります。そのころキリスト教の巡礼が盛んになり、その宿が出来始めます。それがホテルの原型ですね」

高島は話し始めた。笑顔を絶やすことはない。

ローマ時代と言われても心平にはピンとこない。紀元前だったか、いつのころなのか、判然としない。しかし、高島の笑顔は、就職活動に疲れた心平の心に、癒《いや》しを与えたことは事実だ。

中肉中背の、ややなで肩の体形。小さめの頭にきちんと整えられた髪型。下がり気味の眉毛に、細い目。どれをとっても威圧感はまったくない。

「何人、募集しているのですか？」

ホテルの歴史よりも現実的なことを聞いた。

「いい人がいれば、若干名というところです」

「私、ホテルに向いているでしょうか？」

ああ、なんて自信のないことを口にしてしまったのか。向いているかどうかと、採用担当者に聞く馬鹿がいるか？　負け犬根性が染みついてしまい、何事にも強気で迫ることが出来ない。

「一目見て、向いていると思いましたよ。第一、名前が良い。花森心平。花の森に心が平和。これって私どものホテルが目指すところです」

パンフレットには、写真の下部に自然溢れるH市に三十年の歴史を誇る癒し系ホテル、それはビクトリアパレスと目立つ字で書いてあった。

「あなたの謙虚なところがいいですね。正直そうで、真面目そうで、お客様を怒らせない方のようです」

高島は、心平を評して言った。それは数多くの会社から見捨てられた自信のなさからくるものだと心平は知っていた。

「正直に言います。私、いろいろな会社を受けていますが、内定がもらえないんです。友人は、自信がないように見えるところが悪いんだと言うのです」

「ホテルはあなたのような方を探しているんです。ホテルは、お客様が主人公です。俺が、俺がというようなタイプではダメです。自分が主人公にならない方がいいのです」

「本当に、私みたいなタイプがいいのですか？」

心平は、信じられない思いがした。もし、高島の目がなければ頰《ほお》をつねったかもしれない。

「花森さん、一緒に私と働きませんか？　これもなにかのご縁です。ぜひ、我がホテルに来てください」

「えっ、それって内定ってことですか？」

「そうです。その通りです」

「こんなに簡単に内定をいただいてもいいんですか？」

「いいんです。いいんです。いい人は、一目で分かります。もうすぐ三月も終わりです。四月からうちに来てください。必ずですよ」

高島は、机に置いた心平の手を握り締めた。

「でもまだ御社の説明を十分に伺っていないのですが」

「我がビクトリアパレスは地域一番の堂々たるホテルです。それで不足ですか？　来ていただけないのですか？」

高島は、笑みを浮かべながらも強い口調で言った。脅迫じみて聞こえる。

「は、はい。分かりました。行きます、行きます」

心平は、慌てて返事をした。ここで高島の機嫌を悪くして、取り消しと言われては元の木阿弥だ。

「それでは入社関係の資料をお渡しいたしますから、出来るだけ早く成績証明書などの必要な書類をホテルに持参してくださいますか。ご連絡くだされば、お待ちしていますから」

心平は、夢のような気持ちになった。決まる時ってこんなに簡単なんだ。ブースを出る時、心平は宙に浮いたような気分になった。どんなホテルかは詳しく知らないが、パンフレットで見る限り、立派なホテルだ。それに地域一番ということは、そこそこの規模に違いない。周りの学生に誰彼となく内定取った、内定取った、と言いたくなるのをぐっと我慢するのが大変だった。我慢すればするほど、笑みがこぼれる。変人に見られるかもしれないと心配になる。心平は、会場の外に出て、誰もいない場所で、やった！　と叫んだ。

3

それから数日後、心平の元に改めて内定の知らせが送られてきた。厳しい就職活動の結果、せっかく内定をもらったのに先方の気が変わっては大変と思い、翌日に卒業見込みと成績証明書を持ってH市駅に行った。その際、この電車に乗ったのだが、その時の記憶はあまりはっきりしない。厳しい就職活動を、やっと終えることが出来たという嬉しさでいっぱいだったのだろう。この浮かれていた自分をいまとなっては叱りつけてやりたい。

ただ、そんな浮かれた気持ちも、H市駅に降り立った時、急に沈んだことだけははっきりと覚えている。

改札を出て駅前の通りを眺めると、人通りが少なく、牛丼屋とドラッグストアの看板だけがやたらと色鮮やかに目に飛び込んできた。駅前の景色を塞いでいるのは、灰色のシートをかけられたビル。取り壊し中だ。かつてはデパートかスーパーマーケットが入居していたのだろう。建て直して、新しいビルになり、再び新しい入居者が入るのだろうか。心平の目には、そうは見えなかった。街には、冷え冷えとした空気が充満していたからだ。ビルが壊された後は、空き地になり、赤さびたトタン塀に囲まれ、雑草が生い茂る姿を容易に想像することが出来た。

心平が内定をもらったホテルの名前は、ホテル・ビクトリアパレス。大事に握りしめたパンフレットには、澄み切った青空を背景に、胸を張り、反《そ》り返るように真っ白なビルがそびえている。ビルにまるで意思があるかのように自信たっぷりの姿だ。パンフレットを一枚めくると、肌もあらわな女性がベッドにうつぶせになり、うっすらと頬を上気させ、大きな目でこちらを見つめている。そこには「あなたに快適な眠りを」というキャッチコピー。ファッションホテルか、ラブホテルみたいだなと心平は恥ずかしくなったが、ホテルの勢いやエネルギーといったものを感じたことは事実だ。

ホテル・ビクトリアパレスは駅に隣接しているが、都心からH市駅に向かう私鉄の経営とはまったく関係ないことはパンフレットにわざわざ書いてあった。

「これがビクトリアパレスなの？」

心平は思わず呟《つぶや》いた。

パンフレットの写真とかなりというか、まったく、イメージが違う。白い建物ではあるが、薄汚れた感じだ。創業三十年と書いてあったから、その間の風雪に耐え抜いた雰囲気が漂っている。それは風格という言葉で表すものではなく、疲れているという表現が相応《ふさわ》しい。ホテル入り口に人はいない。

建物の一階にパン屋が入居している。そこに数人の客が入っている。辛うじてそこだけは活気があるように見えた。

「ホテル・ビクトリアパレスはどこですか？」

ひょっとして間違いではないかと心配になり、心平は駅員に聞いた。

駅員は、白い建物を指差して「あれですよ。あれがビクトリアパレスです」と答えた。

「本当に、あれがホテル・ビクトリアパレスですか？」

「そうですよ。この辺にホテルは、他にはないですからね」

駅員は、わざとらしく微笑んだ。

「地域一番のホテルと言っていたよな。一番ではなく、唯一じゃねえか……」

心平は、ホテルの採用担当者高島和夫の言ったことを、今更ながら十分に理解し、さらにがっくりした。

ホテルの入り口に立った。自動ドアが左右に開くと、そこににこやかな笑顔の高島が立っていた。

「いらっしゃいませ。ホテル・ビクトリアパレスでございます」

「花森心平です」

「よくいらしていただきました。お待ちしていましたよ。さあ、どうぞ」

「あのう……」

心平はパンフレットを広げようとした。

「まあ、どうぞこちらへ。ゆっくり話をしましょう」

高島は、有無を言わせぬ態度で心平の背中を押しながらフロントの前を通り、エレベーターホールに案内した。客はいない。なんとなく暗い。空気が重苦しい気がするのは、客がいないせいだろうか。

高島は心平をエレベーターに乗せ、五階のボタンを押した。ドアが閉まった。

「このビルはね、十階建ですけど複合ビルになっていましてね。フロントが一階で、五階から上が宿泊などのホテルなんです。五階が宴会場やレストランフロアで『なごみ亭』があります。六階から上が宿泊施設、最上階の十階には洋食レストラン『トップオブビクトリア』も併設されています」

高島の説明は淀《よど》みない。

「建物全体がホテルではないんですか」

建物も薄汚れた感じがするし、全部がホテルではないなんてパンフレットに偽りありじゃないか。

内定をもらったことは失敗だったかもしれない。就職が厳しいからといって、安易に応じすぎた。じわじわと不安な気持ちが湧き上がってくる。

しかし、もう手遅れだ。というのは昨日の夜、兵庫の田舎に住む両親に電話をかけ内定の報告をしてしまったのだ。

早まったか、花森心平!

電話には父親が出た。

「内定をもろたで」

「そりゃ、よかったやないか。これで就職できるんやな？」

「四月からは社会人や。ホテル、ホテルや。ビクトリアパレスという大きいホテルやで」

「ホテル？　ああ、旅館か。それはええ、泊まる所に苦労せんでええからな。お前は、末っ子やから、どこかで住まなあかんけど、旅館ならええ」

「旅館やない。ホテルや。一流やで」

あの白亜の殿堂を思い浮かべた。一流といっても、帝国ホテルやホテルオークラほどではないだろうが、父を喜ばすためだったら多少は大げさな表現をしても許されるだろう。なによりも父を喜ばせたことが嬉しかった。

「よかったやないか。一度、泊めてもらわんといかんな」

「泊めてやるで。一流のホテルの一流のホテルマンになって、父ちゃん、母ちゃんを泊めてやるさかいな」

この時、電話の向こうの声が消えた。そして緊張が電話線を伝わって心平にまで伝わってきた。鼻をすする音がする。

「どないしたん？」

「嬉しいんや。お前が、そんなことを言うようになったんかと思うとな。百姓しながら、無理して東京の大学に行かせたのは間違いやなかったわ。おおきに、おおきに。おい、母ちゃん」

父は、受話器を母に渡した。

「心平が、就職きまったようや。旅館、いやホテルや。それも一流や。泊めてやるって」

受話器を受け渡すがちゃがちゃという音が聞こえ、母が電話に出た。

「おめでとう。えらくならんでもええから、真面目にやるんやで」

母は、泣いていた。心平も鼻をぐずらせた。

「就職が決まらんで心配させたな。もう安心してや。早う、一流のホテルマンになって、母ちゃんをふわふわのベッドで寝かせたるさかいな。来年には泊めたるさかいな」

農業で体の節々まで疲れた母の体を羽のようなベッドで優しく包んでやりたい。ホテルとは、おもてなし……。

「真面目に働けよ。真面目に働けば道が拓《ひら》けるさかいな。楽しみにしとる。約束やで。来年やな……」

母が喜びで涙ぐみ、鼻をすする音が、まだ耳に残っている。

「どうしましたか？」

高島が心配そうに声をかけてきた。心平が茫然とした表情をしていたからだろう。

「いえ、まあ、なんでもありません。ところでどこへ行くのですか」

「五階のなごみ亭でコーヒーでもいかがですか。そこで入社の書類をお預りしましょう」

高島は言った。

エレベーターのドアが開くと、レストラン『なごみ亭』の入り口が見えた。客が二、三組入っている。よかった。あまりにも静かだったので一人も客がいないのかと思ったのだ。

心平は、高島が指示するテーブルに座った。

「書類はご持参いただけましたか」

高島は座るなり、すぐに催促した。

「は、はい」

心平はバッグから成績証明書などの書類を提出した。

高島は、書類を受け取ると、心平の前に入社誓約書を広げた。

「さあ、ここにサインをしてください」

なにもかもがスピーディだ。笑顔にも拘《かかわ》らず、高島は強引だ。やや性急過ぎる気がしないでもない。サインをするかどうか、ペンを持つ手が止まる。迷っていた。看板に偽りありだ。別の冷静な心平が、もう少し詳しく話を聞いてからの方がいいと耳元に囁《ささや》きかけてくる。

高島は、じっと心平の手が動くのを見つめている。念力で心平の手を動かし、サインをさせようとしているかのようだ。

両親に一流ホテルと言ってしまったことを激しく後悔した。とても一流とは言えない。ホテルのホの字も知らない心平であっても、このホテルは、ビクトリアパレスという名前に絶対に負けている。

心平は、迷っていた。しかし高島の心平を逃がさないという強い思いが伝わり、徐々にそんなに評価してくれているのかと嬉しくなってきたのも事実だ。

「さあ、花森さん、サインをお願いします。一緒に働きましょう」

高島が促す。

心平は、もうこれ以上、引き延ばしは無理だ。なんとかなるさ、と諦めに似た気持ちで、花森心平と誓約書にサインをした。

高島が、すばやく書類を奪い取った。

「あのう、社長さんにお会いできるのでしょうか？」

心平は聞いた。

「ええ、社長といいますか、オーナーはいずれご紹介します。新入社員を採用するようにとおっしゃったのはオーナーのご指示ですからね。花森さんの入社を非常に楽しみにされています」

「責任者は、高島さんでしょうか？」

「私は、管理部のマネージャーに過ぎません。ホテルは支配人が責任者なのですが、今は不在です。花森さんの入社されるころには、新しい支配人が来られることになっています」

「はあ、支配人さんが新しく来られるのですか？」

「ええ、ごらんの通り、この街は非常に寂《さび》れていますでしょう。かつては木材の集配地として栄えたのだそうです。現オーナーの先祖もそのころ大儲けをし、それを元手にしてこのホテルを造ったそうです。フランスにビクトリアパレスというとても素敵なホテルがあるそうですが、それを目指されたといいます。しかし、近年の不況で、街が寂れてなかなか経営が難しくなり新しい支配人を連れて来ることになったと聞いています」

高島はどんな話をする時も、笑顔のままだ。これは驚きだが、職業病の一種だろうか。

「ここは経営が順調ではないのですか」

聞いてないよ、という思いが表情に出た。

「そうなんです」

高島は初めて笑顔から、固い表情になり、眉根を寄せた。

「ではどうして新入社員なんか雇うのですか？　経営が悪くなれば、リストラするんじゃないですか」

心平は、自分を指差した。なぜ、自分を採用したのか、その考えを聞きたい。

高島は、再び笑顔に戻った。その時、ウエイトレスがコーヒーを運んできた。心平は、ちらりと見た。ふっくらとやわらかそうな頰、つぶらな瞳、ちょっと可愛い。

「ありがとうございます」

心平は礼を言った。ウエイトレスは、微笑み、小さく会釈をして去って行った。あの娘は、社員だろうか？　アルバイトだろうか？

「普通は、リストラしますよね。私たちの処遇だって心配なんですから。前の支配人は、さっさと転職していなくなってしまいましたしね。ところがオーナーは、新しい血を入れねばならないと言われましてね。新人を獲れと命じたわけです。この就職難だから、良い学生が獲得できるはずだと思われたのでしょう。新人は、経営に勢いをつけてくれるカンフル剤になりますからね。ところが最近の学生さんは、会社のことを良く調べていますね。感心しました。こんなに就職難だというのに、このホテルに関心を示す人がなかなかいないんですよ。参りましたね。あのブースにぽつんと座っているのはかなり苦痛でした」

「私は感心しない学生……」

心平は、心が折れるような気がしてきた。

「そう言うつもりで申し上げたのではありません。花森さんが、私の前に立たれた時は、まるで天使が舞い降りたような、そう、運命を感じましたね。この人を採用しなければ、私の役目は果たせないと確信しました」

高島は、細い目を見開いて、おおげさに言った。

天使？　なんやそれ？　高島が座るブースだけが、学生で溢れかえり、喧噪の真っただ中で静まり返っていた。まるで宇宙のブラックホールだった。それに吸い込まれるように、いつの間にか足が向いていた。今から思うと、自分の心の絶望と、高島の絶望が呼応したのかもしれない。それを運命と言えば、言えるのだろうか。

心平は、がっくりと肩を落とした。運命などという高尚な出会いではない。きっと誰も採用出来なければ、高島はオーナーから叱責《しっせき》を受けるのだ。それでふらふらと迷い込んできた自分を絡《から》め取り、逃がさないように急いで内定を出したのだ。道理で手続きを急いだはずだ。誰でも良かったのだ。暗闇に蜘蛛《くも》が巣を張っていたら、のんきな蛾が絡まってきたというのが、適切だろう。

「もっと大きな、一流ホテルだと思っていました。まさか経営難だと……」

心平は、消え入るように言った。

「がっかりされるのも分かります。しかし、花森さん。このホテルはこの街になくてはならないものだと思っています。駅前は寂れてしまいました。このホテルがなくなると、もっと寂れます。それでオーナーが頑張ってなんとかしようと思われたのです。あなたが一流のホテルにしてください。私は、これでも管理部で人事を担当しています。私の目に狂いはありません。あなたはホテルマンになる素質があります」

高島は唾を飛ばした。

「誰でもよかったんじゃないんですか」

なんだか上滑《うわすべ》りなことを言われているような気がしたのだ。

「そんなことはありません。確かに正式に応募する人は、あなた以外には誰もいませんでした。しかし、だからと言って誰でも採用していいということにはなりません。花森さん、当ホテルには、あなたが必要なのです」と、高島は、心平の手を握り、「ようこそ、ホテル・ビクトリアパレスへ」と満面の笑みを浮かべた。

もう卒業まで多くの日数は残っていない。今から別の就職先を探そうとしても見つかる当てもない。それに一旦、あれほど喜んで内定を受けてしまうと、新しい先を見つけようという気力は失せてしまう。

そして、もう一つ重要なことがある。田舎で自分の行く末を心配している両親にこれ以上心配をかけられないということだ。今さら、就職しないとは言えない。それに母に来年にはホテルのふわふわのベッドに寝させてやるんだと約束した。これを反故《ほご》にするほど親不孝な息子になりたくはない。高島の手は意外なほど温かい。もう一度、高島の顔を見つめる。悪い人ではないようだ。一緒に働くのもいいだろう。もういいや。

「よろしくお願いします」

心平は、高島の手を握り返した。

「花森君、今日から、仲間ですからね」

高島が、語気強く言い、再び心平の手を握り締めた。


帰りがけ、心平は、もう一度、ホテル・ビクトリアパレスを振り返った。四月からこのホテルが自分の働く場所になるんだと思うと、不思議な気がする。人生には、何千、何万という分岐点がある。その都度人はどの道を進むかを選択する。しかし、どれだけの人がそれが重要な選択であると意識しているだろうか。

仕方がないよな。ここしか採用してくれなかったんだもの。心平は、心の中に呟いた。

4

それからわずか数週間。入社式である今日を迎えたのだ。憂鬱な気持ちの心平を乗せた電車がH市駅に近づいていく。

高島に入社の誓約書を渡してからも、やっぱりあんな寂れたホテルに就職するのは嫌だという思いが残っていた。割り切りはいい方だと思っていたが、そうではないようだ。初めて社会人になるのにスタートダッシュで躓《つまず》くような会社に入りたくない。高島が、あの日、せめてオーナーに会わせてくれれば、こんな不安な気持ちも、少しは解消されたかもしれないが、どういうわけか会わせてくれなかった。他の社員も紹介してくれない。なんだか紹介を嫌がっているような気配さえあった。その辺りの怪しさが、入社したくないという気持ちに拍車をかけている。

両親に電話をして、もっとちゃんとしたところに就職するから留年させてくれと頼もうと思った。しかし、それは無理な相談だと分かっている。田舎で、土にまみれながら、たいした収入もないのに仕送りを続けてくれた両親にこれ以上、無理を強いるわけにはいかない。卒業は絶対なのだ。ところが日本の会社組織は、卒業すると、一度も会社に勤めたことがなくとも新卒扱いではなくなる。既卒となる。こうなると、今以上に就職が厳しくなる。なぜかというと、新卒しか採用しない会社が多いからだ。既卒となると、どこかで経験を積み、その経験を評価して採用するということになり、どこにも就職せずに卒業してしまったら、ものすごく不利になる。はっきり言ってどこも相手にしてくれない。こうなるとフリーターで一生を送ることになり、ネットカフェで眠り、年末には派遣村でボランティアの炊き出しの世話になる暮らしになってしまう。これでは苦労して大学に進ませてくれた両親に申し訳ない。

ぐずぐず悩んでいたら、結局、大学を卒業してしまい、ホテル・ビクトリアパレスに向かうために電車に乗ってしまったというわけだ。

真面目にやれよ、真面目にやれば道が拓けると母は言った。真面目に働いても、一向に道が拓けなかった母だが、それでも真面目が一番と考えている。

ホテル・ビクトリアパレスは一流ではない。郊外の街の、今にも潰れそうな小さなホテルだ。それを一流と両親に嘘をついてしまった。このことは悔やんでも悔やみきれない。両親の事だから、村の人や親戚に、心平が東京の一流ホテルに勤めることになったと話してしまっているだろう。今さら、フリーターをやっているとは言えない。覚悟を決めねばなるまい。それに一年後に両親をホテルに招かねばならない。真面目一筋の両親は、そのことを励みにして農作業に耐えていくだろう。

いずれにしても、とにかく社会に飛び出し、そこでいろいろと経験すれば道が拓けるかもしれない。そう思うしかない。

窓の外には田園が広がっている。並木というほどではないがポツリ、ポツリとピンク色の丸い木が見える。桜が咲いているのだ。春だ。なにもかもが新しくなる春だ。ぐずぐず言っていても時は過ぎて行く。だったら前向きにやったらどうだと、あの桜の花は冬籠《ふゆごも》り状態の精神に元気をくれる。

「H市駅、H市駅」

車内アナウンスが聞こえてきた。

「着いてしもた。しゃあない。行くか！　やるしかないっ！」

心平は、拳《こぶし》を握りしめ、ホームに降りた。なにはともあれ新しい人生への一歩だ。

駅の改札を出て、牛丼屋やドラッグストアのある通りを歩き、ホテル・ビクトリアパレスの入り口に立った。自動ドアが開いた。おかしい。誰もいない。高島の笑顔があるはずだと思っていたのに、拍子抜けだ。

フロントに人がいる。心平は近づいて行った。

「いらっしゃいませ」

フロント係は言った。紺のスーツ姿だが、制服のような気もする。

「あのぉ、管理部マネージャーの高島和夫さんはおられませんか。私、今日からお世話になる、花森心平ですが」

「それではこの宿泊カードにご記入ください」

フロント係はにこやかにカードを出した。

「あっ、あの、違うんです。今日から、ここで働くことになった花森心平です。それで高島さんを訪ねて来ました」

心平は慌てて否定した。

「新人さん？」

フロント係は、驚いた顔で心平をまじまじと見つめた。そして笑いだした。周りに人がいないからよかったが、ホテルのフロント係が声をあげて、笑うところなど見たことがない。

「うちが新入社員を採用するんだ。驚いたね。それに入ってくる奴がいるんだ。よっぽど就職先がないんだな。失礼。僕は営業部員の木村透《とおる》です。入社五年目です」

フロント係は、自分の名前を名乗り、胸につけた名札を見せた。そこには木村と書いてあった。

すらりと背が高く、目鼻立ちも整っていた。やや冷たい印象を与えるかもしれないが、ホテルマンとして客には好印象を与えるだろう。

「花森心平です。東西大学を卒業しました。今日、四月一日が入社式だと伺っていたものですから」

「まったくの新卒なの？　ホテルは経験なし？」

「はい、ありません」

「ホテル学科出身だとか？」

「いえ、経済学部です。でも勉強はあまりしてません」

心平は、申し訳なさそうに小さく頭を下げた。

「そうだろうね。ここに入って来るようじゃ、まあ、勉強していないだろうね。でも珍しいな。うちみたいな中堅ホテルは経験者しか採用しないはずなのに、まったくのトーシロー を採用するなんてね」

木村は皮肉ではなく、素直な笑顔を浮かべた。その割には言葉遣いがぞんざいだ。こんなことでいいのだろうか。ホテル・ビクトリアパレスに対する心平の印象は、また悪化した。

「それで高島さんはいらっしゃるのですか？」

「待って、管理部にいると思うから、連絡するね」

木村は、受話器を取りあげた。誰かと話していたが、受話器を置き、「五階に上がってください。高島さんは管理部にいるってさ。エレベーターを降りて、『なごみ亭』というレストランの反対側に事務所と書いてあるプレートがあるから。その指示に従えば、管理部に行けるよ。しっかりね」と言った。

心平は、怒りを覚えていた。入社式だというのに誰も待っていない。採用担当の高島もいない。いったいどういうわけだ。自分のことを歓迎していないのか。子供のころ、良い成績を取って、母親に見せようと一目散に帰宅したら、誰もいなかった時の気分に似ている。こんな扱いあり？　釣った魚に餌はやらないとでもいうのだろうか。

五階に着いた。入社手続きをした際に高島にコーヒーをごちそうしてもらったレストランが目の前にある。木村は反対側と言った。心平は、レストランに背を向けると、事務所と行き先を示す矢印が書かれたプレートの指示に従って歩き出した。

ひとこと文句を言わなくちゃと思い、やや大股で歩いて行く。せっかく来てやったのにという気持ちだ。就職活動で、散々、無視され続け、自信をなくしたところに、このホテルは救いの神だった。多少薄汚れて、くたびれた感じがするけど、それは許してやろうと思っていた。それなのに裏切られた気持ちだ。話によっては許せなくなるかもしれない。

事務所というプレートが見えた。これはドア？　壁じゃないか？　壁とドアが一体になっている。壁の中に部屋があるのだろうか。ドアノブがある。心平は、おそるおそるそれを握り、ドアを開けた。

中は意外と広い。数十人の人が働いている。普通の企業のオフィスフロアと同じだ。壁に向かってパソコンが何台か置かれ、何人もの女性が、耳にイヤホンをつけ、指は休みなくキーボードを操作している。男性もいる。電話をかけたり、書類を睨んでいたり、中には雑誌を読んでいる人もいる。

壁の中にこんな別の世界が開けていたことに心平は驚いた。ホテルの中の空気は淀んだように重苦しいのに、ここはそれに比べると活気がある。高島の姿は見えない。

「あのぉ」

心平は、気圧《けお》されてしまい、小声で近くにいた女性に声をかけた。

「ああ、いらっしゃいませ」

女性は、机に向かって書類を作成していたが、立ち上がって心平に向き直った。

「花森心平といいます。高島さんはいらっしゃいませんか。今日、入社式のはずなんですが」

女性のアイシャドーでくっきりと縁取りされた目で見つめられると心平は気後れし、声がか細くなった。

「入社式？　ああ、そうだった。大変、大変、今日だったわね。あなたが新人なの？　花森君？　そうなのね。ごめんなさい。すっかり忘れていたわ」

女性は、慌てふためいた。

「高島さんはいらっしゃるのですか」

心平は、女性の慌てぶりを見て、少し強気になった。

「さっきまで席にいたんだけど。オーナーに呼ばれたのかしら？　私は管理部リーダーの塩谷《しおや》郁恵《いくえ》。よろしくお願いね」

郁恵は、胸を突きだし、名札を指差した。

リーダーというくらいだから偉いのだろう。先ほどはアイシャドーしか目に入らなかったが、色白ではっきりとした顔立ちだ。美人の範疇《はんちゅう》に入るだろう。化粧が濃いせいか、年齢は分からないが、四十歳過ぎくらいか。

「私、どうすればいいんでしょうか」

「ごめんなさいね。ここ何年も新人を採用していないものだから、すっかり要領得なくてね。大丈夫、ちゃんと聞いているから。皆さん！　ちょっと、ちょっと、手を休めてこっちを向いてください」

郁恵は、両手を高く上げ、パンパンと音を立てて叩いた。仕事をしていた人が一斉に郁恵に視線を集めた。

「こちらは今年入社する……、ええっと？」

郁恵が心平を見た。

「花森心平です」

むっとして答えた。

「ありがと。花森心平君です。皆さん、可愛がってあげてね」

「可愛がるのは、イクちゃんだろう。また餌食《えじき》にするな」

部屋の奥でふんぞり返って椅子に座っている男性がからかった。

「いやだぁ、営業部長、変なことを言わないでください」

郁恵が、腰にしなを作って、甘い声で言った。笑い声があちこちで起きた。

「挨拶、お願いね」

郁恵は、心平の背中を押し、前に出させた。

「ここで、挨拶するんですか」

心平は、突然のことに戸惑った。

「あなた一人しか新入社員はいないんだから、当然でしょ」

「入社式は？」

「そんなのないわよ。後で書類上げるから。制服やバッジもね」

郁恵はウインクした。そのウインクにはなんの意味があるんだろう。よく分からないが、業績が悪化している割には、緊張感がない会社だ。

心平は、自分に視線が集まっているのをひりひりと感じた。腰を伸ばし、胸を張った。

「おはようございます。花森心平といいます。東西大学経済学部を卒業しました。出身は兵庫県です。趣味は野球とランニングです。ええと、他には……」

「恋人はいるの？」

郁恵が聞いた。

心平の顔が火照《ほて》った。

「い、いません」

心平は、どぎまぎして答えた。

「ホテルに志望した動機は、なんだよ？」

営業部長と言われた人が大声で言った。

「はあ、動機と言われましても」

心平は困った。ここしか内定をくれなかったとは言えない。そんなことを答えようものなら、この先、ずっと馬鹿にされてしまうかもしれない。

父母の顔が浮かんだ。

「田舎で、毎日、田畑を耕している両親に、一度、ホテルに泊めてやりたいと思ったのです。ふわふわのベッドで休ませてやりたいんです。それで選びました」

心平は、真面目な表情で言った。

「いい話だが、臭いな。ここしか内定しなかったんじゃないか。だったとしても縁があった以上は、真面目に働けよ」

営業部長が声を張り上げた。図星だ。心平は、カーッと顔が熱くなるのを感じた。

「気にしないでね。大沢さん、悪い人じゃないから」

郁恵が言った。営業部長は大沢というらしい。心平は、うつむき、まともに顔を上げられなかった。

入社式もない。歓迎するどころか、からかうなんてどういう料簡《りょうけん》の職場だ。

「これから花森君をよろしくね」

郁恵が言うと、それを合図に、みんな自分の仕事に戻った。

「さあ、ここに座ってちょうだい」

郁恵は、自分の机の前にパイプ椅子を運んできた。

「これが入社式ですか？」

「まあ、そんなところね。気にいらないの」

不満そうに口をつきだす心平を見て、郁恵がほほ笑んだ。

「だって僕は、今日、社会人のスタートなんですよ。その日くらい、入社式で社長から挨拶してもらって、おめでとうって言ってもらいたいです」

「まあ、いろいろあってもいいんじゃないの。不景気だしね。うちのホテルに新人が入るなんて、誰も考えていなかったから驚いてるのよ。でも嬉しいわ。小さな希望が灯《とも》ったって感じね。いつ、ここは終わるんだろう？　ビクトリア王朝に終わりがくるのかって話題ばかりだったから」

郁恵の顔が陰った。

「経営状態はそれほど悪いんですか？　高島さんもおっしゃっていましたが」

心平は、暗い気持ちになった。

「大丈夫だと思うけどね。けっしていいとは言えない。そんなこと、新人は気にしなくていいの。おいおい分かることだから。それよりこれが入社の書類。後で書いて私に出してね。私、総務も兼ねてるから。それからこれが社員証。これなくすと、懲罰だから気をつけてね。それからっと」と郁恵は、机の横から紙袋を取り出し、「これは制服ね。汚れたらホテルで洗濯できるからね。上下、二セットあるから。黒に近い紺だから、このまま外出してもおかしくないわ。ネクタイは自分の好みで選んでね」と心平に渡した。「着替えは、ここの奥に男子ロッカー室があるから、そこで着替えて来て。私物もそのロッカーにしまってちょうだい。着替えたら、もう一度、私のところに来て。社内を案内するから。ああ、それから近所に社員寮として借りているアパートがあるから、今週末にはそこに引っ越ししてね」

郁恵は、部屋の奥を指差した。早くロッカーに行けというのだろう。

なんだか慌ただしい。あまりにもたくさんのことを言われたので、よくわからない。とりあえず心平は言われた通り、紙袋を抱えて立ちあがった。

郁恵が、急に立ちあがった。ものすごく緊張した表情をしている。周りの社員たちも全員が立ちあがり、先ほど心平が入って来た入り口を見ている。誰もが郁恵と同じように緊張している。中には金縛りにあったかのように体が固まっている社員もいる。あの大沢とかいう営業部長も腹を引っ込めて立っている。誰かが入ってくるらしい。

「花森君、荷物、下ろして、気をつけの姿勢」

郁恵は、視線を入り口にくぎ付けにしたまま言った。

「誰か来るのですか？」

「オーナーよ。オーナーの神崎惣太郎《かんざきそうたろう》。このH市の財閥よ。私たちの生殺与奪《せいさつよだつ》の権を握っている人物」

郁恵はひそやかに言った。

言われた通り、心平は紙袋を床に下ろし、姿勢を正した。

高島が腰をかがめて入って来た。腰が悪いのではない。背の低い人をエスコートする風なのだ。車輪が見えた。えっ、車椅子。心平は目を見張った。車椅子の車輪の全体がゆっくりと姿を現してくる。スーツの足、続いてやや出っ張った腹、そして車椅子に乗った男が姿を現した。ダルマみたいだと思った。禿《は》げあがった額《ひたい》、太い眉、何もかも見抜いてやるぞという強い意志を訴えるような目、厚い唇。見るからに威圧感がある。

「足が悪いのですか」

「しっ」

郁恵はしゃべるなと指を口に当てた。

「すみません」

心平は、ふたたび姿勢を正した。その時、背中に電流のようなしびれが走った。

「きれいな人だなぁ」

神崎の車椅子を押す女性がいた。その女性は、すらりと背が高く、白いスーツ姿で、ウエーブのかかった艶《つや》やかな黒髪、ふくよかで白い顔、黒く、穢《けが》れのない瞳、赤い唇、女優でいえば沢尻エリカに似ている。

タイプなのだ。気丈そうで、ちょっと生意気に見えるのを意識するように唇を突き出している。年齢は、心平より上に見えるが、どうだろうか？

「あのきれいな人は誰ですか？」

しゃべるなと言われていたにも拘らず、心平は口を開いてしまった。

郁恵が眉間《みけん》に皺《しわ》を寄せ、「オーナーの孫娘、神崎希よ。希望の希でマレと読むのよ」

マレ、希望の希。僕の希望……。

「よしっ」

心平は、小声で言い、腹に力を入れた。

「なに？　力《りき》んでんのよ」

郁恵が怪訝《けげん》な表情で心平を一瞥《いちべつ》した。

「なんでもありません」

心平は、笑みを浮かべて答えた。このホテルを選んで良かったと初めて思った。一生、勤めるぞ。その目には、希しか見えていなかった。

父親にも母親にもいいホテルに入社したと連絡しよう。

高島に先導され、神崎の車椅子が室内に入り、心平の前で止まった。神崎の後ろには希がいる。深く息を吸えば、彼女の香りで肺の中がいっぱいになりそうだ。

神崎が心平に手を伸ばしてきた。心平は、なにをしていいか分からなかった。

「握手、握手」

高島が小声で言った。

心平は、我に返り、体を低くして、手を伸ばし、神崎の手を握った。体の割に、肉厚で大きな手だ。力は強い。

神崎の大きな目が心平を捉えた。射《い》すくめられるようだ。神崎が心平の手を大きく上下に振る。

「ようこそ、ホテル・ビクトリアパレスへ」

神崎の野太い声が事務所内に響いた。

一斉に拍手が沸き起こった。希もにこやかに微笑み、拍手をしている。心平は、体の芯が燃えるように熱くなってきた。

「ようこそ、ホテル・ビクトリアパレスへ」

もう一度、神崎が言った。拍手がさらに大きくなった。

「よろしくおねがいします」

心平は、大きな声で言った。最高の入社式だ。

第二章　お客様に選ばれる人になりましょう

1

郁恵が、腕組みをして心平を睨《にら》みつけるように見ている。

心平は、緊張で体を固めている。先ほどから気をつけの姿勢を続けているが、だんだんと疲れてきた。

「ねえ、どう思う？」

郁恵が、テーブルに肘《ひじ》をついて大儀そうにしている木村に聞いた。

「いいんじゃないの、そんな程度で」

「どうも変なのよね。なんだかしっくりこないわね」

郁恵は、納得できない顔をしている。

「ちょっと疲れてきました」

心平は情けない声を出した。

制服として貸与されたスーツを着て、身だしなみのチェックを受けている。昨日、入社式とも言えないような簡単な儀式を終え、今日から研修だ。研修担当は郁恵と木村だ。

研修場所は五階にある、だだっぴろい宴会場。白いクロスがかけられた丸いテーブルが幾つも並べられ、そこに心平と郁恵と木村の三人だけがいるのは、なんとも寒々しい。

「ねえ、こんな広い宴会場を使っていていいんですか?」

心平は聞いた。研修をしていて、突然、「さあ、宴会が始まるぞ、出て行け」と言われても困ってしまう。

「大丈夫よ。宴会、入っていないから」

郁恵がちょっと投げやりに言った。

「ハッ、ハッ、ハッ」

木村が、気の抜けた笑いを発した。歯の間から空気が抜けている。

「なに笑っているのよ」

「だって、ここんところずっと宴会なんか入っていませんよ。景気悪いからな」

「いつか入ってくるわよ。あまり暗いこと言わないで」

郁恵が睨んだ。

経営が良くないと聞いているが、宴会が入っていないというのは、相当、悪いってことなのではないか。詳しいことを聞いてみたい。

「あのう……」

心平が質問をしようとした時、やにわに郁恵が厳しい顔で心平に近づいてきた。心平のネクタイを摑《つか》むと、ぐいっと締め上げた。

「く、苦しいです」

心平は、顎を上げた。

「ホテルマンは、身だしなみが命なんだから。これで少しは良くなったかな。どう木村君？」

「花森君、ネクタイなんか、あんまり締めたことないんでしょう。仕方ないっすよ」

「木村君、そのなになにっすよ、というのを止めなさい。ホテルマンは言葉遣いが命よ」

「はい、はい、分かりましたぁ」

木村は、相変わらず肘をついたままだ。

「もういいですか？」

心平は言った。

「じゃあ、休めっ」

郁恵が命じた。

心平は、近くにあった椅子に腰かけようとした。

「そこに座るんじゃない。椅子に座るなんて十年、早い！　足を広げて休めの姿勢を取るだけよ」

郁恵の厳しい声が飛んだ。

「すみません」

心平は、慌てて立ちあがり、休めの姿勢をした。

「襟の埃、ズボンの折り目、ワイシャツのそで口、ネームプレートの曲がり、そして靴」

郁恵は、心平の靴を指差した。

心平は、思わずつま先立ちになった。

「靴の汚れは心の汚れ、足元見られてホイサッサ」

「なんですか。ホイサッサって？」

「適当に言ったのよ。足元を見られるっていうでしょう？」

「人の弱みにつけ込む意味ですか」

「そうよ、よく知っているじゃないの。靴が汚れているとね、客につけ込まれるのよ」

「塩谷さん、それって昔の駕籠《かご》かきや旅籠《はたご》が客の弱みにつけこむって意味ですよ。今風に言えば、例えば満室を理由にしてホテル料金をボルとかなんですかね」

木村が笑った。

「うるさいわね。とにかく靴の汚れはダメなの。分かった？」

「分かりました。毎日、磨きます」

心平は、再び気をつけの姿勢に直った。

「次に、お辞儀の仕方を、木村君、お願い」

「はいはい、お辞儀ね」

木村は、面倒くさそうに立ちあがった。

「あなたはフロント担当なんだから、プロのお辞儀を見せてあげて」

郁恵に促されて、木村が心平の目の前に立った。なんとなくいい加減な雰囲気を漂わせているが、背筋を伸ばすと、凜々《りり》しく見える。

「お辞儀は、先手必勝。お客様を見たらお辞儀をすることだよ。これが会釈《えしやく》」

木村の肩から力が抜けた。すっと背筋を伸ばすと、手を体側につけ、上体を前に倒した。そしてほんの一秒も静止するかしないかで上体を起こした。

練達《れんたつ》の剣士のようだ。

「分かった？　今のが会釈。上体を倒す角度は十五度。手は、体側、このズボンの縫い目につけておくこと。やってみて」

心平は、見よう見まねでやってみた。

「うーん、腰が伸びていないわね。それに顎を上げるんじゃないわよ」

郁恵が、心平の顎を掴んで、下に引いた。

「最敬礼は、四十五度に曲げる。これも腰を伸ばすんだよ」

木村は、深く上体を折った。スマートで美しい。

心平もまねてみたが、意外と難しい。背中が丸くなったり、顎が上がったりする。

郁恵が、容赦なく心平の腰を押したり、顎を押さえたりする。

「あなた、体、固いわね。よく練習しておいてね。ホテルマンは、お客様を見かけたら、さっと」と郁恵は、体を脇に寄せるようにして「こうやって通り道を開け、お辞儀をしなけりゃだめなのよ」と両手を体の前で揃える形で上体を折り曲げた。

男性と女性のお辞儀スタイルは違うのだ。

「はい」

心平は、腰を拳《こぶし》で叩いた。普段使っていない筋肉を使ったのだろうか、痺《しび》れているような感覚が残っている。

「次にいきましょうか。次は、うちの組織などね」

郁恵がホワイトボードを運んできた。

「木村君、説明して」

「私がですか？」

「そうよ、嫌なの。あなたはホテルの現場も良く知っているし、ホテル学校の出身じゃないの」

「へえ、木村さんはホテルの学校を出ているんですか」

心平は、木村を見直した。

「劣等生だね。だからこんな場末のホテルに来ちゃったんだ。夢は都心の大型ホテル勤務だったんだけどなぁ」

「ぐずぐず言わないの」

郁恵が叱った。

「では、花森君、こっちを向いてください」

ホワイトボードの前に立った木村が言う。

「座っていいですか」

「どうぞ」

心平は、丸テーブルの下から椅子を引き出して、そこに座った。

木村の態度には、どうも熱意が感じられない。これもホテルの業績がよくないことを物語っているのだろうか。

「ねえ、花森君」

郁恵が呼びかけた。なんだか意地悪な目つきだ。嫌な予感。

「はい、なんでしょうか」

「あなた、ホテルに泊まったことあるの？」

「ありません」

修学旅行も旅館だったし、大学時代の旅行も貧乏旅行で泊まったのもホテルとは言い難い。

「ないの？　ラグジュアリーな都心のホテルは当然として、彼女と、ラブホテルというか、ファッションホテルというか、そういうホテルもないの？」

「あ、ありませんよ。なに、言うんですか」

動揺を顔に出してしまった。

「本当？　正直におっしゃいな」

郁恵が言った。

「ホテルに泊まったこともない奴に、ホテルのことを教えるなんて、難儀やな」

木村が急に関西弁で言った。

「そんなことはどうでもいいじゃないですか」

「さて、質問するよ。スイートルームってのは、甘ーい新婚さんのための部屋なのか、それとも違うのか？　どっちだ！」

木村は、なにを教えたいのだ。単に、おどけているだけなのか。いきなりマジックペンで心平を差した。

「答えるんですか？」

「そう、答えてんか？」

「さすがの僕でも『甘い』って意味でもないし、新婚さんのための部屋でもないことぐらい知ってますよ」

ちょっと憮然《ぶぜん》として答える。

「じゃあ本当の意味は？」

いか。

「えっと、それは……」

心平は言葉に詰まった。縁のない部屋の意味なんて知ってたって仕方がないじゃないか。

「ホテルに泊まったことがないのが丸わかりね」

郁恵が小馬鹿にする。

木村は、ホワイトボードに「ｓｕｉｔｅ」と「ｓｗｅｅｔ」と書き、「ｓｗｅｅｔ」に×印を付けた。

「スイートというのは、ひと続きのという意味で、スイートルームは、リビングルームやキッチンを備えている部屋のことなんだよ。分かった？」

木村は、ホワイトボードにすらすらとスイートルームの平面図を描いた。そしてシングルルームやダブルルームの説明を続けた。

「次は、組織ね」

木村は、またホワイトボードに向き直って支配人、営業部長、管理部長、料飲《りょういん》部長などと記入し、線で結んだ。

「一番偉いのは、支配人だよ。一番下は、スタッフ。花森君はスタッフだな」

木村は、持っていたマジックペンで「スタッフ」のところをコツコツと叩いた。

「あのう……僕も質問してもいいんですか」

「いいよ、質問どうぞ、花森君」

木村はおどけた調子で心平を指した。

「そこに書いてある『支配人』というのはどんな方なのですか？　確か、高島さんは前の支配人は転職されたので、新しい支配人が来るとおっしゃっていましたが、もういらっしゃってるんですよね？　僕は、まだ一番偉い『支配人』にお会いしていないんですけど」

心平の問いに、木村の視線が、郁恵を摑まえた。

「支配人は、いない」

木村が真面目な顔で言った。

「いらっしゃらないんですか。どちらかに出張でもされているのですか。挨拶させていただきたいです」

心平の質問に木村の顔に困惑の表情が浮かんだ。

「どうします？」

木村が郁恵に問いかけた。

まさか、いない、というのは、本当にいないわけじゃないだろう？　支配人というのは一番偉い人だと木村は言った。トップリーダーだ。トップリーダーがいないホテルなんてあるのだろうか？　そんなホテルはいったいどこに行くのだろう。ますます不安が募《つの》ってくる。

「そんなこと気にしないでいいわよ。ねえ、木村君、ロビーウオッチやろうよ」

郁恵が言った。

2

心平は、ホテルのロビーに立っていた。背後のフロントには木村と女性のフロントスタッフがいる。郁恵は、私服に着替え、客のふりをしてロビーのソファに座り、雑誌を読みながら、心平をチェックしている。

ロビーといってもホテル・ビクトリアパレスのは、都心の豪華ホテルとは似ても似つかない。

H市駅に通じる歩道に向かって、ホテルの入り口があり、自動ドアが左右に開く。そこから約十メートルほど歩くとフロント。その間がロビーだ。

豪華なシャンデリアが輝いていたり、真ん中にドーンと、有名なお華の師匠が飾り立てた花があるわけではない。ソファが数ヵ所に置かれ、そのそばに赤系統の明るい色彩の写真を多用したチラシ満載のパンフレット立てが置かれているだけだ。

「トップオブビクトリアで甘い甘い女子会を。フルーツ、スイーツ食べ放題。二九八〇円」

最上階のレストラン、トップオブビクトリアからはH市が一望できる。遠くに秩父《ちちぶ》や奥多摩の山々が見え、それらに囲まれるように市街地が広がっている。思わず深呼吸をしたくなるような景色だ。

「寄って行きませんか？　和食なごみ亭。ちょっと一杯、生ビール、ウインナ、ハム、セット一九八〇円」

とてもホテルのチラシとは思えない。近所の居酒屋並みだ。

郁恵が、チラシを手に取っては所在なげに眺めている。

心平は、ロビーウオッチを命じられている。研修の一つだ。

ロビーに立って、ただひたすらに「いらっしゃいませ」と言い続ける。ロビーで頭を下げ続けるだけの研修の意義を説明してほしいと心平は郁恵に聞いた。

「ホテルはね、最適なおもてなしとサービスを提供して、お客様にお寛《くつろ》ぎいただく場所なのよ。そのためには、花森君がお客様に選ばれる人にならないとダメ。お客様をあなたが選ぶんじゃないの。お客様があなたを選ぶのよ。それをおもてなししながら学ぶのがロビーウオッチ。お客様に選ばれるような人にならなくちゃ、いつまでたってもスタッフどまりで、こき使われるわよ」

郁恵は、黒く、濃く、長いまつ毛をバチバチと動かして、答えた。

「お客様に選ばれる人になれ、ですか。それを学ぶのがロビーウオッチなんですね」

心平は、よく分かったような分からないような気持ちになった。

その時、突然、拍手が起きた。入り口の方向だ。心平が振り向くと、営業部長の大沢弘《ひろし》が笑っていた。

「いやあ、イクちゃん、いやいや、塩谷リーダーの言葉に感動しましたね。お客様に選ばれる人になりましょう、か。すごいね。いいことを言うね。花森君て言ったっけ、初心を忘れちゃいかんよ。お客様に選ばれるにはね、お客様などへの連絡はこまめにすること、お客様の要望の一歩先を実行すること、出来ない理由より出来る理由を考えることが大事だね。説教臭いかな。ロビーウオッチか。私もやったね。腰が痛くなるくらいにお辞儀をしてね。今じゃ、腹が邪魔になってお辞儀もまともに出来やしないけどね」

大沢は、飛び出たお腹を揺らした。

「照れくさいですわ。大沢部長にそんなに褒《ほ》められて」

「本当にいいことを言うなあって感動したんだ。これで花森君がイクちゃんの餌食になるのは間違いないね」

「馬鹿、言わないでください」

郁恵が怒った。

心平は、郁恵を見た。まつ毛がバチバチと動いた。飛んでいる虫を捕食してしまいそうだ。あのまつ毛の餌食にはなりたくない。

「ひどく嬉しそうですね。いいことがあったのですか？」

木村が聞いた。

「分かる？　いや、顔に出るんだね。実は、宴会が取れてね」

「宴会、取れたんですか。久しぶりですね。よかったですね」

「丸友《まるとも》運輸さんの創業記念日のパーティだよ」

大沢は自慢げに言った。

「丸友運輸さんは地元大手企業なのに、ずっと隣町の飛鳥《あすか》ホテルに取られていましたからね。久しぶりの宴会ですね。良かったわ」

「まあね、塩谷リーダー風に言うと、選ばれちゃったわけだね。ねえ、花森君」

大沢は、心平の方を向いた。真面目な顔だ。

「はい」

心平は大沢を見つめた。

「ロビーウオッチでしっかり基本中の基本を学ぶんだよ。お客様に選ばれるってことをね」

大沢は、心平の肩をポンと叩いて歩いて行った。

心平は、大沢の後ろ姿を見つめながら、「お客様に選ばれること」の意味を考えていた。

「さあ、ぼんやりしないでロビーウオッチ、再開！」

郁恵が言った。

3

「いらっしゃいませ」

「いらっしゃいませ」

なんだか、ロック歌手かラッパーになったみたいだな。

かれこれ一時間近くも誰も入ってこない入り口に向かって、頭を振り振り、同じ言葉を繰り返していると、そんな勘違いをしてしまう。外を歩いている人が見ると、首振り人形にしか見えないだろう。

「いらっしゃいませぇ、いらっしゃいませぇ」

いつの間にか、歌を唄うようなリズムに変わってくる。

「おい、こら、唄うんじゃない！」

背後から木村の叱責《しっせき》が飛んだ。振り返ると、木村はカウンターに体を傾《かたむ》けている。叱りつける言葉の割にはどう見ても緊張感がない。

「すみません。つい、その気になっちゃって」

「機械みたいに頭を下げるだけじゃだめだよ。心が籠ってないなぁ」

「でもお客様は誰も来ないじゃないですか」

心平は不平を言った。

「こなくてもいいの。やりなさい」

チラシを見ていた郁恵も目を離して、睨みつける。

「はい、分かりました」

ロビーの並びにベーカリーがある。ベーカリー・ビクトリアだ。ホテルで作ったパンを販売しているが、これがなかなか人気のようだ。ホテル内はがらがらでも、ベーカリーだけはトレイとトングを持った客がうろうろしている。ここにはホテルからも入ることが出来るので、時々自動ドアが開き、人が入って来て、心平はドキリとするのだが、皆、パンを買いに来た人だった。

「パンはこちら？」

頭を下げる心平に聞く。

「はい、どうぞこちらへ」

心平はベーカリーを案内する。本当にホテル目的でやってくる客が少なすぎる。もう一度、木村を見た。相変らず暇そうだ。

心平は、郁恵のところに行き、「塩谷リーダー」と声をかけた。

「なあに」

郁恵は、「蟹食べ放題プラン。三四八〇円。豪快に蟹パーティ。一〇〇〇円プラスで飲み放題」のチラシを眺めていた。

「退屈です。誰も来ません。毎日、こんなですか？」

顔をしかめた。

「ほらほら来られたわよ」

郁恵が入り口の方向に目配《めくば》せをした。恰幅のいい中年の男性が立っている。

「いらっしゃいませ」

心平は、急いで男性に近づき、頭を下げた。

通常のホテルは、客が来ると、ドアマンが車の誘導や荷物の確認などを行い、ホテル内に案内する。続いてベルマンがフロントへと誘導し、客の荷物を客室に運ぶ。フロントでは、レセプション係と呼ばれるスタッフが、レジストレーションカード（顧客カード）の記載を求める。という流れになるのだが、ホテル・ビクトリアパレスではドアマンとベルマンは兼務だ。人員効率を考えてのことだが、さらに、客の荷物を部屋に運ぶ業務も行っていない。客にルームキーを渡して、エレベーターのところまで見送るだけだ。

心平は、挨拶をしたものの、その後が続かない。「いらっしゃいませ」とだけ言い、お辞儀をしなさいとしか研修では教えてもらっていない。

背後に郁恵の視線を感じる。心平がどのように機転を利《き》かすか見ているのだ。

荷物を受け取ってフロントに案内するのか？　どうしよう？　なにをしたらいいんだ。おはようございます、今日は、ご機嫌いかがですか。違う。こんなんじゃない。

頭がぐるぐるする。考えがまとまらない。男性客が目の前で立ち止まっている。表情が固くなっているのが自分でも分かる。

男性客が心平を見つめた。

心平も男性を見つめた。

「ねえ、君、私になにかついているかな。どうして私をそんなに見つめるのかな？」

男性は首を傾げた。心平の体がますます固まっていく。

「小笠原さま、いらっしゃいませ」

木村がフロントカウンターから飛び出してきた。

「おお、こんにちは。どうしたの、この子？」

男性客は、ガチガチになって自分を見つめる心平を指差した。

「申し訳ございません。おい、花森君、シッシッ」

木村は、手で心平を払った。

心平は、我に返り、気をつけをした。

「新入社員の研修でして、申し訳ありません」

「ああ、新人さんなの？」

「はい、そうです。ご迷惑をおかけしました」

木村は頭を下げた。

「どうぞ、こちらへ」

木村は、フロントカウンターに案内した。

失敗した。どうして「どうぞこちらへ」と言えなかったのか。まるで魔法をかけられたかのように固まってしまった。それにしても木村が名前を知っているということは、この男性は常連客なのだろう。

「今回も三日間お泊りですか？」

「ああ、お願いするよ。ゴルフがあるからね」

「羨《うらや》ましいですね。ゴルフ三昧《ざんまい》ですか」

木村がレジストレーションカードに記入を促す。

「いやあ、実際は、疲れるよ。でも日ごろのご褒美《ほうび》だね」

カードに必要事項を記載しながら、口の端に笑みを浮かべた。

ホテルから三十分程度の場所に名門ゴルフ場がいくつもある。男性は、ホテル・ビクトリアパレスに宿泊して、三日間もゴルフ三昧の生活をするらしい。

「花森君、荷物、荷物」

木村が厳しい目で心平を睨んだ。荷物は、客に運んでもらう決まりになっていなかったか。そのように指示されていた心平は、また固まってしまった。今度は、小笠原のキャリーバッグを摑んだまま、体が動かない。

「花森君、さあ、お運びして」

郁恵が横から声をかけた。叱責ではなく優しい。その声を聞いた時、ようやく体が動いた。荷物を運びながら、エレベーターに向かう。

「キー、キー」

木村が、まるで猿の啼《な》き声のように叫ぶ。心平が振り返ると、カード式キーを渡された。小笠原の部屋のキーだ。一〇〇一号。最も見晴らしのいい部屋だ。

「いやぁ、新人さんもなかなか大変だね」

小笠原が笑いながら心平の後に続く。

エレベーターの前に着いた。エレベーターに関して実地訓練を受けなかったが、入社前にもらったテキストで自習したことを必死で思いだした。

〈①エレベーターを待つ間は、降りる人の邪魔にならないように右か左の端で待つこと。〉

心平は、昇降表示機器のある右に立ち、昇りのボタンを押した。エレベーターのドアが開いた。

「どうぞ」

〈②乗る時も、降りる時もお客様を優先すること。〉

「ああ、ありがとう」

小笠原が、ゆったりとエレベーターの中に入った。

「失礼します」

心平は、一礼して続いて中に入り、十階の表示ボタンを押した。

「今年、入社したのかね」

背後から小笠原の声がした。

「はい」

背中を向けたまま答えた。

「就職難だったね。苦労したのだろう？」

動揺する。まさか客から、同情されるとは思わなかった。

「はい。大変でした」

「ここはいいホテルだよ」

「ありがとうございます」

「僕は、ゴルフの時に、必ずここを利用するんだ。僕は、この街の出身でね」

「左様でございましたか」

「三十年前、このホテルは輝いていてね。街のシンボルだった。未来に向かうロケットみたいなものだったんだ。僕は、中学生だった」

心平は、黙って聞いていた。三十年前に中学生だったとすれば、小笠原は、今、四十代前半か。

「父が事業に失敗してね。この街を出て行かざるを得なくなった時、父の友人だったここのオーナーがね、私たち家族をこの最上階のトップオブビクトリアに招待してくれたんだよ」

心平は、小笠原に振り向いて、聞き入っていた。

「そこではね、お寿司やスパゲティやカツやカレーなど、とにかく私たちが喜ぶメニューを並べてくれてね。あれほど美味しいものを未《いま》だかつて食べたことはないよ。それもさ、ちゃんと制服を着たウエイターの人がサービスをしてくれたんだ。私は勿論だけど、父も母も泣きながら食べたなぁ」

「そうですか。そんなことがあったのですか」

ぐっときた。もらい泣きしてしまいそうだ。

「あの時に親切にしてもらったから、私たちは頑張って、復活できたんだ。それ以来必ずここを利用することにしているんだ。私にとってはどんな都心の豪華ホテルより、ここが一番好きなんだ」

「ありがとうございます」

「ホテルはね。ただ泊まるだけじゃないんだよ。そこには客の人生があるんだ。そんな人生を大事にしてくれよ」

小笠原の声が優しく聞こえた。

「はい。頑張ります」

心平が返事をした時、十階に着いた。

「どうぞ」

心平は、小笠原を先に出した。不思議なもので感謝の気持ちを持った途端、自然とお客様を優先する態度に変化していた。

「カードキーをこうやって」とドアノブの上部に設置された差し込み口にカードキーを入れた。

「大丈夫だよ。部屋の使い方は分かっているから。君は真面目みたいだから、いいホテルマンになる。頑張りなさい」

小笠原は、心平から荷物を受け取ると中に入っていった。

「ありがとうございます」

心平は閉じられたドアに向かって深々と頭を下げた。

4

延々と続くロビーウオッチの間、何人かの客がやってきた。その度に、普段はやらないはずのお客様の荷物を部屋まで運ぶというベルマンの役割をやらされた。お陰でエレベーターの乗り方や、部屋への案内の仕方などが体に馴染《なじ》んできた。

「なかなか景色がいいね」と呟く客がいたので、景色を遮《さえぎ》らないように歩かねばならないことを自覚した。木村の言っていた「景色もなにもかも客のもの」の意味が分かった気がする。

さらにいろいろな質問を受けた。お客様は容赦ない。最初は戸惑ったが、徐々になんとかこなせるようになってきた。

「和食を食べたいんだけど」

「五階になごみ亭がございます」

「美味しいかい？」

「ええ、とても」

答えながら、一度は食べておかないといけないなと思って、生ビールセットのチラシを思い出した。あれ？　ウインナとハムって和食なのかな。

「洋食はどこで食べられるのかい？」

「トップオブビクトリアでお召し上がりください。本格的フレンチから街の洋食までご用意がございます」

ここも食べておかねばならない。小笠原が、思い出を語ってくれたから自信をもって勧めることが出来る。

「スイーツもございます」

「まあ、うれしいわ」

同行していた女性客が喜んだ。

「食べ放題かしら？」

「そのようなプランもございます」

ホテル・ビクトリアパレスのレストランは十階のトップオブビクトリアが洋食、五階のなごみ亭が和食の二ヵ所だ。たった六十室のホテルだから大型ホテルのようにレストラン街といって幾つもの店を並べるわけにはいかない。それも器用なことに料理長兼料飲部長《りょういんぶちょう》は一人。すなわち和食も洋食も一人でこなしている。これはすごいことなのではないだろうか。それともいい加減？

でもバリエーションがあるわけではない。ホテルの外には美味しいレストランやラーメン屋などがあるのだろうか。

「お客様から食事のことをよく聞かれるのですが」

郁恵に言った。

「うちのホテルのレストランを紹介しなさい」

郁恵が真面目な顔をして眺めているチラシは「親子プランで楽しい団欒《だんらん》。親子一緒で二九八〇円、なんでも食べ放題、バイキング」だ。郁恵は独身のはずだが。

「このホテルの周辺にある美味しいお店も一緒に紹介したらいいのではないかと思ったのです」

心平は自分のアイデアを言った。

「そんなことをしたらうちのレストランにお客様がこないじゃないの。馬鹿ね」

「でも、お客様によってはラーメンを食べたいとか、中華を食べたいとか。いろいろな要望があるかもしれないです。うちには中華はないですよね」

心平は食い下がった。

「却下！」

郁恵はチラシを丸めて、それを振りまわした。

「ねえ、木村さん、どう思います？」

心平は木村に聞いた。

「いいんじゃない。都内の図書館に行った時さ、コンセルジュの女性が、そんな案内をしてくれたよ。観光地のホテルや旅館でもそういうサービスをしているところがあるらしいよね」

賛成はしてくれたが、協力する気はなさそうだ。

「意欲は買うけど、うちのレストランの売り上げに関係することだから、採用するかどうかは管理部預かりにします」

却下から預かりに変化した。木村が賛成したものだから、郁恵も矛先を緩《ゆる》めざるを得なくなったのだろう。

「検討、よろしくお願いします」

「初日から、いろいろ言うわね」

郁恵は不愉快そうに言った。

「意欲があっていいんじゃないですか。僕も最初はそうだったけど」

木村が薄笑いを浮かべた。

とうとう夜になった。もう深夜の十二時を過ぎた。

心平のロビーウオッチは一日中続いた。長い一日だった。交代制で休日を取得することになっているが、どうなることやら。

しかし、これで終わらないのがホテルマンの仕事だ。二十四時間、ホテルを管理運営しなければならない。夜間は、夜間の支配人が全体を統括し、フロント業務の数人が宿直する。ナイトマネージャーと呼ばれる夜間支配人には、管理部のマネージャー高島が就いた。フロントには、昼間から休まずに木村が業務に当たっている。

「疲れただろう？」

カウンター越しに木村が心平に聞いた。

「大丈夫です。緊張していますから、疲れません」

心平は元気に答えた。

「朝になったら交代が来るからね。もし疲れたら仮眠していいよ」

「木村さんこそお休みください」

「フロントを花森君、君一人に任せられるとでも？」

「まあ、ダメですね」

心平は笑った。

「楽しそうですね。どうですか花森さん」

フロント裏の事務室にいた高島が顔を出した。

「まだ分かりません。でもなかなか奥の深い仕事だなって……」

「初日にそんなことが分かるなんて大したものです。私なんか、客室のトイレ掃除を半年やらされて、もう嫌になって、本気で腐りましたからね」

「トイレ掃除を半年ですか？」

「そうですよ。来る日も来る日もトイレ、トイレ。腐ってしまって、なんだか体まで臭くなってね」

高島が冗談っぽく、目をむいた。

「マネージャー、上手いこといいますね」

木村が手を叩いてはやし立てた。

「半年もトイレ掃除じゃやたまんないっすね」

心平は、思わず気安い言葉が出てしまった。

「花森君も、次の研修メニューはトイレ掃除かもしれませんよ。トイレは、人生、すべての基本ですからね。人間はね、最も汚いところをきれいにすることで立派になるんです。舐《な》めるくらいきれいにしないと失格なんですよ」

高島は真面目な顔で言った。

「勘弁してくださいよ」

心平が大げさにうなだれるとフロントにいる木村が急に姿勢を正した。

「いらっしゃいませ」

ロビーに立っていた心平も、あわてて姿勢を正した。こんな深夜にも客がやってくるのか。がっしりとした体軀《たいく》の三十代くらいの男性。つるりとした品のいい顔立ちだ。

「お泊りでしょうか？」

木村にうながされ、心平が聞いた。とはいえ、こんな深夜に来るんだ。お泊り以外にはない。

男性は、小さく頷《うなず》いた。荷物は鞄《かばん》が一つだけだ。心平が持つほどではないだろう。

フロントに案内すると、木村も高島も緊張している。なにか特別なお客様なのだろうか。男性が記入しているカードをちょっと覗いた。杉村亮一《りょういち》と読める。

心平は、木村からカードキーを受け取った。木村の手が強《こわ》ばっているように見えた。高島も緊張しているのか、体が固まっているようだ。若いのに、相当な人物なのだろうか。

「ご案内いたします」

心平がカードキーを持って歩こうとすると、「案内は結構です」と手を差し出した。男性の手にしては細く柔らかい手だった。カードキーを渡された杉村は、迷うことなくエレベーターに乗り、消えてしまった。

「ほう」

木村と高島が同時に息を吐いた。

「どうしたんですか。お二人とも」

「また来ましたね」

高島が呟《つぶや》くように言った。

「来ましたね」

木村が応じた。

「あの人、大物なんですか？」

心平が聞いた。

「分からないんだ」

木村が首を振った。

「分からないって？　でもお二人とも緊張されていたじゃないですか？」

「緊張もするさ。ここ数ヵ月、毎日、この時間に来るんだぜ。毎日だよ」

木村が首を傾げた。

「そう、毎日ですね。なぜなんでしょうね」

高島も首を傾げた。

「いいお客様じゃないですか？」

「そりゃそうだけど、毎晩、この時間にやって来て朝食だけ食べて帰るんだ。我々と必要以上に話さないし、なんだか気味悪くてさ」

「でもホテル代はちゃんと払ってくれているんでしょう？」

「そりゃそうさ。当たり前だよ」

「毎日、このH市で遅くまで仕事をしているんじゃないですか？」

困ったような顔をした高島が「花森君は分からないだろうけど、ホテルマンを長くやっているとね。なんだか訳ありの客は匂ってくるんですよ。不思議な客だから、よく覚えておいてね。じゃあ、僕は仮眠するから」と言って、フロント裏の仮眠室に消えた。

「いろいろなお客様がおられますね」

「ああ、そんなところが面白くってこの業界に入ったんだけどね」

木村は、フロントカウンターに肘をついた。

「なんだかくたびれていますね」

心平は言った。

「もっと大きなホテルに転職したいと思っているんだ」

「えっ、ここを辞めるんですか」

「まだ決めてはいないよ。そう簡単にはいかないさ」

「ここはそんなにダメなんですか？」

心平は、ゴルフの度に泊まると言っていた昼間の客、小笠原の「いいホテルだよ」の言葉を思い浮かべていた。

「だって街は寂れる一方だろう？　先行き、危ういよね。ホテルマンは、キャリアを積んで転職していくことが多いんだけど、ここじゃいくら働いてもキャリアにならないと思うんだ」

木村は、暗い顔でため息をついた。

「ところで支配人さんはどうなったのですか？」

心平は、ずっと気になっている支配人のことを聞いた。

「支配人？　ああ、そのことね。まだ決まらないんだ」

「では本当にいないんですか？」

「ああ、いないね」

木村は、眠そうだ。

「でも支配人ってホテルのリーダーでしょう？　いないってどういうことですか？」

心平は身を乗り出した。

「まあ、そのうち誰か来るんじゃないかな。うちみたいなホテルの支配人になろうなんて人間は、たいしたことはないだろうけどね」

木村があくびをした。

「研修中の新入社員に言う言葉じゃないですね」

心平もなんだか心が折れそうになった。やっぱりこのホテルはかなり内容が悪いに違いない。父や母に、どう言い訳をしたらいいのだろうか。一年後にこのホテルに宿泊させるという約束は果たせるのだろうか。

「どうしてここに入ったの？」

木村が聞いた。首を左右に曲げ、ぽきぽきと音をたてた。

「正直言って、ここしか採用してくれなかったんです」

「そうだろうな。どうせそんなところだと思ったよ」

「でも田舎にいる父母に立派なホテルに就職出来たから、必ず泊めてやるって約束したんです」

「じゃあ、頑張らないといけないじゃないか」

木村はやっと微笑んだ。

「ええ、そうなんです。頑張らないといけないんです」

心平は自分を奮《ふる》い立たせた。

「ちょっと僕も仮眠していいかな。たぶんもう誰も来ないし、なにもないだろうから、君ひとりでも大丈夫だろう。もしなにかあったら、必ずすぐに起こしてね」

木村も仮眠室に消えた。

「ゆっくりお休みください」

心平は木村を見送った。

木村の態度などを見ていると、がっくりしそうになるが、「よしっ」と、心平は両手で頬を叩いた。

5

ロビーは明るく照らされているが、誰もいないとかえって寒々しい。高島も木村も、今ごろ、ぐっすり眠っているのだろう。心平は、不思議と眠くならなかった。緊張しているからだ。

先ほどから木村が作成してくれた組織図を眺めているのだが、それにしてもこのホテルの役職は兼務が多い。

支配人が、全体のマネージメントを行う責任者。これは誰だか分からない。支配人が管理部長を兼任しているとある。管理部は、人事や経理、総務、資材調達を担当している。営業部は、営業と宿泊に分かれている。営業は、営業企画や販売セールス。宿泊は、フロントや客室リネンの取り換えなどの業務を行う。料飲部というのは、珍しい言い方だけど、食堂や宴会の担当だ。調理を行う調理部と兼務している。

部長以下のマネージャー、リーダー、スタッフにも兼務が多い。効率化しているというよりも業績がよくなくてたくさんの人を雇えないのだろう。

「部長の下には、マネージャー、リーダー、スタッフという資格序列になっているから、真面目に働かないと、いつまでもスタッフどまりでこき使われるって塩谷さんが言っていたな」

郁恵はリーダー、木村もリーダーだ。心平は、急にサラリーマンになった気がした。階段を昇っている自分の姿が浮かんだ。サラリーマンって階段を昇り続ける人のことなのだ。木村が「ここは年功序列だからさ」と、ちょっと投げやりに呟いたのを思いだした。でも実際には、試験があるらしい。「試験五十パーセント、日常の勤務態度五十パーセントで査定して昇格が決まることになっているのよ。しっかりね」と郁恵は言った。心平は、試験には自信がない。今度は憂鬱になってくる。

「お客様に選ばれる人になりましょう、か」

心平は、郁恵が言った言葉を口にした。その時、電話が鳴った。

「はい、フロントです」

受話器を取る。時計を見た。午前二時。電話は一〇〇一号室。小笠原の部屋だ。明日のゴルフに備えて就寝していると思ったのだが、なにかあったのだろうか。

「一〇〇一号の小笠原だけどね。ちょっといいかな」

「いかがされましたか」

「うーん、ちょっとね」

小笠原は用件を言わない。なにか重大なことが起きたのかもしれない。

「すぐに参ります」

心平は受話器を置いた。フロントに誰もいない時間を作って大丈夫だろうか？　迷ったが、少しくらいの時間は大丈夫だろうと、心平はエレベーターに向かった。

小笠原のドアの前に立ち、ノックした。

ドアが開き、「おお、君か」と言い、小笠原が顔を出した。見たところ、具合が悪くなった様子はない。

「いかが、なされましたか？」

「悪いけど、ラーメンが食べたくなったんだ。いや、作れっていうんじゃないよ。カップラーメンでいいんだ。どうしても今日までに片付けなくてはならない仕事があってね。こんな時間までやっていたら、お腹が減ったというわけだよ。明日はゴルフだろう？　まあ、ここから近いけど、少しでも眠りたいから、朝ご飯は食べずに行こうかと思っているのでね。そう思うと急にラーメンがね」

小笠原は申し訳なさそうに言った。

心平は、無理に笑みを作った。どう対処していいか分からない。木村に相談するのが、一番だが、その時、「出来ない理由より出来る理由を考えること」という大沢の言葉が浮かんだ。

「分かりました。カップラーメンですね。コンビニに行って参ります」

「おお、頼めるかね。普通のでいいから。じゃあ、待っているね。早くね」

「承知いたしました」

ドアを閉めた。

コンビニは近所にあったはずだ。急がないといけない。心平は急いでエレベーターに乗った。

一階に着き、エレベーターのドアが開いた。

「馬鹿野郎！」

目の前に木村が立っていた。

心平は、エレベーターの中で直立してしまった。

「どうしてフロントを空にしたんだ！　フロントはホテルの顔だ。最も重要なんだ。それを空にする奴があるか！」

木村はいつものヘラヘラした木村ではない。真剣に怒っていた。

「小笠原さんに呼ばれたものですから」

「言い訳するんじゃない。それなら俺を起こせばいい！」

「すみません。迷ったのですが、よく眠っているだろうと思って……」

「絶対にダメだぞ。もう二度とするな」

木村は荒い息を吐いた。

「ちょっとコンビニに行ってきます。カップラーメンを買わないといけないんです。ほんの少しの間、フロント、お願いします」

心平は木村を押しのけて行こうとした。

「なに？　カップラーメン？　なんだそれ？」

「小笠原さんが食べたいとおっしゃって」

「そんなの断れよ！　このホテルにはカップラーメンの自動販売機はないんだよ」

木村が顔をくしゃくしゃにして怒鳴った。

「コンビニに行けば買えます。行かせてください。すぐ、そこにあります」

「ダメだ。客の小間使いじゃないんだよ、俺たちは。出来ないことは出来ないと言えばいいんだ！」

「すみません。勝手に約束をしてしまいました。今回だけ、許してください。明日のゴルフに備えて、どうしても食べたいと、申し訳ないけどお願い出来るかと……」

心平は訴えた。

「ダメだ。俺が断ってくる。こんな深夜にフロントを呼びつけてカップラーメンを買ってこいなんて、無理な話だ」

木村は、今にもエレベーターに乗り込もうとする。

「止めてください。お願いです」

心平は、木村の制服の裾を摑んだ。

「無理を言う客は、客じゃない。たとえお馴染みの小笠原さんでもだ」

「でもホテルマンは、出来ない理由より出来る理由を考えるのではないのですか？」

心平は言った。

木村の動きが止まった。

「出来ない理由より出来る理由を考えること……、今日、大沢部長が言われたことだな。どんなことをしてもお客様の要望を聞き入れる。絶対にノーと言わない。そう言えば俺だって、二百パーセント、お客様のことを考えていたそんな時代があったなぁ」

木村は、心平に向き直り、ため息をついた。

「行けよ。カップヌードルなら非常用食料にあったと思うけど、コンビニで買うのが早いだろう。買ったら湯も入れて持っていくんだよ」

木村は、財布から千円札を取り出し、「これで買ってこいよ。領収書貰《もら》ってくれ」と言った。

「行ってきます」

心平は、木村から千円札を受け取り、コンビニに走った。外は、真っ暗だった。

6

「ありがとう。無理を言ったね」

翌朝、ゴルフへ向かう小笠原は、晴れやかな顔だった。

「いえ、喜んでいただけただけで幸いです。どうぞいいスコアで回ってください」

心平は、小笠原のゴルフバッグを抱え、笑顔で言った。

「小笠原様、お車が参りました」

木村が一礼をしつつ、言った。

「ありがとう。実はね、今朝二時ごろ、彼にカップヌードルを買って来てくれと頼んだのだよ。どうしても食べたくなってね。申し訳ないとは思ったけど、欲望を抑えられなくてね。そうしたら嫌な顔一つせずに買ってきてくれたんだ。ちゃんとお湯を入れてね。最高に美味しかったよ。お陰で良く眠れた」

　小笠原は愉快そうだ。

　木村は、まるで初めてそのことを聞いたかのように驚いて見せている。

「あのカップラーメンは本当に最高だった。君に話したっけね。昔、ここのレストランで食べた洋食に並ぶほど美味しかった。無理をよく聞いてくれたね。君、名前は？」

「花森心平と申します」

「花森君か、これからもよろしくな」

「はい」

「さあ、お車が待っています。花森君、ゴルフバッグを車に積んで」

　木村が促した。

「絶好のゴルフ日和《びより》だぞ」

　小笠原は嬉しそうに言い、タクシーに乗り込んだ。

「よかったな」

　木村はタクシーを見送りながら、心平の肩を軽く叩いた。

「すみませんでした」

心平は、頭を下げた。

「いや、お前にいい勉強をさせてもらったよ。お客様に選ばれる人になりましょうという言葉を忘れたら、本物のホテルマンじゃないよな」

木村は、快活に笑った。

「今日も、ロビーウオッチですか」

心平が聞いた。

「そうだな。次はトイレ掃除が待っているからな」

木村が笑った。

「えー、嫌だなぁ」

心平の声が、青く澄んだ空に吸い込まれていった。

第三章

ホスピタリティの「八つの心」を持っていますか

1

やっぱりトイレ掃除は避けられないようだ。ロビーウオッチを一週間ほど経験した後、とりあえずということで宿泊部門に配属になった。宿泊には木村が担当しているフロントとハウスキーピングと言われる客室清掃がある。

教育担当の郁恵が、まず心平に命じたのはハウスキーピングだ。

「ホテルはね、部屋を一万円や二万円で販売している仕事なの。お客様が気持ちよくお金を払っていただけるかは、ハウスキーピングにかかっているというわけね。だから心を込めてきれいにするのよ」

郁恵は、言うことがいちいちまともだ。化粧も濃いが、ホテルを愛する気持ちも濃いのだろう。

「腰が入っていないわよ」

後ろから怒鳴られ、ブラシの柄で尻を叩かれた。

「はい」

手に持った雑巾《ぞうきん》で便器の内側を力を込めてこすった。かくしてハウスキーピング研修の一環として心平はトイレ掃除をしている。

心平の尻を叩いたのは、坪井俊子《つぼいとしこ》だ。彼女の後ろでベッドのシーツを取り替えているのはペアを組んでいる平松幸子《ひらまつさちこ》だ。二人とも五十歳を過ぎたおばちゃんだ。坪井は、少し太っていて穏やかそうに見えるが、言葉はベランメエだ。平松は、痩《や》せていて神経質そうに見える。

二人は、ホテル・ビクトリアパレスの社員ではない。ハウスキーピング専門会社に所属する派遣社員だ。ホテルは、客室清掃は社員ではなく専門の会社に委託する。その方がコストが安いのだろう。

しかし、侮《あなど》ってはいけない。この二人はホテル・ビクトリアパレスの客室清掃を手掛けて二十年以上の大ベテランだ。

「トイレには神様が住んでいるんだよ。きれいにすれば、お客様も大喜びなんだからね」

どこかで聞いた歌のような文句を坪井は言い、気楽に心平の尻を叩く。

「痛いですよ」

「文句言うんじゃないの。こうやってみんな一人前になったんだからね。部長の大沢さんだって、私が鍛《きた》えたんだから」

「大沢さんを鍛えたんですか？」

「そうさ、要領の悪い社員だったけど、今じゃ、部長だからね。大したもんだよ」

「へえ、すごいなぁ。坪井さんって……」

いったいいつから働いているというのだろう。まさか創業時からとは言うまい。心平は、手を止めて坪井を見つめた。

「さあ、手が止まっているよ。トイレを汚すのは、あんたら男なんだよ。あんたらは的《まと》を外して、オシッコのぽつぽつを便器や床や壁に飛び散らせるだろう。あれが結晶化して黄ばみや臭いの原因になるんだよ。ちょっと代わってごらん」

坪井は心平をどかせると、持っていた雑巾に洗剤をつけ、丸い体をさらにまるめてトイレのタイルの床を手前から奥へと拭《ふ》き始めた。奥の壁の人の腰から下あたりも念入りに拭いていく。

「この辺りにも飛び散っているんだ。目には見えないが、放っておくと、タイル壁が黄色くなっちまうんだよ」

奥の壁を拭き終ると、側面の壁を手前に拭く。

「乾拭き用の乾いた雑巾！」

坪井が手を出す。

心平は、慌てて新しい雑巾を手渡す。坪井は心平から雑巾を受け取ると、再び床から壁を丁寧に拭いた。そのスピード、鮮やかさは驚くほどだ。プロだなと思わせる。太り気味の坪井の体が、アスリートのように躍動する。するとなんだかくすんでいた個所が、ぱっと明るくなったような気がした。

「すごいですね」

心平は思わず称賛の言葉を洩《も》らした。

「感心ばかりしていないでさ。便座の裏側は、こうやって手を突っ込んで洗うんだ。見えないところに汚れがあるからね」

坪井は、便座の裏側を覗き込むようにして洗った。

「あんたはバスタブを洗いなさい」

心平は柄のついたブラシを持った。

「こら、ダメじゃないか。そんなものでバスタブの汚れが取れるわけがない。雑巾を手にしっかり握って、ぴかぴかにこすってやりなさい。お客様が、バスタブに湯を張り、ゆっくりと体を沈めるだろう。そうすると背中につるつるとしたバスタブが当たる。これは気持ちいいからね」

心平は、ブラシを置いて、雑巾を持った。

「そっちはどうだい？」

坪井が、部屋の中でシーツを取り替えている平松に言った。

「もうすぐすみますよ」

平松が答えた。

平松は坪井に比べて口調が丁寧だ。ゆったりと話すが、手はてきぱきと止まらない。ベッドのシーツなどは目にも留まらぬと言ってもいいほどの速さで取り替えてしまう。

「こっちは新人さん相手だからね。いつもと勝手が違うよ」

また心平は尻を叩かれた。

「もう、止めてくださいよ。一生懸命やっているじゃないですか」

心平は、振り返って文句を言った。

「舐めてみんさい」

坪井がにんまりと口角を引き上げた。悪魔に見えた。

「えっ、なに？　なに？」

心平は、目をしばたたかせた。

「舐めてみんさいと言うちょるのよ」

「坪井さん、どこの生まれですか？」

「とにかく自分で汚れを拭き取ったトイレを舐められんでは一人前になれんのよ」

坪井の目がしっかりと心平を捉えている。

「また、苛《いじ》めているわね」

平松が微笑みながら言った。

「やっぱり、苛めでしょう。舐めるなんて尋常じゃないですよ」

心平は、平松に救いを求めるように言った。

「なにを言っているのよ。見ていなさい」

坪井は便器ににじり寄ると、その中に顔を突っ込んだ。

「えっ、えっ」

心平は、驚いて声にならない。

「横から見ていなさい」

坪井が大きな声で言う。心平はその声に押されて、便器に突っ込んだ坪井の顔を横から覗きこんだ。

坪井は顔を便器に近づけると、舌を伸ばして、ぺろりと舐めた。

本気だ。坪井さんは本気だ。心平は、寒気がした。

「さあ、あんたの番だよ」

坪井が体を起こした。

「やらにゃきゃ男がすたるよ」

便器を指差しながら言う。

「舐めることに意味はないけどね。でもそれくらいきれいにすれば、お客様は喜ぶわね」

平松が後ろから優しい口調だが、追い打ちをかける。

仕方がない。覚悟を決めた。花森心平、便器を舐めさせていただきます！

心平は、便器の前に正座した。両手で便座を抱えるようにして、顔を入れた。まるでゲロを吐くみたいだ。

「えいっ」

心平は、顔を突き出し、舌を伸ばした。舌が、便器の壁面に触れた。ひんやりとしている。なぜだか甘みを感じた。

「ふいっ」

「よしっ」

坪井に思いっきり背中を叩かれ、便器の蓋《ふた》に顔をぶつけそうになった。

「相変わらず厳しくやっているわね、坪井さん」

背後で鈴が鳴るような、なんとも心地よい声がした。

「希《まれ》様！」

坪井が、弾《はず》んだ、大きな声を上げた。

希！　希だって！

心平は振り向いた。バスルームのドアの辺りにまばゆいばかりの光が溢れていた。まぶしくてまともに見つめられない。神様が降臨するとき、光に包まれているというが、今が、その時なのだろう。

2

心平は、呆然とつっ立っていた。両手をだらりと下げ、まるでアホのように口をポカンと開けていた。目はうつろで、なにも考えていないのはその表情からもうかがえるだろう。なにも考えていないと言うより、立ったまま、意識を失っているような心地だった。

希が、自分に近づいてくる。その意思が強そうな黒い瞳に見つめられると、全身が強張《こわば》ってしまう。蜘蛛に小さな羽虫が食われる時は、きっとこんな気持ちなのだろう。

希の顔が、自分の顔のすぐ前まで近づいた。息が顔にかかる。もし、今、自分が良からぬことを考え、顔を前につき出し、唇を尖らせば、希の紅くはち切れそうな唇に触れることが出来るかもしれない。

「ねえ、どうしたの？」

希が、両手で心平の顔をはさむように叩いた。

心平は、驚いて目を見張った。

「あっ！」

思わず声を上げた。

「馬鹿だねぇ。希様に見とれちまっているよ」

坪井が大きな口を開けて笑った。

「本当だわ。おかしな子」

ドアから顔を覗かせた平松も笑っている。

「この人が、新入社員の花森心平さんでしょう?」

希が、自分の名前を言った。入社式とも言えない入社式でオーナーの神崎惣太郎の車椅子を押していた時に会っただけなのに、名前を覚えてくれていたのだ。感激で背筋に電流が走った。

なにか言わなくては。焦ると、口だけがやたらとパクパクしてくる。

「嫌だねぇ、溺《おぼ》れた金魚みたいに口、パクパクだよ。どうしちまったんだろうね」

いきなり、坪井の平手が心平の頬に飛んだ。体がぐらりと揺れた。足を踏み込んで支えた。

「な、なにをするんですか」

心平は、叩かれた頬に手をやり、坪井を睨んだ。

「ぼけーっとしているからよ。希様に挨拶したら」

「坪井さん、いいわよ。挨拶するのは私の方よ。神崎希です。よろしくね」

希は、心平の手をさっと握った。冷たくて柔らかくていい感じだ。心臓が飛び出そうになる。

「花森心平です。よろしくお願いします」

心平は、希の手を強く握り返した。

「痛いわ」

希が顔をしかめた。

「す、すみません」

心平は、慌てて手を放した。

「うん、もう、加減を知らないんだから。最近の若い人は」

坪井がまた笑った。

「研修中だったの？」

「はい、ハウスキーピングの実習中でした。バスルーム、とりわけトイレの掃除を念入りに教えていました。この後はシーツの取り替えなどもやります」

坪井は答えた。

「期待の新人さん、だものね。頑張ってくださいね」

希が微笑んだ。

フランス人形みたいだ。心平は、本気でそう思った。

「は、はい」

心平は、大きな声で返事をし、低頭した。

「さて、希様、何かご用でしょうか？」

坪井が聞いた。

「平松さんも、花森さんも聞いて」

希が真面目な顔になった。

心平は、希の方に一歩近づいた。なにを話すのだろうか。聞き耳を立てる。

「私ね、今度、支配人になることになったの。それで坪井さんと平松さんに挨拶しなくちゃと思って探していたのよ」

茶目っけのある笑みを浮かべた。

希が、支配人になる！　本当かよ！

心平の全身が喜びに震えた。隣を見ると、坪井が急に体を震わせた。なにやら顔をゆがめている。泣きだしそうになるのをこらえているのだ。隣に立っている平松の手を握り締めた。平松もなにかに耐えるように眉間《みけん》に皺《しわ》を寄せている。

「どうされたのですか？　お腹でも痛いのですか？」

心平は、聞いた。

「なに、言っているのよ。希様が支配人になってくださるんだ。嬉しいんだよ」

坪井の目から涙がこぼれた。

「よく決意してくださいました」

平松も感極まった様子で言った。

「新支配人、よろしくお願いします！」

心平は深く低頭した。

3

翌朝七時の事務所には社員やこのホテルで働いている人の大半が集まった。

「皆さん、おはようございます。神崎希です。このたび、当ホテル・ビクトリアパレスの支配人に就任させていただくことになりました。このホテルは、祖父惣太郎が創業して、私の父が経営に当たっておりました。しかし父が急死して以来、再び惣太郎が社長として経営に当たっています。ところが支配人が突然退職するなど経営は安定していません。そこで社長から、お前が支配人をやって建て直せと命じられました。未熟者ですが、よろしくお願いします」

希は、皆の前で深々と頭を下げた。

坪井と平松が、一生懸命拍手をしている。

昨日、希が支配人に就任することがホテル中に広まった。気のせいか、ホテルの壁紙まで明るくなったような気がしたものだ。

「希様が火中《かちゅう》の栗を拾われるんだわ。偉いわね」

坪井は盛んに感心している。

昨日、希は、支配人になることをいち早く坪井と平松に知らせにきた。二人は、そのことにいたく感激していたが、その理由は、二人は希の乳母みたいなものだったというのだ。

希は家庭的には恵まれていない。母親は、彼女の幼いころに亡くなり、父もその後を追うように亡くなった。彼女は、祖父惣太郎に育てられたのだ。そして遊び場が、このホテルだった。

ハウスキーピングをしている坪井と平松のコンビとは、いつしか仲良くなり、まるでままごと遊びのように、坪井たちと一緒にシーツを取り替えたり、掃除をしたりしたのだ。オーナーに叱られますと言ってもきかない。幼いながら、見よう見まねでいつしか一人前にシーツを取り替えた時には、坪井たちは本当に驚いた。坪井たちは幼い希を自分の娘のように可愛いがった。乳母のつもりだったのよねと坪井は平松に言った。平松は、うんうんと何度も頷いていた。

そんな影響もあったのか、大学はホテル学科に入り、アメリカに留学し、ついこの間まで外資系の高級ホテルに勤務していたらしい。

「すごいですね」

心平は、坪井の話に感心した。

「希様は、もう自分がやらねばならないと本気で決意されたんでしょう」

坪井はおかしいほど力を込めて言った。ますます希に憧れを感じた。薄幸の美少女。もう少女ではないかもしれないが、俺は、希を支えるぞという気持ちを強く持った。

「ホテル・ビクトリアパレスは、コミュニティホテルとしてH市の人たちに愛されてきました。しかし、最近の景気の低迷、少子高齢化などの影響を受け、H市の衰退とともに当ホテルの業績も低迷してきました」

希は話す。

「コミュニティホテルって？」

心平は隣の木村に聞いた。

「郊外にあって宴会なども可能な地域の需要に応じたホテルのことだよ。まさにここがそうさ」

木村は小声で答えた。

「しかし、当ホテルは、H市にはなくてはならないものです。当ホテルが元気になれば、H市も元気になるでしょう。そう信じています」

希の声がひと際、強くなった。

「いいことおっしゃいますね。本当にその通りですね」

「そうかな」

木村は首を傾げた。

「なにを言うんですか」

心平は木村の斜《しゃ》に構えた態度が気に喰わない。

「だって、そんなにうちがH市に必要なら、もっと市民の人たちがこのホテルを利用してくれてもいいだろう？　そう思わないか？」

「それは……」

心平は、反論しなかった。確かに木村の言っていることは、正論だ。しかし、どこか違う気もするのだが、言葉にならない。木村には、希が言う言葉が、お嬢様の甘い理想論に聞こえているのだろう。

「でも私たちはホテルとしてお客様に最高のおもてなしをしているでしょうか？　H

市のコミュニティホテルとして市民の人たちに愛されるのは、当然のことと思ってはいないでしょうか。私たちのおもてなしの気持ちが薄れたためにお客様が減ったのではないでしょうか。それはこの街唯一のホテルとしての長年の驕《おご》りがそうさせているのではないでしょうか？」

希は、切々とした口調で訴えかけた。

利用されるように努力しなければならないということだ。木村の言う言葉に釈然としなかったのは、そのことだ。自分たちの努力不足を棚にあげて、市民の利用が少ないことの不平不満を言ってはいけない。

心平は、ちょっと勝ち誇ったように木村を見た。木村は希の言葉にさほど感動していないのか、どんよりとした目で希を見ている。やはり転職を考えているのだろうか。

「いったいお客様は、ホテルのなににお金をお支払いになるのでしょうか。それはホスピタリティです。ホスピタリティというおもてなしにお金をお支払いになるのです。そこで私は皆さんに問いかけたいのです。ホスピタリティの八つの心を持っていますか、と」

希は、集まっている人たち、それぞれを見つめた。心平とも目が合った。ドキリとした。

八つの心?

「八つの心とは、感謝の心、誠実で裏表のない心、思いやりの心、謙虚な心、愛の心、忠誠の心、使命感の心、奉仕の心の八つです。それぞれの心についての説明は皆様へのお手紙という形で一人一人に詳しく書いてお渡ししたいと思いますが、わざわざ当ホテルを選んでくださったお客様へ最大限の感謝を捧げることに尽きるでしょう。この気持ちを持って、私は、皆さんと一緒に当ホテルを運営していきたいと思います。この八つの心を私と皆さんが共有すれば、どこにも負けない素晴らしいホテルになると思います。よろしくお願いします。今日は、早朝からお集まりいただき、ありがとうございました」

希は、再び、深く低頭した。

心平は、思い切り拍手をした。隣の坪井と平松も負けじと拍手をしている。周りにいる人たちも皆、拍手をしている。顔を上げた希が、恥ずかしそうに微笑んだ。心平は、ホテル・ビクトリアパレスの未来が明るく輝いて見えた。一段と叩く手に力を込めた。

4

希の素晴らしい演説で始まった今日も、心平は坪井、平松に従って、ハウスキーピングを行っていた。ホテル・ビクトリアパレスは六階から十階が客室になっている。室数は、シングルルーム四十、ツインルーム二十の六十室だ。

もちろん全部、埋まることなんかない。悪い時は五十パーセントから六十パーセント、平均すると七十パーセント前後だ。ゴルフ客やビジネス客、訳あり客などいろいろだが、他人が使った部屋に入るのは、慣れるまでは嫌な感じだ。だいたい学生時代から今まで、自分の部屋さえ掃除をまともにしたことがないのに他人の部屋を掃除する運命になろうとは思ってもみなかった。

ドアを開けた。なんとも言えない臭いが鼻を突く。汗の臭いなのか、煙草の臭いか、靴下の臭いか、よく分からないが、この世の嫌な臭いを全てごちゃまぜにしてみればこんな臭いになるだろう。

「臭いですね。煙草の臭いもしますね。喫煙可にしているんですか」

心平は、ワゴン車を引いている坪井に言った。

「希様がおっしゃったでしょう。こんなご時世に利用していただくお客様に感謝しましょうね。八つの心よ」

平松が言った。

「そうそう、感謝、感謝。こんな臭いくらいでビビッていたらあかんよ。ウンコをそのままにして帰る客だっているんだからね」

坪井が言った。

「ウ、ウンコ？」

心平は目を剝いた。

「またぁ、坪井さん、花森君を脅かすんだから」

平松が笑った。

「そうですよね。冗談ですよね」

心平は、平松に頰をひきつらせながら同意を求めた。

「うーん、冗談じゃないのよね」

平松の目がマジになった。

「えっ、えっ！　本当なんですか！　嫌だな、まさかこの部屋の中にもあるんじゃないでしょうね」

心平は、恐る恐る中を覗き込んだ。途端に後ろから蹴られた。坪井だ。心平は、部屋の中に倒れ込んだ。

「もう、止めてくださいよ」

「さあ、さっさとやるよ。あんたはゴミを集めて！」

心平は、ビニール袋を広げて、部屋中のゴミ箱のゴミをその中に入れていく。

坪井と平松は、目にも留まらぬ速さでベッドのシーツを剝《は》がしてしまう。その上に皿やコップが乗っていても動くことはないだろうという見事なスピードだ。剝がしたシーツはくるくると小さく丸めてワゴンの中にしまう。

新しいシーツを取り出し、ベッドの上に、全体を覆うように広げると、頭側のシーツをベッドの下に入れ、左右のシーツをそこに折り込んでいく。足元に向かって引っ張ると、シーツの皺が、みるみるうちに消えていく。その上からベッド全体を覆うシーツを直角に折り込む。坪井の丸い体が軽快に動く。まるで弾《はず》んでいるようだ。

その間に平松は枕カバーを取り替えている。そのスピードも尋常ではない。古いカバーを剝ぎ取ると、同時に新しいカバーをかける。

心平は、思わず見とれてしまった。

「手が休んでいるよ」

坪井の叱責が飛んだ。

「あまりに見事なんで。皺を伸ばすんですね」

「違うわよ。教えたでしょう。皺を伸ばすんじゃなくてシーツを引っ張るのよ。こうやってね」

坪井は顔の皮を引っ張った。

「ははははは、その皺は引っ張ってもとれないわね」

平松が笑った。

「ちょっと十円玉、持ってる?」

「十円ですか?」

心平は、財布から十円を取り出し、坪井に渡した。

「見てなさい」

坪井は、シーツの上に十円を落とした。十円は、まるでトランポリンの上に落ちたかと思うほど、弾んだ。

「分かった?」

「えっ、なにがですか?」

「見たでしょう? 十円玉が弾んだのを」

「ええ、それがなにか」

心平は首を傾げた。

「鈍《にぶ》いなぁ。シーツがピシッと張っていなければ、弾まないでしょう？　これがプロの技よ」

坪井は顔をしかめて言った。

納得した。十円玉が弾むのはベッドのスプリングのせいではないのだ。

「お見それしました」

心平は低頭した。

「分かったら、さあ、次やるよ。そっちを持って」

もう一枚のシーツをかける。坪井に命じられ、シーツの足元側を持ち、ベッドの足元の左右二ヵ所にシーツをかける。坪井に命じられ、シーツを折り込み、しっかりと固定した。

次に掛け布団をかけて足元の部分を折り込み、整える。頭側のシーツを掛け布団の方に折りたためば出来上がりだ。

「上手く出来ましたね」

「あんたも早く一人前に出来るようにならないとね。シーツには髪の毛一本、チリひとつ落ちていても失格なんだよ。お客様が気分よく休めるように細心の注意を払うのがハウスキーピングの使命だね」

　坪井が、消臭剤を部屋の中で噴射させる。

「ところで新しい支配人さんはどういう方ですか」

　心平は聞いた。

「希様のこと？　あんたぽうっとなっていたけど、まさか惚《ほ》れたんじゃないだろうね」

　坪井は肘で心平をつついた。

「そ、そんなことないですよ」

　心平は顔を赤らめた。

「希様に取り入ってこのホテルのオーナーになるのもいいかもしれないわね」

　平松が、アメニティのシャンプーなどの小さなボトルを取り替えながら言う。

「もう、からかわないでくださいよ」

「希様は、とても優しい方よ。私たちみたいに下々の者にも親切だしね。立派な支配人になってくださるんじゃない？　でもお優しいからこそ厳しいことが出来るのかなあ」

　坪井が言った。

「ホテルを良くするためには鬼になれないとね」

平松も心配そうな顔だ。

「私たちが盛り上げねばなりませんね。でもみんなにやる気はあるんでしょうか」

木村の顔を思い出した。

「そうね、みんなの心を一つにしなくてはね。さあ、次の部屋に行こうか」

坪井に促され、廊下に出た。ワゴン車の後ろをついて歩く。

それにしてもこのハウスキーピングの仕事はいつまで続くのだろうか。三ヵ月？半年？　たった数日やっただけで、早くもくたびれてしまった。坪井も平松も、これを二十年以上もやっている。仕事の見事さとともに、その無限ともいうべき長い時間に驚いてしまう。

木村は、転職を考えているという。このホテルに未来を感じないからだ。一方、心平は希に期待したいと思っている。しかし、希にどう期待したらいいかは分からない。希は「八つの心」と話していたが、よく考えると当然すぎる話だ。今さら、言われなくてもという気持ちになる。

心平は、希が支配人になった時、猛烈にやる気になったが、それは一時的なこと。毎日、汚れたシーツの取り換えをしているうちに身心がくたびれてしまうのかもしれない。

心平は、制服の袖を鼻に近づけた。なにやら臭う。トイレの臭いや汗臭いシーツの臭いが染み込んでしまったような気がするのだ。その臭いを嗅いでいると、なぜホテルに就職したのだろうかと考え、落ち込んでくる。他に採用してくれる会社がなかったからというのが主な理由だが、それだけでは悲しい。

人と関わり合うのが好きで、サービス業を目指しています云々《うんぬん》。面接では、いろいろなことを言った。あれはまったくその場限りの面接トークだったというのだろうか。本気も少しくらいはあったはずだが、こんな毎日では、だんだん嫌気がさしてくる。早く一人前になって父や母を安心させねばならないのに……。

坪井と平松が次の部屋に入った。心平はふいに後ろを振り向いた。人の気配がしたからだ。

「あっ」

部屋のドアが開き、そこから出てきた人を見て、心平は小さな驚きの声を上げた。急いでワゴン車の後ろに姿を隠した。なぜ隠れたかはよく分からない。咄嗟《とっさ》の判断だった。その人は、硬い表情でワゴン車を見た。そして廊下に誰もいないことを確認し、心平とは反対の方向に姿を消した。

「支配人……」

心平は、希が消えてしまった廊下を見つめていた。

5

「なにやってるんだよ」

坪井が部屋から顔を出して心平を叱った。

「すみません」

心平は、慌てて部屋に入った。

「どうしたの？　ぼんやりしているじゃないの」

平松が聞いた。

「なんでもありません」

希が出てきたのは杉村亮一の部屋だ。チェックインの時に居合わしたから間違いない。フロントの木村が、ここ数ヵ月、同じ時間に泊まりにくる謎めいた若い男だと話していた人物だ。

なにか用事があって呼び出されたのだろうか。それなら支配人がわざわざ行くことはない。トラブルが起き、謝罪したのだろうか。あの硬い表情は、それを窺《うかが》わせるが、なにやら慌ただしげな様子は、普通のトラブルではないように思える。

「もうハウスキーピングに嫌気がさしたの？　我慢が足りないね」

思考に夢中になっていた心平に坪井が眉根を寄せる。

「そんなことはありません」

心平は強く否定した。

「この道は、ホテルマンなら誰でも通る道だからね。しっかりやりやりましょう」

平松が励ました。

「はい、やりますか」

心平は、自分を鼓《こ》舞《ぶ》した。

希を見たことは二人には言わずに、ベッドサイドの片づけを始めた。

書類が置いてある。茶封筒に入っているが、かなり厚い。

「書類がありますよ」

「忘れたんだね。後でフロントに持って行くよ」

坪井はシーツを取り替える手を休めない。

「ここに置いたままでいいですか」

心平は、書類を横目で見る。

「いいさ、そんなことよりこっちを手伝って」

坪井はシーツを広げている。心平は、そのシーツの足元の部分を摑んで引っ張った。しかし、どうも気になって仕方がない。

「東都大学と書いてありますね」

「何に？」

「封筒ですよ」

「そう？」

坪井は関心を示さない。手早くシーツをベッドに折り込んでいく。

「気になるのね」

アメニティを取り替えていた平松が言った。

「ええ、ちょっと」

心平は答えた。

「忘れるくらいだからたいして重要な書類じゃないさ」

坪井はあくまで自分の仕事に集中している。

「フロントに電話したら？　連絡先が分かるかも」

平松がアドバイスする。

「いいですか」

心平は坪井に言った。

「さっさとしなさいよ。ただでさえ遅れ気味なんだからね」

「はい！」

心平は、フロントに電話をかけた。

木村が電話に出た。

「もしもし、花森です」

「ああ、どうしたの？」

「一〇〇三号室のお客様が書類をお忘れになっていまして、どうしようかと思いまして」

「ああ、そう。じゃあ、後でフロントに届けてよ。預かっとく。いずれ連絡があるだろうから」

木村は相変わらずやる気のない返事だ。

「あのう……」

「まだなにかあるの？」

「レジストレーションカードに連絡先が書いてあると思うのですが、教えてくれませんか」

「連絡するの？」

「その方がいいかと思うのですが」

「本人から連絡があるまで待ったらいいじゃん。面倒だよ」

木村の投げやりな態度に、少し腹が立ってくる。

「教えてくれませんか？　私から連絡します」

強く出た。

「しょうがないな。ちょっと待って」と木村は受話器を置いた。しばらくして「言うよ。メモして」

「はい。どうぞ」

木村は、客の名前と都内の住所と電話番号を告げた。名前は末富《すえとみ》五郎。

「どんな人でした？」

「うーん」と木村は記憶を呼び起こすように唸ると、「年齢は六十歳代だね。身長百七十センチ以上。少し太り気味の体形。紳士で学者風、ロマンスグレーで口髭《くちひげ》あり」

さすがにフロントだ。よく記憶している。少し見直した。

「ありがとうございます。連絡してみます」

「面倒なことするなよ」

木村は電話を切った。

「どう、分かった？」

坪井が聞いた。

「はい。すぐに連絡します」

「さっさとしなさいよ。私らは次の部屋に行くから」

坪井と平松は部屋から出て行った。

心平は部屋の受話器を取った。木村に教えてもらった番号にかける。書類に目をやる。気のせいか、早く連絡してくれと言っているように見える。

この住所からすると、自宅だろうか。

「もしもし、末富ですが」

女性が出た。末富夫人かもしれない。本人ではないのに連絡して拙《まず》いことにならないだろうか。末富が、夫人にホテルに泊まることを秘密にしていたらどうなるだろう？　大きなトラブルの種を蒔《ま》くことになる。心平は受話器を静かに下ろし、電話を切った。呼吸を整える。

どうする？　花森心平！

茶封筒を見た。東都大学の住所や電話番号が印刷してある。学者風と木村は話していた。もしかしたら東都大学の教授かもしれない。

心平は、茶封筒に書かれた東都大学の電話番号にかけた。

「こちら東都大学です」

すぐに相手が出た。

「こちらはH市にありますホテル・ビクトリアパレスです。私は客室係の花森心平と申しますが、末富五郎様はいらっしゃるでしょうか？」

今度は堂々と名乗った。

「末富教授ですね。少しお待ちください」

やはり教授だった。

「今日はご出張ですね」

「ぜひご連絡をお取りしたいのですが。急ぎです。申し訳ございません」

少し、間があった。

「では研究室に電話をお回しします。秘書がいますのでそちらとお話しください」

「申し訳ございません」

心平は、心が逸《はや》った。この書類が重要なものであれば末富は、今ごろ慌てているに違いない。ここにあることを早く伝えてあげたい。

「末富研究室の佐瀬《させ》ですが、何か緊急とか？」

女性が出てきた。

「私、H市のホテル・ビクトリアパレスの花森心平と申します。末富先生が書類が入っていると思われる茶封筒を当方にお忘れになっておられます」

「えっ」佐瀬という女性秘書が絶句した。「どうしよう、どうしよう、それ、名古屋の講演資料に違いないわ」

「末富先生とはご連絡が取れますか？」

「昨日、そちらで講演があってそのまま宿泊されて、都内で用事を済まされて、十六時の新幹線で名古屋に行かれるの。どうしよう。今から取りに戻っても間に合わないし。講演先にファクスで送ってもらうと、他の人の目に触れるし……。どうしよう」

佐瀬は途方に暮れている。

心平は時計を見た。今、十四時だ。急げば、十六時の新幹線に間に合う。迷っている暇はない。

「末富先生のお乗りになる新幹線を教えてください」

「あなたどうするの？」

「今、ここを出ればなんとか間に合います。メモしますから、教えてください」

「申し訳ありません。でも助かるわ」

佐瀬は十六時東京発の新幹線の号数と座席番号を言った。

「メモしました。末富先生の携帯電話に、私、花森が伺うと伝言してくださいますか」

心平は、冷静に言った。

「分かったわ。連絡します。もしなにかあったら私に連絡をちょうだいできますか。携帯の番号は……」

心平は携帯電話の番号を控えた。

「ではお届けに参ります」

心平は受話器を置いた。

6

心平は、茶封筒を抱えて電車の中を走りださんばかりだった。

ホテルを飛び出そうとした時、後ろから木村に「どこに行く！」と聞かれた。

「東京駅！」

心平は叫んで駆けだしてしまった。Ｈ市から東京駅までは二回の乗り継ぎをして、約一時間半。

「間に合ってくれよ」

心平は、この時ほど電車が遅いと思ったことはなかった。


「東京、東京」

着いた。電車を飛び出し、階段を駆け降りた。東海道新幹線のホームに向かって走った。

急げ。急げ。腕時計を見た。十五時五十分。新幹線が出発する時間まで後、十分だ。

東海道新幹線の改札に来た。十六時発の新幹線のホーム番号を確認する。十四番ホームだ。間に合う。

改札機にＳｕｉｃａをタッチした。

あれ？　通過出来ない。ああ、新幹線には入場券が必要なのか。

「駅員さん、入場するだけなんです。Ｓｕｉｃａじゃ入れないんですか」

心平は、改札ボックスの駅員の前に立った。汗ばんできた。

「入場券を買ってください」

駅員はすました顔で言う。後ろを振り返る。自動販売機が見える。人が並んでいる。入場券を買っている間に末富を乗せて新幹線が出発するかもしれない。

「すみません。大事な書類を届けねばならないんです。後で必ず精算します」

心平は駅員に頭を下げた。

「困りますね」

駅員は眉根を寄せた。

ぐずぐずしていられない。

「すみません！」

心平は、その駅員にＳｕｉｃａのカードを無理やり押し付けると、改札を突破した。

「君！　君！」

後ろから駅員が叫ぶ。

「ごめんなさい！　すぐに戻って来ます！」

心平は、振り返って走りながら頭を下げた。

階段を駆け上がった。末富は、八号車だ。心平は人をかきわけて走った。息が切れそうになる。汗が噴き出る。八号車の表示が見えた。

初老の男性がドアのところに立っている。口髭がある。しきりに腕時計を見ている。末富に違いない。秘書と連絡が取れたのだ。

「末富先生！」

心平は叫んだ。男の目が心平を捉えた。目に喜びが浮かんだ。

「こっちだ、こっちだ」

手を振っている。心平は倒れこむようにして末富の前に走り込んだ。

「ホテル・ビクトリアパレスの花森です。先生、書類です」

心平は茶封筒を差し出した。

「ありがとう。ありがとう。本当にありがとう」

末富は満面の笑みで、書類を受け取った。

出発のベルが鳴った。

「君の名刺をいただこうか」

末富は自分の名刺を差し出しながら言った。

「お気をつけていってらっしゃいませ」

心平は、自分の名刺を差し出した。

末富は心平の手を固く握って、「本当に助かったよ。ありがとう」と頭を下げた。

ドアが閉まり、新幹線は静かに走りだした。心平は、新幹線が見えなくなるまでその場に立って見送った。

なんとも言えず爽快な気分だった。あの末富の喜んだ顔が、心平の心を弾《はず》ませている。

「さて、駅員さんにとっちめられるな」

心平は、頭をかいた。

7

「うん、もう、なにやったのよ」

郁恵が目を吊り上げている。

「東京駅から苦情がくるなんて前代未聞だよ」

木村が顔をしかめている。

「すみません」

心平は殊勝に頭を下げた。

「だいたい、改札を強引に突破するなんて、下手したら無賃乗車になるじゃないの。Ｓｕｉｃａを渡したからって、どんな事情があろうとも社会人として失格よ」

郁恵がさらに追い打ちをかける。

「すみません。言い訳はしません。緊急だったので、咄嗟に判断しました」

心平はさらに深く低頭する。

末富に書類を届けようとして、新幹線の改札を強引に突破した行為は、駅員をひどく怒らせた。なんとか解放されたものの、ホテルに通報され、教育指導係の郁恵と木村に叱られる始末となったのだ。

事務所の別室で、心平は先ほどから二人に注意をされている。

「だいたいさ。ホテルの忘れものを、本人の新幹線乗車に間に合うように届けること自体が、やり過ぎだよ」

木村は、もうやってられないとでも言いたげだ。

「喜んでいただけました」

「そりゃ、喜んだだろうさ。でもそんなことといちいちやっていたらコストに見合わないだろう」

木村が口をとがらせた。

「そうよ。過ぎたるは及ばざるがごとしっていうでしょう。やり過ぎなのよ」

郁恵も言う。

「気をつけます」

心平はあくまで低姿勢だ。しかし、あの喜んだ末富の顔が忘れられない。書類を無事手渡した瞬間、末富の嬉しさ、感謝の気持ちが心平に生き生きと伝わり、心平の心と体は躍動するかと思うほど喜びに満たされた。心平は、自分の手を見た。末富が握りしめた握手の強さが、まだ残っている。

自分の行為で人が喜んだ。これに勝る喜びはない。

「もうだめよ。そういう勝手なことをしたら。上司の指示を聞かないで、勝手に持ち場を離れたことも問題なのよ。分かる？」

郁恵が言う。

「分かります。すみません」

心平は、また頭を下げた。

コツコツ。誰かがドアをノックしている。

木村がドアを開けた。

「支配人……」

そこに希が立っていた。希の目が心平を捉えた。

「お邪魔してもいいですか？」

「どうぞ、お入りください」

木村が言い、ドアを大きく開けた。心平は緊張した。希はなにをしに来たのだろうか。希には叱られたくないが、立場は支配人だ。管理者の立場として、自分を注意しに来たのだろうか。

「今、花森君を注意していたところです。お聞き及びかもしれませんが、勝手に職場を離れ、東京駅に行き、あろうことか改札を強引に突破し、そのことで駅から苦情が参りました。当ホテルの評判を下げる行為をいたしましたので」

郁恵が状況を説明する。

希は静かに聞いていた。そして心平の前に立った。

「すみませんでした」

心平は、希に低頭した。そして顔を上げた。希が微笑んでいる。

「花森さんは研修中でしたね」

希は微笑んではいるが、口調は固い。やはり注意されるのだ。

「はい。今、ハウスキーピングの研修中です」

「ご指導されている、塩谷リーダー、木村リーダーのお二人には、申し訳ありませんが、今回の件、私は、新入社員さんらしい真っすぐさに目が覚まされました。先日、『八つの心』の話をさせていただきましたが、今回の花森さんの行為は、まさにそれに当たるのではないかと思います」

希は、心平の両手を取った。ああ、なんと柔らかい手なんだろう。心平の心臓が大きく鼓動した。

「今、末富様から感謝のお電話がありました。そのままお伝えしますと、『講演会場の都合でたまたまホテル・ビクトリアパレスに宿泊した。たいしたホテルではないと思っていたが、花森君が私の書類を、息を切らせて届けてくれたのには驚いた。ものすごく感謝している。お陰で名古屋での講演を無事に終えることが出来た。どれだけ感謝してもしきれないほどだ。あなたのホテルのサービスは一流だ。いい社員をお持ちだ。また利用させていただくから、ぜひ花森君に私からの感謝の気持ちを伝えてほしい』とのことでした」

希は静かに言った。

「えー、支配人、今、やり過ぎだって注意していたんですよ」

木村が言った。

「そうです。勝手に行動したことを注意していました」

郁恵も言った。

希は、軽く手を挙げ、二人の言葉を制した。

「お二人が、花森さんの教育にご熱心に取り組んでおられることは承知しております。確かに無断で職場を離れる行為は褒められることではありません。しかし、花森さんの行為は、ホテルというものがどういうものかを気づかせてくれたのではないでしょうか。一見、やり過ぎのようですが、誠実に、感謝の心でお客様に尽くすというのが私たちの役割です。花森さん、ありがとうございました。私は、支配人として歩み始めたばかりです。今回の、あなたの行為は、このホテル・ビクトリアパレスの評価を高めました。みんなが、あなたと同じようにお客様に尽くすようになれば、いいホテルになるでしょう。協力してください」

希は、心平の手を強く握り、頭を下げた。

「支配人……」

心平は感激した。希から協力を求められた。自分の行為が褒められたのだ。人に喜んでもらうこと、とてもシンプルだが、これが働くということかもしれない。

心平は、希の手を強く握り返した。お互いの手を通じて、熱い血潮が音を立てて流れたように感じる。

「ありがとうございます。頑張ります」

心平は言った。

「今回は、支配人に助けられたわね」

郁恵が悔しそうに言う。

「支配人、注意していた私たちの立場はどうなるんですか」

木村が不平を言う。

「注意されながら人は育ちます。でも今回のことは大目に見てあげてください。これから私たちは、とにかくお客様の喜ばれることはなにかを追求していきましょう。前例にとらわれず、謙虚にね。お二人にもご協力をお願いします」

希は郁恵と木村に低頭した。

「しょうがないな。今回は、私たちが花森君に教えられたってことにしておこうか」

「木村さん、これからもいっぱい注意してください」

心平は笑った。

「この野郎！　調子いいぞ」

木村は、心平の頭をつついた。

またドアが開いた。坪井と平松の顔が覗いた。

「花森君、ここにいたの。早くしないと帰れないわよ」

平松が言った。

「ぐずぐずしないで、明日の準備、残ってるんだよ」

坪井が言った。

「もう、いいですか？　支配人？」

「どうぞ、頑張ってね。『八つの心』でね」

「はい。塩谷リーダーや木村リーダーに『八つ当たり』されないように頑張ってきます」

「なんだと！」

「なによ！」

木村と郁恵が同時に声を上げた。二人の顔には笑みが浮かんでいた。

第四章　オンリーワンになろう

1

煙が上がっている。肉が焼ける音が胃袋を激しく揺さぶる。

「もう食べてもいいですか」

心平は箸《はし》を伸ばした。

「ちょっと、いくら若いからって生肉食べるんじゃないよ」

坪井が心平の箸を自分の箸で遮った。箸でチャンバラをしている。

「若いから、食べるのよ」

平松が、坪井の態度を見て苦笑する。

「おごるって言ったら、これだもんね。遠慮っていう言葉は辞書にないのかしらん」

坪井が箸を引っ込めた。瞬時に、心平は、カルビを摘《つ》まんで、タレをたっぷりつけ、口に放り込んだ。ああ、なんとも言えず美味い。甘辛いタレと絡んだ肉汁が、口から溢れだしそうだ。

「ふぐふぐ、ふんまい（うまい）です」

「口に食べ物を入れたまま、喋るんじゃないの。なに言っているのか分からないわよ」

平松が笑いながら注意する。

心平は、仕事を終えた後、ハウスキーピングの坪井と平松に誘われて、駅前の焼肉屋に来ていた。坪井と平松がおごってくれるというので大喜びで誘いに乗った。

「遅いなあ」

坪井が時計を見ながら呟いた。

「誰か来るんですか」

「郁恵ちゃんも呼んでいるんだけどね」

「塩谷リーダーも来るんですか」

心平は、ミノが嚙みきれず、喉に詰まりそうになった。

「嫌かい？」

坪井が、ジョッキのビールをぐいっと飲みながら、ちょっと睨んだ。

「いえ、そんなことはありません。でも仕事モードになっちゃうなと思って……」

「なに言ってるのよ。ホテルマンは二十四時間仕事モードじゃないとだめよ」

坪井がジョッキをテーブルに音を立てて置いた。

「そうね。一流のホテルマンになろうと思ったら、朝起きて、ホテルで適当に働いて、帰りに飲み屋によって愚痴を言いながら、酒を一杯飲んで、帰って寝るなんて生活はだめね」

平松も坪井に同調する。

「僕は、そんなことしませんよ」

カルビを二枚も一度に口に入れた。

「今のうちはね。そのうち慣れてくるとだんだんいい加減になるもんなのよ。ホテルマンはね、コーヒー一杯飲むのもいい店で飲まなけりゃだめよ」

平松が言う。坪井に比べてほっそりとして上品な平松は、ホテルのハウスキーパーのような肉体を酷使する仕事をしているようには見えない。どこか良家の奥さまの空気を漂わせている。

「ほう（どう）してですか？」

心平は、カルビを口に含んだまま、ビールを飲んだ。

「一流のコーヒーを飲まなければ、自分のホテルでお客様に出しているコーヒーが美味しいかどうか分からないでしょう？　ことごと左様に『ここがおかしい、ここを変えたらもっと良くなるんじゃないか』『ここをこう直したら、お客様がもっと喜ぶんじゃないか』といつも考えているくらいじゃないとダメということよ。例えば休みには人気のあるレストランに行ってみて、なぜ人気があるのかを自分なりに研究するとかね」

平松は、ウーロン茶を飲んでいる。酒は苦手のようだ。

心平は、大きく頷いた。いいこと言うじゃないかと納得したのだ。

「平松さん、そんなこと心平君に期待してもダメよ」

坪井が、二杯目のビールを注文した。

「えっ、なんでですか。僕は、いつも平松さんの言うように考えてますよ」

心平はむきになった。ハラミが焼けているが、食べるのをちょっと待った。

「私は、あのホテルで何人もの社員を見てきたし、教育もしてきたけど、ものになった人は少ないね。みんな最初は理想に燃えているんだけど、途中でグダグダになっちまうんだから。木村君もそうだね」

「木村さんもですか」

「私に金を借りるようじゃダメだね。最初はやる気のある若者と思ったんだけどね」

坪井は、心平が焼いていたハラミを摘まんだ。

「あっ、それ」

心平は、声を上げた。

「なに？　ハラミに名前が書いてあるのかい？」

坪井が、きっと睨んだ。

「いえ、なにも……。それより木村さんに金を貸しているんですか？」

「ああ、少しね。もし心平君も急に入《い》り用になったら、融通してやるよ」

坪井はにんまりと笑った。

「坪井さん、あまりそんなこと言っちゃダメですよ」

平松が、やんわりと注意する。

「そうだったね。悪い噂をたてられても困るからね」

「なににお金を使っているんでしょうね」

木村のやる気のない顔を思い出した。坪井に金を借りるほど窮迫《きゅうはく》しているようには思えないが、ギャンブルかなにかで損をしているのだろうか。

「大方、ギャンブルだろうね。金を使う奴は、みんなギャンブル好きだから。心平君は、どうなんだい？」

坪井が、心平の心を覗き見るような目で見つめた。

「僕は、やりません」

心平は言った。

「ギャンブルはやらなくてもいいけど、真面目すぎるのも面白くないからね」

坪井は、ビールを美味そうに飲んだ。喉が、大きく動いている。まるで怪獣が湖の水を飲み干しているようだ。

「ごめんなさい」

大きな声が店に響いた。郁恵だ。

「おう、待ってたよ」

坪井が手を振った。

「肉、まだ残ってる?」

郁恵は息を切らせて、心平の隣にどっかりと腰を下ろした。

「この人が、一人で食べちまったけどね」

坪井がにんまりと笑いながら、心平を指差した。

「ええっ、本当?　どうしてそんなに食い意地張ってんのよ」

郁恵が心平に文句を言った。

「そんな、僕だけじゃないですよ」

「郁恵さん、新しいのを頼めばいいから。ここは安いんだから」

平松がたしなめた。

「だったら、ビールとユッケお願いします」

郁恵は言った。

「いきなりユッケですか。生肉、危ないですよ」

心平は眉根を寄せた。

「なに、言ってんのよ。ここのユッケはしっかり炙ってあって美味しいのよ。そんなことより生肉食って、ガンガンやるくらいじゃないと、うち危ないよ。本当に」

郁恵は、心平を見つめた。その視線には、冗談ではない真剣さがあった。

「どうしたんですか」

心平は、心配そうに聞いた。

「今、支配人の希さんのところに銀行員が来てたの。そこに同席していたのよ。だから遅れたの」

郁恵は声を潜めた。周りは、客がいっぱいで隣の声も聞こえないくらいにうるさい。

心平は、郁恵の話に耳を傾けた。

2

郁恵は、希とオーナーの惣太郎が銀行の支店長と担当者と話をしているところに少しだけ同席していたのだという。郁恵は管理部のリーダーなのでホテルの財務内容などの資料を話し合いの席に持って来させられたのだ。

銀行側は最初から厳しい調子だったらしい。

「うちのホテルは、ミズナミ銀行から相当、借金があるのよね」

「ミズナミ銀行ですか。メガバンクじゃないですか」

心平は、心にむくっと小さな黒雲が湧きあがった。銀行と聞くとあまりいい気分がしないのだ。

郁恵は、周囲を気にしながらも臨場感たっぷりに、その状況を説明しはじめた。

ミズナミ銀行の担当者は、希に向かって「あなたのような若い女性がこの難しいホテルの経営をリードしていけるのですか。本当に大丈夫ですかね」と皮肉な薄笑いを浮かべて言った。

「希は、大丈夫です。幼いころから、このホテルを遊び場として暮らしてきましたから、愛着は誰よりもありますからね」

惣太郎は、腹も立てずゆったりと構えて、笑みさえ浮かべていた。

「そんなセンチメンタルな話をしている場合じゃないでしょう。私どもミズナミ銀行H支店としましては、現在、ご融資している十億円を一年以内に返済していただきたいのです。今まではオーナーが経営の前面に出ておいででしたが、お孫さんのような実績のない方が経営を担われるのであれば、不安で仕方がないですからね」

担当者は厳しい表情で言い放った。

「あなた、失礼なことをおっしゃいますね。あの融資は、二十年間で完済すればいいということで当初十二億円をお借りし、今まで五年間、一度も滞ることなく返済し、利息も払っているじゃないですか。契約違反でしょう。私が若いことを理由に一括返済を要求するなんて悪質な貸し剝がしじゃないですか」

希は、美しい顔に険《けわ》しい表情を浮かべた。

「おい、君、本当のことを言いなさい。支配人が若いだけが理由じゃないだろう」

支店長が担当者を叱った。

「すみません」

担当者は卑屈な笑い顔で支店長を見つめ、頭を下げた。

「要するに二十年もの長い間は貸せないということなんです。残りは十五年ですけど、前からこのことはお話ししていたはずですけどねぇ。金融庁に叱られるんですよ。このホテル、採算、悪いでしょう。あと十五年間も貸し続けると、こっちが金融庁から、ゴツン」と担当者は拳で自分の頭を叩き、「やられちゃうんです」となれなれしい顔つきをした。

「ゴツンとやられればいいじゃないですか」

希は厳しく言った。

「これこれ、そんなにとげとげしく言うもんじゃない。銀行には銀行の理由があるんじゃからな」

惣太郎がたしなめる。

「というわけで一年以内に返済してもらいたいわけなんです」

担当者は、「よろしく」と頭を下げた。

「金融庁が怖いのは分かりますが、一年以内に返せとは、ちと理解しがたいですが」

惣太郎は、じろりと目を剝いた。なかなかの迫力だ。

「そうおっしゃいますが、こっちにも都合がありましてね」

支店長が眉根を寄せた。この支店長は頭の毛が薄く、わざとらしく少なくなった毛を横に分けているが、その毛がはらりと前に落ち、目を隠した。するとてっぺんがつるつるに光った。

それを見て、希が、くすりと笑った。支店長は、慌てて毛を頭に戻した。

「そっちに都合があるなら、こっちにも都合がありますよ」

惣太郎が言った。

「弱りましたなぁ」

支店長は、頭をしきりに気にしている。

「弱ったのはこっちです。なんの前触れもなくそんなことを言われてもね」

「前触れもなくって、君、君はこちらになにも言っていなかったのか」

支店長は、担当者に言った。

「いえいえ、そんなことはありません。管理部の高島さんには何度もお話を……」

担当者は、慌てて言いわけをした。

「高島におっしゃっていたのですか。聞いていたかね？」

突然話を振られた郁恵は動揺しながらも「いいえ、なにも」と否定した。

「言った言わないという不毛な話をしては時間の無駄です。私どもは、現在の融資を、いかにして一年以内に返済していただけるかを答えていただければいいのです」

支店長は、自分で言った言わないという話に持っていきながら、結論を急いだ。

「廃業しろという話ですか」

惣太郎がむっとして言った。

「そうです。もうこんな儲からないホテルは止めてしまった方がいいですよ」

担当者が、笑顔で言った。

「君、馬鹿にするな！」

惣太郎が大きな声を上げ、机を叩いた。

気迫に押された支店長と担当者は飛び上がった。支店長の髪の毛が、また頭からずり落ちている。

「出ていけ！」

惣太郎は、興奮した様子で顔を真っ赤にしている。苦しいのか胸を押さえている。

「お祖父様、体に障《さわ》ります」

希が、心配そうに惣太郎の肩に手をかけた。

「ひとまずは帰りますが、再度、今日の午後九時に参ります。遅い時間ですみませんが、ホテル・ビクトリアパレスへの対応を本日中に決めませんと、我々も金融庁に、ゴツンとやられてしまいますので。君、一旦、帰るよ」

支店長は、担当者に言うと、慌てて帰っていった。


「と、まあ、こんなわけよ」

郁恵は、ジョッキのビールを半分ほど一気飲みし、ユッケを食べた。

「うちは、そんなに景気が悪いんかい」

坪井が聞いた。

「私らも長くないかもしれないわね」

平松がしんみりと呟いた。

急に、肉を焼く音が小さくなったように、場が沈んでしまった。

「でも銀行は会社を援《たす》けるのが本当の役割でしょう。ひどいですね」

心平は、憤慨した。焼肉を食べる気をなくした。またむくむくと黒い雲のように怒りが込み上げてくる。

「ねえ、銀行って金を貸すのが仕事じゃないですか」

心平は、郁恵に聞いた。顔が引きつっている。

「その通りよ。貸して金利を稼いでいるのよ。お金を貸すだけで、その上がりを取っていくわけ。自分じゃ汗かかないくせにあれやこれやとうるさいの」

「それなのに返せと言って希さんを苛めているんですか？」

「せっかく支配人になったのにねぇ」

郁恵はカルビをパクリ。

「廃業しろって……。その担当者が言ったんですか」

怒りが収まらないほどこみ上げてくる。このホテルは、やっと就職が出来た俺の職場だ。それを俺から取りあげようとするのか。最初は戸惑ったけど一人前になって父や母を泊めてやろうと気持ちを切り替えた俺の夢を打ち砕《くだ》こうとするのか。そんなことをさせてもいいのか。

「そうよ。私たち、どうなっちゃうのかな」

今度は、ハラミをパクリ。食欲は落ちていない。

「どうなるって、どうなるんですか」

心平は食い入るように郁恵を見つめた。目が充血している。

「だって廃業になれば、私たち失業でしょう。貸し渋り、貸し剝がし失業、なんちゃってね。嫁にでも行こうかな」

「嫁？　嫁ですか？　当てはあるんですか？」

心平の問いかけに郁恵が目を大きく見開いた。

「あはっ、当て？　当てなんかあるわけないじゃん。花森君、もらってくれる？」

郁恵が意味のないしなを作る。心平は、ジョッキのビールを飲み干す。焦って体が熱くなって仕方がなかったからだが、ビールのせいでかえって体の中から熱が高まってくる。

「も、もらえません。で、その担当者はまた来るんですか？」

「そう、今日の九時に」

「塩谷リーダーは同席されますか」

「私？」と郁恵は自分を指差し、「しないわよ」

「ということは、希さんが一人で」

「オーナー、体調、悪そうだから、一人だろうね」

郁恵は、ビールを飲んだ。

「可哀そうだね」

坪井が言い、平松と頷きあった。

「そうね。運がないわね」

「運がない？」

心平は自分に言われているような気がした。

「希さんを助けられないんですか」

「助けるって？　そんな金はないわよ。何億円だと思ってんのよ」

郁恵が笑った。心平は腹が立ってキムチをその口につっこんでやりたくなった。

「その担当者、なんて言うんですか。名刺あります？」

心平は腰を浮かし気味になった。

「名刺、もらったよ。いけ好かない奴でさ。ちょっと二枚目なんだけどね。でもきっと品性は賤《いや》しいよね。冷たい雰囲気だもの」

郁恵は、ごそごそとハンドバッグを探っていたが、「これ」とテーブルに名刺を置いた。

「並木《なみき》浩《ひろし》か」

なんだか昭和初期の流行歌手みたいな名前だ。

心平は、急に立ちあがった。

「ど、どうしたの？　トイレ？」

郁恵は、驚いて心平を見上げた。

「九時に来るって言ったんですね」

怒ったような顔で心平は、郁恵に聞いた。

「そうよ。そもそもこんな遅い時間に来るなんて常識外れよね」

「今、九時過ぎたところですね。場所は、どこですか？」

「支配人室よ。管理部の横の」

「どうしたの？」

「行ってきます」

「行ってきますって、どこに？」

「ミズナミ銀行の担当者に会いにです」

心平は、もう飛び出しそうだ。

「ちょっと、ちょっと、花森君、あんたが行ってなにするのよ」

郁恵が困惑している。

「いいんです。その並木って野郎は許せませんから。希さんを援けるんです」

心平は、椅子にかけていた上着を肩にかけると、郁恵のジョッキを奪い、残っていたビールを飲み干した。

「あんた、ちょ、ちょっと、なにすんのよ。待ちなさいよ」

郁恵は心平の上着を摑もうとした。

「止めてくれるな、おっかさん」

心平は、郁恵の手を振り払った。焼肉屋の入り口に向かって、速足で歩き出した。

「ありゃあ、完全に酔ってるね。酒、弱かったんじゃないの」

坪井が平松と目を合わせて言った。

「若いなぁ。大丈夫かな」

平松が心配そうに呟いた。

3

心平は、ホテルに戻った。

「あれ、花森君、どうしたんだ？　顔が真っ赤だぜ」

遅いシフトの木村が、フロントの向こうからたるんだ声で言う。坪井さんに借金なんかしないで、しっかり仕事をしてください。心平は叫びたかったが、ぐっと我慢してフロントの前を過ぎ、エレベーターに向かった。

「おお、怖い顔だな。そんな顔はホテルマンに向かないぞ」

フロントの中から木村がからかう。

「いいんです。ほっておいてください」

心平は、エレベーターからまっすぐ管理部横の支配人室に向かった。

いったい自分は何をしようとしているのか。

心平の体は熱く火照っていた。体だけではない。心も燃えていた。今、自分が何をしようとしているのか冷静に判断出来ているとは言えなかった。ただ、已《や》むにやまれぬ、希を援けるんだという思いだけだ。

希を初めて見たときから、彼女を守るんだと誓った。今、彼女は一人で銀行の担当者と戦っている。そんな孤独なことはさせられない。

ドアをノックした。力が入る。

「どなた？」

中から希の声がした。

心平は、思いっきりドアを開けた。

「花森君！　いったいどうしたの。今日はもう終わりでしょう」

希が、目を見開いて心平を見つめた。

希の向かい側に若い男が座っていた。こいつがミズナミ銀行の担当者並木浩だろう。彼も驚いた顔をしている。突然の闖入者《ちんにゅうしゃ》に戸惑っているのだ。毛の薄いと聞いていた支店長はいない。

やはりオーナーの惣太郎もいない。体調が悪くなったのか。この野郎のせいだ。心平は並木を睨んだ。

「帰ってください」

心平はきつい調子で言った。目が赤く血走っている。

「はあ？」

並木がにやにやと、しまらない顔で心平を見ている。

「帰ってください」

心平は繰り返した。

「あのぅ、支配人、この人誰ですか？　なに言ってんの？」

並木は、呆れた顔で心平を指差しながら希に言った。希は戸惑い、不安などが入り交じった複雑な顔をしている。

「花森君、こちらは……」

「知っています。ミズナミ銀行の並木さんでしょう」

「えっ、私のこと、知ってるんですか？　私、あなた、知らない」

並木が、外国人の下手な日本語のような言い方をする。

「知り合いなの？」

希が不思議そうな顔をする。

「こんな奴と知り合いたくもありません。さきほど塩谷リーダーから聞いたのです。あなた」と心平は厳しい視線で並木を見つめ「銀行員でしょう！」と言った。

「はあ？」

また並木は首を傾げた。なにを言っているのだという顔だ。

「銀行員ですね」

「はい、そうですが」

「銀行員はなにをする仕事ですか」

心平の口調はどんどん厳しくなる。

「銀行員ですか？　預金を集めたり、お金を貸したり……」

並木は、問われるままに答えた。

「じゃあ今、あなたは支配人になにを言っているんですか。お金を貸して、会社を良くしてこそ、銀行員でしょう。それがお金を返せ、ホテルを廃業しろとはなんですか。それが銀行員のやることですか。このホテルでいったいどれくらいの人が働いてか。

いると思いますか。アルバイトやパートさんなどを含めれば百人ではきかないんですよ。地域の八百屋《やおや》さんや魚屋さんやいろいろな人がこのホテルとともに生きています。さらにこのホテルで結婚式を挙げたり、七五三を祝ったり、たくさんの人の思い出が詰まっているのです。それが分かりますか」

心平は一気に話した。

「……？」

並木は唖然《あぜん》としてなにも言わない。

「それにこのホテルは、僕がやっと就職出来た会社なのです。就職というより、どこも採用してくれなかった僕を拾い上げてくれたのがこのホテルなのです。僕は、ここで一生懸命にホテルマンの修業をして、来年には父母をここに泊めてやりたいと思っています。父母は、僕がホテルオークラや帝国ホテルのような一流ホテルに就職したと思ってます。そりゃあ、なにせホテル・ビクトリアパレスですからね。イギリス王室並みの名前ですから、そう思うのも無理はありません。あなたは、父母が勘違いしていると思っているでしょう。確かにここは郊外の並のシティホテルかもしれませんん」とこの時、心平はちらりと希を見た。「並の」と言い、「一流の」とは言わなかったことが気になったのだ。しかし希は真面目な顔でじっと心平を見ていただけだった。その顔に不快感はなかった。安心して心平は続けた。

「でも僕は考えました。今は一流ではないけど、一流にすればいいんだ。建物は古いけど、小さいけど、帝国ホテルみたいじゃないけど、そんなのは関係ない。中身だ。働く僕たちが一流のサービスをして、お客様に満足してもらって感謝してもらえれば、こんな郊外の、こんな場末の」と、また希を見たが、黙っていたのでそのまま続けた。「ホテルでも一流になるだろうと思うのです。全てはこれからです。全てはこれからです。そんな時期に廃業しろなどとあなたはよく言えますね。血も涙もない強欲な金貸し、まるでシェークスピアのユダヤの商人のシャイロックのようだ！」

「花森君、ベニスの商人よ」

希が囁いた。

「すみません」希に小さく頭を下げると、もう一度気を取り直すように胸を張り、並木を指差し「まるでシェークスピアのベニスの商人のシャイロックのようだ！」と見得を切った。

「あんた、誰？」

並木は、呆《ほう》けたような顔をして聞いた。

「ホテル・ビクトリアパレス社員の花森心平といいます」

「ここの社員なの」

「そうだ。だからホテルを守り、支配人を守るんだ」

心平は興奮冷めやらぬ口調で言った。

「あんたも可哀そうだね。こんな風前のともしびみたいなホテルにしか就職出来なくて。よほど三流大卒なんだね。私は、東大を出て、ミズナミ銀行って、超一流銀行だよ。エリートなんだよ。そのエリートが、支配人と難しい交渉をしている時に、三流大卒が邪魔しないでよ。さあ、支配人、こんな奴は無視して交渉再開です。でもこんな社員がいるようじゃますますこのホテルが心配になってきました。いよいよ終わりですね」

並木は、薄笑いを浮かべている。

「もう一度言う。ここから出ていけ。ここはお前のような銀行員とも言えないチンピラが来るところじゃない。このホテルは私が守る。支配人を援けてね。確かに三流大卒かもしれないが、この」と心平は胸を叩き、「熱き心は一流だ」と言い切った。

「なにを言っているんだ。ここから出ていくのはあんたの方だぜ。私は、支配人に用があるんだ。さっさとどっかへ行ってよ。支配人、この男をつまみだしてください。

支配人、こんな社員を雇っているから収益が改善しないんですよ」

並木は顔をしかめている。

「帰れ、ここはお前が来るところじゃない」

心平は並木に近づいた。

「あのなぁ、あんたおかしいのと違う？」と並木は指で頭を指し、「俺は銀行員なの！　このホテルに金、貸してんの。分かる？　金、金を貸してるんだよ。それを返してもらえなければ、俺の立場がないわけ。銀行でやばくなるわけ。エリートじゃなくなるかもしれないわけ！」と声を荒らげた。

「銀行は会社を援けるためにあるんだろう。返済は一回も滞っていないと聞いた。それをそちらの都合で返せはないだろう？　ホテルは、お客様に自分の都合を押しつけることはない。いかにお客様を心地よく過ごしていただくかに百二十パーセント心を砕《くだ》いているんだ。銀行も金融サービス業じゃないか。同じサービス業なら、お客様のことを第一に考えるべきだ」

拍手が聞こえた。驚いて振り向くと希が手を叩いて心平を見ていた。心平は嬉しくなった。

心平は、並木にさらに近づき、目の前に立った。並木がソファから立ちあがり、心平と睨みあった。

「こっちだってこのホテルのことを考えているんだ。儲かっていないから、止めた方がいいって親切にアドバイスしているんだ。こんな都心から外れた、H市でホテルなんかやっても経営出来ないさ。だからさっさと売って、ショッピングセンターにでもなんでもすればいいんだよ」

並木は言い放った。

「ショッピングセンター？　それはなんですか？」

希が、目を吊り上げ、怒りの表情で並木に迫った。

並木の視線があちこちに動いている。動揺している。

「とにかくここはお前のような不誠実な男が来るところじゃない」

心平は、顔を並木に近づけた。

「酒、臭いぞ。にんにく臭い。あんた、焼肉、食ってきたな」

並木が顔をそむけた。

「焼肉、食って悪いか。もっと臭い、嗅げ！」と心平は、「ハーッ」と息を吹きかけた。

「臭ぇ！」

並木は悲鳴を上げた。

心平は並木の胸倉に手を伸ばした。胸倉をつかんだ。力を入れた。

「いててて」

並木は顔を歪めた。

「止めなさい。花森君！」

希が、間に入った。

「ひどいな。もう帰ります。支配人、こんな奴、早く辞めさせたらいいですよ。本部には、返済交渉順調、もうひと押しで全額返済と報告しますからね。こうなったらどんな手を使っても返済させてやるから。今日は、まともに交渉出来そうにないから、出直してきます」

並木は、ネクタイを締め直した。

「あなたは不幸だ」

心平は言った。

並木が怪訝《けげん》そうな顔をした。なぜ？　と問いかけている。

「銀行もサービス業というなら、お客様の笑顔が見えないサービス業なんてありえない。そんな職場に働きながらエリートだというあなたが可哀そうだ。ホテルは違う。

ここにも、あそこにも」と心平は部屋の隅々を指差し、「笑顔が溢れている。私たちは、お客様の幸せを一緒に喜ぶことが出来る仕事なんだ。あなたもそういう仕事に転職した方が良い」と言った。

「余計なお世話だ。銀行はそんなに甘くないの。ちょっとでも客に同情すれば、自分の首が危うくなるわけさ」

並木は、手刀を首に当て、部屋から出ていこうとする。

「ちょっと並木さん、お聞きしたいことがあるわ」

希が並木を引き留めた。

「なんですか」

並木は険しい表情をした。

「ショッピングセンターってなによ」

「えっ、そんなこと言いましたか。譬《たと》え話ですよ」

「あなたまさか、ここを売り飛ばしてショッピングセンターに変えようとしてるんじゃないの」

「だから譬え話だって言っているでしょう」

「待てよ。お前の銀行は、このホテルを無理やり廃業に追い込んで、どこかの開発会社に売り飛ばそうと思っているんじゃないのか。そうだろう。白状しろ」

心平も並木に詰めより、腕を摑んだ。

「放せよ。痛いじゃないか」

「正直に言え」

心平は、力を入れた。

「白状しなさい」

希も言った。

並木は、心平の腕を振り払った。

「ああ、その通りだよ。あんたみたいな三流の馬鹿が勤めている三流のホテルなんか、早く潰してショッピングセンターにでも変えた方が地元のためだっつうの」

並木は、顔をしかめて言った。

「やっぱりそうなのね」

希の顔が険しい。

「ひどいな。あなたは銀行員じゃない。守銭奴だ。金の亡者だ。欲の塊だ」

心平は並木を罵《ののし》った。

「俺はね、このホテルのために言っているんだ。儲からないホテルを経営しているより、資産が超過している時に事業を畳んでしまえばみんな幸せなんだよ。ミズナミ銀行の不動産開発会社にこの辺りに大きなショッピングセンターを造ろうという計画があるから、今が売りどきなんだよ」

並木は、心平に向き直った。

「おい、花森心平とやら。悔しかったら、ホテルを建て直したらいいじゃないか。出来るならやってみなよ」

並木は、捨て台詞《ぜりふ》を吐いた。

「帰れ！　二度とここに来るな。私が支配人を援けて建て直す！」

心平は、強く言った。

「せいぜい頑張るんだな。また交渉に来る。これで終わりじゃない」

並木は、にんまりと笑みを浮かべて、部屋を出ていった。

「悔しい！」

希が鋭い声で叫んで、その場にしゃがみこんだ。

4

「いったいどうしたというの？」

郁恵が心平に聞いた。

支配人室には、希と郁恵と木村が揃って、心平を取り囲んでいた。

「それは私の方が聞きたいわ。ミズナミ銀行の並木さんと話していたら、突然、花森君が入って来るし、並木さんが帰ったと思ったら、突然、塩谷さんと木村君が入ってくるし、一体全体どうしたの？」

希が、戸惑っている。

「花森君は、私や坪井さん、平松さんと焼肉を食べていたのです。その時支配人が銀行の人と会っていると話をしたら、突然、立ちあがって店を飛び出したんです。私、心配になって焼肉もそこ《そこ》そこに、ここに来たというわけです」

郁恵が、焼肉を食べ損ねて残念そうな顔をした。

「フロントにいたら、花森君が青ざめて、深刻そうな顔で通り過ぎたものですから、心配になってここに来たってわけです。フロントは別の人に任せましたから、大丈夫です」

木村は言った。心平は、おもむろに顔を上げた。

「すみません。お騒がせしました」

「ちゃんと説明してくれないかな」

希が、優しく問いかける。

「支配人が銀行に苛められていると聞いて、いてもたってもいられなかったんです。僕の両親もよく銀行に苛められ、若い銀行員に頭を下げてましたから。そんな姿を思い出してしまって……」

心平はうなだれた。

「でも銀行員を怒らせたんでしょう。どうなるのかしらね」

郁恵が心配そうに呟いた。

「花森君のご両親も銀行にひどい目にあったの？」

希が聞いた。

「ええ、田舎ですが、花や野菜を作るハウスを作るのにも資金がいるんです。ですからそれを銀行に借りる時、父は若い銀行員にいろいろ説明するんですが、いつも文句を言われ、冷たくあしらわれていました。父は、よく言っていました。銀行っていうのは、金を貸して、その金利で儲けているんだ。だったら金を借りてくれる人が一番の客だ。その客に感謝もせず、頭も下げないとはいったいどういう了見だ。お前は、腐っても銀行員だけにはなるなって」

「すごいね。腐っても銀行員だけにはなるな、か。まぁ、なかなかなれるもんじゃないけどね」

木村があきれ顔で言った。

「そうだったの。幼いころのトラウマみたいなのが、ふきだしてきちゃったのね」

郁恵が言った。

「すみませんでした。支配人を困らせましたか」

心平は、顔を曇らせた。

「花森君、ありがとう」

そう言った希が心平の手を握る。心平は、手の指から、全身に電気が走った。柔らかい手の感触に体が震える。希が顔を近づけた。きれいな形の唇が、触れてしまいそうなほど目の前にある。

「ありがとうだなんて、ご迷惑をかけたんじゃないですか」

「いいえ、ありがとうと言っているのよ。あなたの演説は最高だったわよ。なにせ、並木さんをシャイロック呼ばわりしたんだものね。それに銀行の考えが良く分かったわ。闘う力が湧いてきたわ」

「どういうことですか？」

心平と同時に、郁恵や木村も聞いた。

「説明してやろう」

突然、ドアが開いた。

「あっ」

心平が声を上げた。そこには車椅子に乗った惣太郎がいて、険しい目で心平を見つめていた。

5

車椅子に乗った惣太郎は、ゆっくりと部屋に入ってきた。心平は、その威厳のある姿に、背すじを伸ばした。体に鉄棒が入ったかのように緊張していた。

惣太郎は、車椅子を操作し、心平の前に来た。

「新入社員の花森心平君だね」

惣太郎の大きな目がじろりと心平を捉えた。

「は、はい」

心平は、緊張して答えた。

「君と並木さんとのやり取りは外で聞いていたよ。ありがとう。君の心意気には感動した」

惣太郎は心平の手を握り、頭を下げた。

「感動しただなんて……」

心平は、照れくさそうな顔をした。

「君のお陰で、彼らがこのホテルの融資の返済を強引に迫る理由がはっきりした。それが希が君に礼を言った理由だ」

惣太郎は、希の方を見て、微笑んだ。孫娘を慈《いつく》しむ笑みだ。

「ショッピングセンターとかなんとか言っていたことでしょうか」

心平は聞いた。

「そうだ。彼らは突然、掌《てのひら》を返すように貸し剥がしを始めた。ミズナミ銀行とは、このホテル創業時からの付き合いだ。ところが支店長が代わってから、急に疎遠になった。それればかりか対応が急変した」

惣太郎は、徐々に怒りがこみ上げてくるのか、言葉の調子が強くなった。

「支店長って、あの例の毛の薄い……」

郁恵が手で頭を触った。

希が、くすりと笑った。

「蔭山照夫《かげやまてるお》といううんだがね」

「ハゲヤマテルオじゃないの」

木村が呟いた。郁恵が、うはっと笑った。

惣太郎がじろりと睨んだ。木村と郁恵が肩をすぼめた。

「確かに業績は振るわない。しかし一年以内に返済しろというのは、いかにも強欲だ。金融庁云々などと言っているが、金融庁がそんなことを言うはずがない。なにか裏があるに違いないと思っていたが、奴らはここをデベロッパーに売り飛ばし、ショッピングセンターを造るつもりでいるんだ。それが良く分かった。君のお陰だ」

惣太郎が心平に小さく頭を下げた。

「それは本当なのでしょうか？」

「調査はしてみるが、ここの土地を狙っているのは事実だろう。私がこのホテルを、どんな思いで造ったのか、このホテルがどれだけ街の活性化に役立っているか、そんなことを考えたら、あいつらには勝手な真似をさせるわけにはいかん」

惣太郎は、声を張り上げた。途端に、咳込んだ。

「お祖父様」

希が慌てて惣太郎に駆け寄った。

「大丈夫じゃ」と希の手を払った。

「私の家は、このH市で代々材木関係の商売をしていた。山林を保有し、かなり手広くやっていた。私の代になって、私は、このH市になにか貢献したいと考えた。ちょうど五十歳だった。働き盛りだった。そのころのH市は寂しいものだった。私は、ホテルを造って、そこに多くの客に来てもらおう、そこで街のみんなに楽しんでもらおう、と思った。そのころ、若いころにパリで泊まった、小さいけど、白くて清潔でとても気持ちの良かったホテル・ビクトリアパレスのことを思い出した。あんなホテルを造ろう、と決意したんだ。そのフランスのホテルで希のおばあちゃんと出会ったんだよ」

　惣太郎は、微笑んだ。

「えっ、そうなんだ」

　希の顔が笑みで崩れる。

「おばあちゃんは、フランスに音楽の勉強に来ていてね。旅行で来た私にパリの街を案内してくれた。それで恋におちたんだよ。もう遠い昔の話だ。おばあちゃんが亡くなった時は、棺に、その時二人で撮った写真、背景はビクトリアパレスだがね、それを納めたよ」

　惣太郎の話に、希がそっと涙を拭いた。亡くなった祖母を思い出しているのだろう。

「私は、このホテルをオンリーワンにしようと思った。地域でオンリーワン、お客様にとってもオンリーワン、そんなホテルを目指したんだ。当時は景気もよくてね。銀行は競《きそ》って金を貸してくれた。ミズナミ銀行も熱心だった。だから金を借りた。もっと借りてくれ、返さなくてもいいとまで言っていたが、時代が変わると、あのざまだ」

　惣太郎の顔に怒りが浮かんだ。

　ホテルの建設が始まった八〇年代は、日本が最も元気のある時代だった。だから銀行は、たいした検討もせず、惣太郎の希望通りに融資をしたのだろう。

「花森君」と惣太郎は、心平を見つめ、「このホテルは、私の恋や青春の思い出が詰まっているんだ。私にとってオンリーワンのホテルなんだよ。あの並木は東大卒を自慢していたが、東大がなんだ、学校なんてどうでもいい。君には、オンリーワンになる魅力があるぞ」と笑みを浮かべた。

「オンリーワンですか」

いまいちピンとこない心平には、SMAPの歌「世界に一つだけの花」しか思い浮かばない。

「ホテルマンは、それぞれお客様にとってオンリーワンにならないといけない。あの人に会いたいから、あの人のおもてなしを受けたいから、ホテル・ビクトリアパレスに行きたいと思わせる社員が多ければ多いほど、ホテルはお客様で溢れ、業績がよくなるんだ」

惣太郎は、木村をちらりと見た。木村は、惣太郎の視線を感じて、慌てて頭を下げた。

「君は、そのオンリーワンになる魅力がある。見て御覧、君の突飛な行動を心配して、塩谷君や木村君がここにいる。それがなによりの証拠だ。これは学歴なんか関係ない。君の魅力のなせる技だ。君は自分の魅力に気づいていないかもしれないが、大いなる魅力がある。それは正直で、直情径行で、なんだか危なっかしそうで……。まあ、これ以上はよしておこう。ぜひ、新しい支配人の希を援けて、このホテルを良くしてもらいたい。私は、君や木村君や塩谷君を全面的に支える」

惣太郎は言い終ると、疲れたのか車椅子の背に体を預けた。

田舎者、三流大卒、自分にはまったく魅力がないと思っていた。実際、そうだから就職先もなかなか決まらなかった。

だけど今、オーナーからオンリーワンになる魅力があると言われた。にわかには信じられないが、嬉しい。

今、このホテルは厳しい状況にある。希も苦労するだろう。自分が役に立つなら、自分が期待されているなら、頑張ってみようじゃないか。

「頑張ります」

心平は、力強く答えた。

「ありがとう。みんなも頼んだよ」

惣太郎は、眠ったようにうつむいたまま言った。体調が、かなりおもわしくないのだろう。

「お祖父様、部屋に戻られますか」

希が聞いた。

「ああ、そうする」

惣太郎が答えた。

「お送りしましょうか」

希が言った。

「大丈夫だ。一人で戻れる」

惣太郎は車椅子を操作し、一人で出ていった。

「オンリーワンか……、いいこと言われたな」

木村が、心平の肩を軽く叩いて、微笑んだ。

「はい、なんだか力が湧いてきました」

心平は答えた。

「ねえ、みんな力を貸してくれないかな、私に。このままだとミズナミ銀行にやられちゃう」

希が言った。

空気が張り詰めた。心平は、郁恵と木村を見た。彼らも心平を見つめている。お互いの思いを探るような目つきだ。

「はい。支配人」

木村が言った。

続いて郁恵が「はい」と答えた。

心平は、木村や郁恵に同志的な思いを抱いた。

「オーナーからオンリーワンになる魅力があると、ありがたい言葉をいただきました。本当にそんな魅力があるかどうかは、自分にはよく分かりません。しかし、このホテルをオンリーワンにするように頑張ります」

心平は言った。

「花森君、まず君がオンリーワンになること。そうしたらこのホテルがお客様にとってオンリーワンなホテルになる。オーナーがおっしゃったのはそういうことよ。銀行なんかに負けてたまりますか」

郁恵が心平の背中を叩いた。パンと威勢のいい音がした。

「い、痛いなぁ」

心平が顔を歪めた。

「この痛みを並木にぶつけろ！」

木村が言った。

「ねえ、みんなオンリーワン作戦を開始しましょうよ。リーダーは、私、あなた方は参謀よ。社員、それぞれがオンリーワンになること、そしてホテル・ビクトリアパレスもオンリーワンになること、そのためになにをすればいいかを検討し、実行する作戦よ」

希が手を差し出した。

「本当に僕もオンリーワンになれますか」

心平は聞いた。

「なれる。自信がない人は自信を持つようにするのよ。自分の魅力に気づくようにするのよ。もし気づかないなら周りの人が教えてあげればいい」

希が言った。

「容姿端麗じゃないから魅力がないと思っている人」と木村が郁恵を見て「そんな人は、笑顔や気配りでカバーする」と言った。

「私を見て言わないでよ」

郁恵がふてくされる。

「郁恵さんはきれいだわ。さばさばしているし、女性から見ても魅力的よ」

希が微笑んだ。

「支配人、ありがとうございます。ちゃんと分かる人は分かるのよ」

郁恵が胸を張った。

「オンリーワンっていうのは、誰でもない自分自身の魅力に気づき、それを磨くことですね。社員のみんなが、相手の魅力に関心を持って、褒め合い、尊重すれば、みんながオンリーワンになりますね」

心平が、納得したように頷いた。

「その通りね。お互いの魅力を褒め合う、それぞれが自分の魅力を磨く、それがホテルの魅力になる、そんなムーブメントを起こせるといいわ」

希が、夢を見るように目を細めた。

「やりましょう！」

心平は、希の手に自分の手を重ねた。その上に木村の手、郁恵の手が重なった。

「オンリーワン！」

希の声に合わせて、心平たちは一斉に叫んだ。

第五章　プロフェッショナル感覚を持とう

1

「なにをぶつぶつ言ってんのさ」

ぶつぶつと独《ひと》り言《ごと》を言っている心平に坪井が聞いた。その傍《かたわら》では平松がワゴン車に取り替えるシーツやアメニティを積み込んでいる。

客がチェックアウトする十二時から二時までの間に部屋の清掃をすませねばならない。一部屋の清掃時間は約二十分から三十分だ。仮に三十分で仕上げるとすると二時間で四室しかできない。坪井たちは手際がいいので五室から六室は清掃する。

ホテル・ビクトリアパレスは全部で六十室だ。稼働率は平均で七十五パーセントくらい。今日も四十室を清掃しなくてはならない。坪井をリーダーにするハウスキーパーたちが八チームも編成され、各部屋の清掃に当たっている。そして心平は相変わらずハウスキーピングの研修中だ。

「早くしないとチェックインに間に合わないよ」

坪井が心平に急ぐように注意する。

「オンリーワン、オンリーワン」

心平がまだぶつぶつと言っている。

「なんだい、そのオンリーワンっていうのは？」

「昨日、神崎オーナーが、僕のことをオンリーワンになる才能があるっておっしゃったんです。それでじゃないけど、みんながかけがえのないオンリーワンになれば、このホテルもオンリーワンになれるんじゃないかって。それでオンリーワン運動を始めたんですよ。希支配人の指揮で」

「そういえば昨日はずいぶん張り切ったそうじゃないか。焼き肉屋から飛び出したと思ったら、銀行を追い出しに行ったんだってね」

「そうなんです。でも不安ですよね。銀行を追い出して恨みを買ったかもしれないし……」

心平は浮かない顔をした。

「そうね」と平松も考えるような表情になり、「銀行員ってなにを考えているか分からないからね。仕返ししてくるかもね」

「やっぱりね。そう思いますか。僕が後先考えずに突っ走ってしまったのが、よかったのか、悪かったのか」と心平は暗い顔になったが、「それでオンリーワンになって銀行に邪魔されないホテルになろうと思っているのです」

「私らもここでハウスキーピングの仕事をしているおかげで暮らしているわけで他人《ひと》事《ごと》ではないわね。ここがなくなればH市での仕事がなくなるんだから」

「そうですよ。この問題はみんなの問題なんですよ」

心平は真剣な顔になった。

「私たちもオンリーワンになるように頑張らないとね。さあ、行きましょうか」

平松が準備を終えたので清掃を待つ部屋に向かう。

「そこでどうしたらオンリーワンになれるか、考えていたんですが、どうも良い考えが浮かばなくて」

「それでぶつぶつ言っていたのかい？」

坪井が笑う。

「木村リーダーや塩谷リーダーもみんなどうしたらオンリーワンになれるか考えているんです」

「へえ」

坪井が目を丸くした。

「へえってなんですか？」

心平は少し憤慨した。

「ここの社員がそんなに真剣になるんかねぇと思ってね」

からかい気味に言う。

「ひどいな。みんな真剣ですよ。真面目にホテルをよくしようと考えているんですからね」

心平は言った。

「私らのためにもぜひそう願いたいね」

エレベーターが十階に着いた。

部屋に入り、心平がシャンプーなどのアメニティグッズを取り替えていた。

「なにか気づかないかい」

坪井が聞いた。

「また始まったよ。坪井さんの授業がね」

平松がにんまりとした。

「ええ、これ授業ですか？　坪井教授」

「そうさ、オンリーワンになるための授業だよ。私らにも意見はあるからね。しかし、社員じゃないから反映できない。花森君に私らの意見を希さんに申し出て欲しいんだよ」

坪井が真面目に言った。

坪井たちは、協力会社からの派遣だ。ホテル経営に意見があったとしてもそれを経営者に伝える手段がない。そんなことをすれば余計なことを言うな、社員でもないくせにと言われるのがおちだからだ。

しかし、それでは本当はいけないと心平は思った。彼女たちこそホテルを現場で支えている人たちだ。彼女たちの意見を経営に取り入れることでもっとよくなることがいっぱいあるかもしれない。

「分かりました。僕が責任をもって坪井さんたちの意見を支配人に伝えます」と言い、「で？　なにに気づかないといけないんですか」ときまり悪そうに首を傾げた。

「その手に何を持っている？」

坪井の質問に心平は手を見た。シャンプーなどのミニボトルが手の中にある。

「それ一本いくらすると思う？」

坪井に聞かれて心平は、シャンプーのミニボトルを見つめた。普段、この値段など気にしたことはない。はじめてじっと見つめた。

プラスチック製のちゃちなボトルだ。高さ三センチくらい？　シャンプー液だってたいして入っていない。

「十円？」

自信がない。

「五十円よ」

坪井がにやり。

「えっ、そんなにするんですか？　じゃあこの三つで百五十円？」

シャンプー、コンディショナー、ボディソープのミニボトルをしげしげと見つめる。

「高いでしょう？」

「うーん、高いか安いかと言われればよく分からないですが、百五十円で使い捨てはないなぁって気がします。百五十円あれば、安売りスーパーでカップめん二つ買える時がありますからね」

ミニボトルの中には、まだ半分以上使い残しているシャンプー液が入っている。

「あんた、そんなものばかり食べていると体に悪いわよ。ホテルマンは食事も勉強なんだからね。まあ、それはさておき、それを捨てる際のゴミも馬鹿にならないよね。もったいないと思うでしょう？　環境にも悪いし」

「その通りですね」

「どうすりゃいいと思う？」

坪井は本当に先生のようだ。しかし、心平に質問している間もシーツを取り替える手を休めることはない。それには感心する。

2

「シャンプー五十円、歯ブラシ二十八円、剃刀《かみそり》三十円、櫛《くし》八円……」

「なに言ってるんだい？」

ぶつぶつ言いながら歩く心平にフロントで手持ち無沙汰にしている木村が声をかけてきた。

「坪井さんが、アメニティの値段を教えてくれたんですよ。オンリーワンになるための授業だって。もったいないし、どうすりゃいい？　って言われたんですよ」

「ふーん」

木村もなにかを考える様子だ。

「オンリーワンになるためにはどうするか、次までに考えておくようにって」

心平は困った顔をした。

「まるで学校だね」

「そうなんです。考えたことは希支配人に提案しようと思うんですよ。坪井さんたちと一緒に考えた意見として、ですね」

「それはコストを削減しようということだよね。もったいない部分を削って、その分をお客様に振り向けようっていうんじゃないかな」

「僕もコスト削減ってそういうことだと思うんです」

「ホテルっていうのは、宿泊部門の利益が一番大きいんだ。四十パーセントくらいは利益率が欲しいよね。飲食や宴会などを合わせても、ホテル全体じゃ利益率十数パーセントになってしまうから宿泊部門で稼いでおく必要があるんだ。そのためにはコストの削減が必要なんだよ。どんなコストがあると思う？」

「どんなコスト、ですか？」

「ちょっとは自分の頭で考えてみろよ。三流大でもそれくらいは勉強しただろう？」

三流大という言い方はないだろう。微《わず》かに残っているプライドが傷つけられるじゃないか。しかし、困った。心平は眉根を寄せた。木村は平気な顔をして聞いてくるが、企業会計の勉強などしていないから、難しい顔をしてなにかを考えているような様子を見せてはいるが、実際は何も考えていない。そもそもなにを考えていいか分からない。

「僕の給料？　アメニティ？　シーツなどのリネン？」

「宿泊部門で利益を上げようとすれば泊まり客を増やすこと。しかしうちは六十室しかないから限度がある。利益を上げようとすると、コストを削減する必要がある。必ずかかる費用、僕や花森君の給料みたいなものが固定費なんだけど、アメニティやシーツやその他は変動費になるんだ。変動費は売り上げによって変化する費用のことだよ。僕たちの給料って売り上げが落ちても一定額を払わないといけないから固定費になるんだ。あまり儲からなくなると、正社員から臨時雇用に切り替えられると変動費になってしまうけどね」

木村は真面目な顔をした。

「ええっ！」

心平は自分がどっかりと居座っている石になったような気持ちになった。重荷になれば取り除かれてしまうかもしれない。

「あの並木っていう銀行員に廃業させられる前に、正社員じゃなくて臨時雇用になるかもしれないよ」

木村の顔が笑っていない。

マジやばい。オンリーワン運動を盛り上げて、ホテルをよくしないとダメだ。心平は真剣な顔で木村を見つめた。

「客室のコストはね。僕たちの給料の他に光熱費、清掃用品、外注経費、客室備品代、洗濯代、リネン、印刷物など本当にいろいろな経費がかかっているんだよ。例えばクリーニングをお客様が頼んでくるランドリー袋と申込書のスリップがあるだろう？」

木村の問いに、心平は頷いた。

「あれだって袋は五円もするし、スリップにいたっては二十円もするんだよ。複写になっているから高いんだ」

いちいち頷く。木村はどこか真面目さに欠けるところがあるけれど、さすがにホテル関係の勉強をしただけのことはある。よく知っている。心平は尊敬のまなざしを向けた。

「とにかく部屋数は決まっているから利益を上げようとすればコストを削るしかない

んだよね。でも削ればいいってもんじゃないしね。お客様はホテルに快適さを求めているじゃないか。それなのに部屋に入った途端、ああ、ケチってるな、となったらどうなのかな」

木村は言った。

「そうですね」

また頷く。

「よく考えてみることだね」

木村はあっさりと言った。

「ええっ、一緒に考えてくださらないんですか」

心平は言った。

「勉強だから、考えてよ。僕も今までいろいろな提案をしてきたけど、なかなか受け入れてもらえなくてね。少し諦めているんだ。でも今度の希支配人は、今までと違うみたいだから、花森君が提案してみてよ」と言い、「ねえ」と木村はなにか頼みごとをするような目つきになった。

「なんでしょうか？」

「ちょっと出かけて来るけど、フロント頼めないかな」

「僕にですか」

心平は自らを指差した。

「二時間ほどだけ」

木村は手を合わす。

「本当に二時間だけですか？　今、三時だから五時までですよ」

「ちゃんと帰ってくるから。内緒ね」

木村は片目をつむった。ウインクのつもりなのか。心平もウインクをし返した。木村はそれを見て笑いながら「花森君、最高！　話、分かるね」と親指を立てた。

ホテルを出た木村は、駅の方角に向かった。電車に乗るのかもしれない。

「なにが、最高だよ。勝手だな。お客様が来たら、どうしようか」

客を待ちながら、心平は、宿泊部門のコスト削減の方法について考えることにした。坪井からも木村からも、考えろと言われてしまったからだ。

でもなぜ、今まで誰も自分で考えてこなかったんだろうか。いい方法を思いつかないのだろうか。そうじゃないだろう。みんななにかをしたいのだけれど、実際になにかをしようと行動を起こすまでになっていないのだ。希と一緒に「オンリーワンになろう」と誓い合ったが、その時、興奮しただけで誰もなにもしない。これでは並木にやられてしまう。あの生意気野郎に「結局、馬鹿会社には馬鹿社員、ダメ会社にはダメ社員しかいない」と言われてしまうに違いない。希を悲しませてはいけない。たった一人でも希を守る。

「あれ、花森君、どうしてフロントにいるの？」

帰り仕度の坪井が声をかけてきた。

「ええ、まあ」

「木村君はどうしたの？」

「ええ、まあ、そのぉ」

もじもじと言葉を濁《にご》した。

「またサボってんの。ちょっと根性入れ直さないといけないな」

坪井が怒った顔で言った。

「そんなことないです。尊敬すべき先輩です」

「なにを言っているのさ。どうせ仕事、押し付けられたんでしょう」と眉根を寄せ、

「それはそうとね」と坪井がフロントに近づいてきた。

「なんでしょうか」

心平は、コスト削減の方法についての答えを求められると思い、身構えた。

坪井の顔が、思いのほか深刻だ。顔を近づけてくる。

「ちょっとさ、言っていいのか分かんないんだけどね。ヤバイ気がしているんだ」

「な、なんでしょうか？」

心平も顔を近づける。

「木村君のことなんだけどね。この間、借金のこと話したでしょう。覚えてる？」

「ええ」

「また貸してくれって来たのよ」

坪井の顔が曇った。

「本当ですか？　いくらですか」

「五万円よ」

「ぎょぇつ、そんなに！」

心平は慌てて口を塞いだ。しかし、喜んでいいのか悲しんでいいのか分からないが、客が来る気配はない。

「ちゃんと期限には返してくれるからいいけどね。私だって、このホテルで金貸しみたいなことをやっているのはヤバイわけさ。支配人に知れたら、ことだからね。木村君が頼んでこなけりゃ、そんなことをしなくてもいいのにねぇ」

いつもの坪井の強気の顔ではない。困っているのは事実のようだ。

「なんに使っているんですか？　やっぱりギャンブルですか？」

「聞いてもえへへへと言って答えないんだよ。答えなきゃ貸さないよって言うとね、じゃあいいですって居直るのよ。もしさ、闇金から借りたりしたら問題じゃない。私の方がマシだからね。じゃあ、これっきりよって貸したんだけどね……。よかったのか、どうか」

「心配ですね。どうしちゃったんですかね」

心平も気がかりになった。今も木村はいったいどこに行っているのか？　パチンコ？　競馬？　競輪？　それとも……。

「調べてくれないかな？」

「ぼ、僕がですか？」

「こんなこと頼めるのは花森君しかいないじゃない」

坪井がカウンターに置いた心平の手を掴み、うっとりした眼を瞬《まばた》かせた。

これ？　色気攻撃？　ありえねぇ！　心平は叫びたくなったが、ぐっと我慢して、「分かりました」と答えた。どうも安易に頼み事を引き受けてしまう傾向にあるようだ。

「じゃあ、頼んだわよ」

坪井は帰っていった。

コスト削減策に木村の行動調査。もう訳分からん！

心平は頭を掻《か》いた。

3

心平は、受話器を取った。母親に電話をするのだ。

アパートのテーブルにはカップ麺とおにぎり二個。これで百五十円だった。シャンプーなどのアメニティと同じ値段だ。人間が命をつなぐことが出来る食べ物と使い捨てのシャンプーなどの値段が同じか……と思うと坪井の言うように、確《さず》かに高い。どうすればいいのか。母親は普段から節約をしているから、いい知恵を授けてくれるかもしれない。

「ああ、母ちゃん？」

麺をする。

「ラーメン食いながら電話、すんな、ぼけっ」

「ちょっと腹、減ったんやから。今日も一生懸命働いたし」

おにぎりを頬張る。

「真面目にやっとんのか」

「大丈夫や。オーナーさんからも褒められた」

「ほんまか。はよう一人前になってわしらを泊めてくれよな」

「まかしとき。それでやな、教えてほしいんやけどな」

「なんでも聞いてええけど、むずかしいことは分からんで」

「あのな、ホテルに泊まったらシャンプーなんかのミニボトルをもらえるやろ。あれ、どない思う？」

質問をしてから気づいた。母親はホテルに泊まったことがあるのだろうか。

「ああ、あれか」

心平の心配を他所《よそ》に母親はすぐに反応した。

「母ちゃん、ホテル、泊まったことあんのか」

「去年、農協の旅行で鹿児島の指宿《いぶすき》に行った時、旅館ちゅうよりもっと大きなホテルちゅうもんに泊まったわ」

母親はシティホテルではなく観光ホテルに泊まったことがあるのだ。なんだかほっとした。

「それでどう思う?」

「あれはええな。土産《みやげ》にもろてかえれるやろ。家でも使ったで」

「勿体《もったい》ないとは思わんか」

「せやな、わしらは洗面用品をみんな持っていくから、あれは使わへん。勿体ないから土産にすんねん。重宝するわ。家やったらポンプ式のシャンプー使うのにな。ホテルにしてみたら持って帰ってもらうことで宣伝になるのと違うか? 家で使うたびにホテルのことを思い出すしな」

母親は、楽しかった旅行を思い出しているのだろう。

心平は、手に持ったおにぎりにかぶりつくのを止めた。今の母親の言葉に、ひらめきを感じたのだ。

「ポンプ式か」

いいところに気づいたと思い、心が浮き立った。

「村にある温泉施設なんかの風呂のシャンプーはみんなポンプ式や。あの方が安うつくねんやろな」

「おおきに」

心平は、おにぎりを口に含んで言った。喉に詰まりそうだ。

「なんや、もうええんか。なにはともあれ、真面目にやれよ。体に気ぃつけてな」

「おおきに」と心平は、また礼を言い、「ええ考えが浮かんだわ」と言った。

「おかしな子やな。せいぜい頑張れや」

電話を切ってすぐに、思い浮かんだことをメモにした。

シャンプー、コンディショナー、ボディソープはポンプ式にする。これでコストは、ずいぶん削減出来るのではないか。

ホテル・ビクトリアパレスはビジネス客が多い。彼らは、出張のための洗面用具を持って移動していることが多いだろう。剃刀も自動販売機で購入してもらってもいいかもしれない。あれは一個三十円と言っていたから、五十円で売り出せば二十円も儲かるじゃあないか。

心平は、浮き浮きしてきた。

石鹸もポンプ式に変えたらいい。小さい石鹸は使いにくいし、一度使われれば捨てねばならない。あれは本当に勿体ない。あれだって十五円はするだろう。

心平は、管理部から借りてきた去年の決算の書類をテーブルに広げていた。ホテルの会計のテキストも借りてきた。借りる時、郁恵が病気にでもなったのと心配そうな顔をしていたが、オンリーワンとだけ答えた。

「うちの売り上げは、宿泊で年間二億八百万円か。月に直すと一千七百万円強。六十室あるからひと月、ひと部屋当たり約二十八万八千円だ。いや、稼働率が七十五パーセント、すると四十五室が稼働していることになるから三十八万五千円か……。営業日数を三十日とすると一日当たりだと、約一万三千円……、ふーん」

平均約一万三千円で販売しているのだ。確かシングル標準価格は二万円だから、半額程度か。厳しい価格だ。これで利益を上げなければならない。

さらにテキストを読んでいく。変動費はいくらなのか？　客室備品費、清掃費、洗濯費と書いてある。他にも変動費はあるだろうが、割り切ってこれだけにすると年間三億八百万円かかっている。一室当たりの一日に直すと、稼働率七十五パーセントで、約二千円となる。

販売価格からこの変動費をマイナスしてみると、一万千円になる。

テキストには、貢献利益と書いてある。これで固定費を賄わなければならないんだということは心平にも理解出来た。

「ちきしょう、頭が痛くなってきた」

真面目に考えれば、考えるほど迷路に入っていく。それは頭痛を引き起こす。なにせ大学時代にも頭の訓練をしなかったから。

「あの並木の東大クソ野郎に負けてたまるか」

固定費は年間五億八千六百万円。月に直すと約四千八百八十三万三千円だ。

「でもこの固定費は宿泊部門ばかりじゃないぞ」

頭が痛くなった。

「ええ、割り切りだ。宿泊、宴会、飲食とあるから三分の一が宿泊部門の固定費にしちゃえ」

約千六百二十七万八千円という数字が出てきた。これをひと月当たりの宿泊部門の固定費と見做《みな》す。これを貢献利益の一万千円で割ると、千四百八十という数字が出てきた。

「これはなにを意味する数字なんだろう？」

テキストにはこの数字は、損益分岐点販売客室数とある。心平はさらにこの千四百八十を六十室に三十日を掛けたひと月の販売可能客室数、千八百室で割った。

「八十二・二パーセントか」

テキストによると、これが損益分岐点客室稼働率になると書いてある。損益分岐点とは、利益と費用が一致するところだ。損益分岐点を超えなければ、利益は出ない。

心平は頭を掻きむしった。久しぶりに頭をつかったので脳が熱くなっている。

「オーバーヒートしちゃうじゃねえか」

一人叫んだ。

「要するに、八十二パーセントの稼働率がないと宿泊部門じゃ利益は出ないってことか。今は、平均稼働率七十五パーセントだから赤字ってこと？」

割り切った適当な数字を使ったからこの数字は間違いかもしれない。しかし、ホテル・ビクトリアパレスの宿泊部門の現状は利益ぎりぎりか、赤字なのだと推測できるだろう。

「そもそも部屋数が六十室というのは少なすぎるんじゃないかな。これが八十室なら、費用が変わらないと仮定すれば損益分岐点稼働率は約六十二パーセントにまで劇的に下がるじゃないか」

部屋数を増やすか？　そんな提案をするか？　いや、そんなことは急には出来ない。すると販売価格を引き上げるんだ。しかし、デフレで価格は下がることはあっても上がることはない。やっぱりコスト削減しかないのか……。シャンプーのミニボトルを止めて、ポンプにしようか……。それしかないのか。

頭がぐらぐらしてきた。もうこれ以上考えられない。心平はテーブルに倒れこむように顔を伏せた。瞬間に、睡魔が襲い、深い眠りに落ちてしまった。

4

心平はフロントに向かった。木村がいた。

「眠そうだね」

「昨日、いろいろと考えたんです」

「考えた？」

「ええ、コスト削減の方法や経営改善のことです」

心平は眠そうに目をこすった。時間は午前七時だ。泊まり客の多くは朝食を食べている。後、一時間もすればチェックアウトの客で忙しくなってくる。

「慣れないことをしたんだ。それで考えはまとまった？」

木村はにやりとしている。

「それがそもそも部屋数が少ないんじゃないかとか、コスト削減ばかりじゃなくて、話が大きくなりすぎたんです」

木村は急に真面目になった。

「でもそれ、いい線ついてるよ。六十室じゃ採算を取るのは難しいんだよ。せめて百室はないとね。それもコスト削減策と合わせて提案したらいい」

「分かりました。木村リーダーも一緒に考えてくださいよ。支配人とオンリーワンを誓った仲なんですから」

「よし、今日、仕事が一段落したら塩谷さんと三人で考えようじゃないか。僕もその気になってきたんだ」

木村がいつもより生き生きしている。なにかいいことあったのだろうか。

「ねえ、お願いがあるんだけど」

木村がすり寄って来た。今度はなにを頼んでくるのだろうか？

「朝のピークが過ぎたら、ちょっとフロントを空けるけど、いいかな？」

にやにやしている。心平に媚《こ》びている。

「またですか？」

心平は眉根を寄せた。

「近くで人と会うんだけど、一時間だけだよ。ねっ、頼むよ」

「しようがないですね。職場を勝手に離れるのは違反ですよ」

「分かっているさ。もうこれっきりだからさ」

心平は迷いながらも了解した。その時、坪井の頼みを思い出した。木村のことが心配だから、様子を探って欲しいというものだ。坪井は、木村に金を貸しているから、余計に心配が募っているのだろう。

チェックアウトの客が現れ始めた。九時過ぎにかけて増えてくる。ここから都心に仕事に戻る人が多い。

「ありがとうございました。またご利用ください」

心平は一生懸命、感謝を込めて頭を下げた。頭を下げれば、下げるほど客はまたリピーターになってくれると信じた。

「部屋の中がきれいだから良かったよ」

「朝食も美味しかったね。地元の野菜を使ったサラダは美味しいね。野菜に力があるよ」

客の喜びの声を聞くのは、楽しいことだ。これを嬉しいと思うようになったのは、入社して一ヵ月の間に必死で努力した結果だと思った。

「テレビの調子が悪かったよ」

「この近所の美味い店の情報なんかもあると嬉しいね」

うと思う。

貴重な意見は、ノートに書き留めるようにしている。自分で実現出来るものはやろ

客の声を集めようとアンケート用紙が部屋に備え付けてあるが、回答してくれる客は少ない。なにか工夫すれば、アンケートの回答率が高くなるかもしれない。

客がいなくなった。木村がしきりに時間を気にしているのか、腕時計を見ている。待ち合わせの時間が近づいているのか。

気になる。誰と会うのか。それが坪井からの借金の原因なのか。

「突き止めねばならない」

心平は決意を固めた。心平は、他の営業担当にフロントを交代してもらうことに決めた。木村の目を盗んで営業担当に電話をしようとしたところで木村が心平に目配せして出かけようとしている。早く誰かに代わってもらわなければ、木村を見失ってしまう。

「花森君、オンリーワン委員会が設置されるわよ」

郁恵が近づいてきた。

木村が玄関を出ていく。

「あれ？　木村君は？」

「塩谷リーダー、ちょっとここお願いします」

心平はフロントを飛び出した。

「なに、なにすんのよ。職場放棄よ」

「すいません。急ぎますから」

木村の姿が見えない。駅とは違う方向に行ったような気がする。近くで人と会うと言っていたから、商店街の方向に行ったのだろう。

「早く帰ってきてよ」

郁恵が声を上げた。

「はい！」

心平は商店街の方向に走り出した。

5

商店街は静かだ。シャッターを下ろしている店もあり、寂しさが滞っている。それにまだ昼前だ。歩いている人は少ない。

「どこへ行ったのかな」

木村の姿は通りにはない。待ち合わせをしているはずだから、どこかの店に入っているはずだ。

時計を見た。十時半。こんな時間に開いているのは、マックかドトールしかないだろう。そこで待ち合わせしているのだろうか？

心平は周囲に目を配りながら歩き始めた。木村に見つかってはならないのは追跡者として当然のことだ。ふいに出会わないとも限らない。あれ、花森君、なにしてんの？　ああ、ちょっとオシッコ？　えっ、オシッコ？　ダメだ。犬じゃあるまいし、もっと違うベストな言い訳を考えておかねばならない。

マックに近づく。入ってみようかと思うが、あまりの明るさに、これでは追跡の意味がない。

ふと、脇道に目をやった。あれっ、喫茶店の看板が見える。あんなところに喫茶店があったのか。喫茶フランソワーズ？　ベタな名前だ。昔はやった名曲喫茶の風情だ。四角くて小さな電飾看板にも蔦《つた》が絡まっている。営業時間十時ＡＭ、とかすかに見える。営業している。入り口には植木鉢が幾つも置かれ、そこに植えられた木が雑然と茂っている。

木村はあの店にいるに違いない。心平は確信を抱いた。

古びたドアを開ける。ドアにつけられたカウベルの音がやけにけたたましく響く。どきっとして足を止める。

店内は低い仕切りで四人がけのボックス席が幾つか見える。カウンターではマスターらしき、髭を生やした老人がサイフォンでコーヒーを淹《い》れている。喫茶店の王道を行くスタイルだ。

入り口に立って店内を見渡す。朝であるにも拘らず、ポツリポツリと客がいる。コーヒーを前にして新聞を読んでいる人、夫婦でトーストなどのモーニングサービスの食事をしている人などだ。

「あっ」と心平は思わず体を縮めた。木村が奥のボックスにいる。こちらを向いてはいない。話している相手は女性だ。顔は見えない。一生懸命話している。

「いらっしゃいませ」

マスターが心平に声をかける。

心平は木村がこちらを見ないかと冷や冷やする。

「うちにはウエイトレスはいないから、ここから水を持っていって。ああ、注文は？」

マスターはテーブルに置いたメニュー表を指差した。

「ホット、ブレンドで」

「了解。美味いのを淹れるから待っててくれよ」

マスターがにっこりとする。

木村の視界に入らないように出来るだけ近くのボックス席に座った。

なんとか女性を見ようと頭を上げるが、うつむいているところしか見えない。だが若い女性の雰囲気はする。

耳をそばだてる。ぽつり、ぽつりと木村の声が聞こえる。しかし、なにを話しているかは分からない。

「はい、お待たせ」

マスターがコーヒーを運んできた。

「あっ、どうも」

心平は慌ててマスターに礼を言った。

「あんた初めての客だね。俺のコーヒーを飲んでみなよ。びっくりするくらい美味いからね」

声が大きい。

「はい、はい」

心平は体を縮めてコーヒーカップを手にとった。鼻孔《びこう》に芳しい香りが流れ込んでくる。ソムリエなら草原を優しく流れる草花の香りがするでしょうと言うだろう。目の前に大自然が広がったような香りだ。口をつける。ああ、美味い。昨日、使いすぎた脳を優しく揉みしだいてくれるようだ。ゆったりとしたソファに身をゆだね、豊かな音楽を聴いているような……。うっとりとして目を細める。

「なあ、言った通りだろう。そんじょそこらのコーヒーとはわけが違うんだ。あの駅前のホテル・ビクトリアパレスのコーヒーなんぞ飲めたもんじゃねえからな」

マスターは自慢げに言った。心平は、顔をひきつらせた。

「そんなに不味《まず》いですか」

確かにここのコーヒーとは違う。しかし、飲めたもんじゃねえと言われるとむかっとくる。

「あのさ、コーヒーを淹れるのもここなわけよ」とマスターは心臓を指差し、「客を思い、自分の人生を思い、一期一会の覚悟で淹れなきゃ美味いコーヒーは提供出来ないわけさ。ホテルってでかくて多くの客を相手にしているうちに、心を忘れちまうんだな。義務みたいになるのよ。だから食事にしても町場のレストランの方がよっぽど美味いだろう。いつの間にか個性を失っているのよ」

心平は、マスターの言うことを納得するものの、言われ放しじゃ男がすたると思い、「だったらホテルでコーヒー教室でも開いてくださいよ。どれほどの客が来るか、見てみたいですね」と言った。少し、怒っていた。

「おっ、あんたあのホテルの人か？　おお、やってやろうじゃないか。コーヒー教室、おもしれえじゃないか。最近、あのホテル、客が減ってんだろう。知ってるぜ。ホテルが寂れれば、この商店街も寂れるんだ。ちっとはしっかりやってくれよな。俺が客を集めてやるぜ」

マスターは腕を組み、心平を見下ろした。

口から出まかせで思いつくままに、コーヒー教室なんて言ってしまったが、どうしようか？　この人、本気になっている……。心平はおろおろした目でマスターを見つめた。

「花森君！　どうしてここに」

木村がボックス席の仕切りから身を乗り出して声をかけてきた。

拙《まず》いことになったとくしゃくしゃに顔を崩して、木村を見上げた。目鼻立ちのすっきりした美人が、一緒に覗きこんでいる。木村が会っている女性だ。

「おお、ホテルの社員が二人もいるね。俺のコーヒーをスパイしに来たかな」

マスターが胸を張った。

ちょっと自信過剰じゃないの？　そんなんじゃないんです。

「どうして？」

木村が繰り返した。

心平は、頭を掻き、情けない顔で黙り込んだ。

6

心平は、坪井から木村の調査を頼まれたことを正直に話した。

「そうか……」

木村は、全身の力が抜けたようになり、神妙な顔つきで心平を見つめた。

「そうなんです。坪井さんが心配して……」

「悪かったたな」

木村は、隣に座った女性に視線を向けた。

「こちらは吉川比佐子《ひさこ》さん。実は、彼女と結婚したいと思っているんだ」

「木村さん……」

比佐子が慌てた様子で木村の腕を摑んだ。

「比佐子さんとはホテルのイベントで知り合ったんだ。彼女、コンパニオンで派遣されていたんだ」

どうりで美人なはずだ。

「彼女、普段は隣のK市の会社で働いているんだけど、イベントがあるとコンパニオンをしにうちのホテルへやってくるわけ」

比佐子が頷いた。

「おめでとうございます。でもどうして坪井さんからお金を借りたのですか？　デート資金ですか？」

ちらりと比佐子を見る。堅い顔でうつむいている。体やテーブルに置いた手が細かく震えている。

「脅されているんだ」

木村は、心平に顔をつき出した。その顔は、今まで心平が見た中で最高に深刻な顔だ。

「えっ」

心平は言葉に詰まった。

「彼女、以前に付き合っていた男と別れるのに手切れ金を要求されているんだ。今、二十七歳なんだけど、そんな不幸をしょっているんだよ。可哀そうだと思わないか」

比佐子の震えが大きくなった。今にも泣き出しそうだ。

こんな可愛い人が、悪い男に脅されているなんて信じられないし、許せない。

「だから僕がなんとかしようと思って、その手切れ金を調達して彼女に渡しているんだ」

木村は目を伏せた。

「それで坪井さんにお金を借りたんですね」

「そうだ。借りたお金は彼女に渡した」

「それで……」

「もうすぐ決着をつけられる見込みだ。今までに五十万円も渡したから」

「五十万円！　大金ですね」

心平は驚いた。

「木村さん、お金を借りていたの？　そこまで……」

比佐子が木村を見つめた。もう涙が溢れんばかりになっている。

「仕方がなかった。黙っていたけど、僕には五十万円の蓄えもなかったから」

謝るかのように木村が比佐子の手を握り締めて頭を下げた。

「うぅん、悪いのは私だから」

比佐子が泣き出した。

「比佐ちゃん」

木村も泣き出した。

「行きましょう」

心平は、テーブルを力を込めて叩いた。

「どこへ」

木村は聞いた。

「坪井さんのところです」

「えーっ」

木村は目を剝いた。比佐子が不安げな顔をした。

「坪井さんならなんとかしてくれます」

心平は確信めいたものがあった。坪井は、生き方が貪欲だ。比佐子を脅している奴を退治する方法を知っているだろう。警察にもコネクションがあるに違いない。他人に金を貸す人だ。人生の裏街道にも精通しているはずだ。

「嫌だよ」

「行きましょう。助けてくれますよ。それに債務者なんだから、木村さんは。現状を債権者である坪井さんに説明する義務があります。今ならハウスキーピングの準備中のはずです」

心平は木村の手を握り、強引に引っ張った。

「あなたもついて来てください」

心平は比佐子に言った。比佐子は怯えたように体を小さくして、頷いた。

心平が木村を引っ張りながら店を出ようとすると、マスターが「コーヒー教室、忘れんなよ。プロフェッショナルの仕事を見せてやっからな」と声をかけてきた。

「必ず」

心平は言い、店を飛び出した。

7

希の前に心平は緊張して立っていた。今からコスト削減策を説明しようとしているのだ。

たいした案ではないかもしれない。しかし、自分で考え抜いたものだ。ホテルを、自分をオンリーワンにするために。

「オンリーワン委員会を始める前に、花森君、あなたから木村君のことを説明したら」

郁恵が横から言った。

郁恵の隣には木村が座っていた。

木村が、たびたびフロント業務をサボタージュしたり、坪井から金を借りていたことは、希の耳に入っていた。それが吉川比佐子という女性が絡んだ問題であることもだ。しかし、最終的な顚末《てんまつ》はまだ報告されていない。

「私が、ですか？　いいですか、木村リーダー？」

心平は木村に問いかけた。木村は頷いた。

心平は、希にこれまでの経緯を手短に説明する。「木村リーダーと比佐子さんを、坪井さんの前に連れていきました。坪井さんならなんとかしてくれるという期待と、お金を借りている以上、その事情をきっちりと説明する必要があると思ったからです」

坪井は、木村に説明を求めた。そして木村が観念したように説明しようとした、その時だった。比佐子が体をよじるようにして号泣し、ごめんなさい、ごめんなさいと唸るような、叫ぶような声を上げ始めた。

心平は驚いた。坪井も木村も、いったいどうしたのだと比佐子の混乱ぶりに戸惑った。

「比佐ちゃん、比佐ちゃん」

木村が宥《なだ》める。

「許してください」

比佐子が坪井の前に体をうつぶせに投げ出した。

「泣いていたら、よく分からないわよ。なんでも話しなさい」

坪井が、別人になったかのように優しく言った。

「分かりました」

比佐子は、体を起こし、鼻をぐずらせていたが、覚悟を決めたのか、背筋をしゃんと伸ばした。

「実は、みんな嘘なんです」

比佐子は、はっきりとした口調で言った。

「えっ！」

木村が引きつった声を上げた。

「木村さん、私が言ったことはみんな嘘なんです。ごめんなさい」

比佐子は、ぴょこんと頭を下げた。

「どういうことか説明しなさい」

坪井は毅然と言った。

比佐子は、その言葉に促され、「私は、木村さんに付き合ってほしいと言われた時、とても嬉しく思いましたが、私は実は、本当は三十四歳で」と言って、木村を見つめた。

「えっ、ほんと！」

木村は絶句した。

「ええ、二十七歳というのは嘘なの。私、三十四歳なの。かなりおばちゃんなわけ。それに介護が必要な母を抱えているの。少し認知症が進んでいて、腎臓透析まで受けているのよ。だから結婚はとっくに諦めていたの。ところがあなたが強引に迫ってくるから、諦めてもらおうと、悪い男に脅迫されて、お金を要求されていると言ったのよ。そんなことを言えば、たいてい怖い女だと思って、男の人は離れていくと考えたの。ところがあなたは離れるどころか、本当にお金を持ってきた。どうしよう、どうしよう、本当のことを言おうか、どうしようかと迷っている間に、時間が経ってしまって……。本当にごめんなさい」

比佐子は木村に深く頭を下げた。

木村は何も言わない。驚いて言葉が見つからないのだ。

三十四歳と二十七歳で、どれだけ女性の容貌に変化があるのかは分からないが、比佐子はセーラー服を着せたら女子高生にだって変身できるだろう。

「それでお金はどうしたの」

坪井は、自分が貸したお金が気になるようだ。

「ここに全部持っています」

比佐子は、もっていたバッグの中から封筒を取り出し、それを坪井に差し出した。

坪井は、中身を点検し、「あら、五十万円、そっくりあるわ」と言った。ちょっと嬉しそうな顔になって「木村さん、嘘だったんだって」と呆然としている木村に言った。

「馬鹿だな……」と木村は、笑みを浮かべながら手を差し伸べ、比佐子の涙を拭った。

「だって私、おばちゃんよ」

「年上だって気にしないよ」

「七つも上よ」

「いいさ」

「母の面倒だってみなきゃならない」

「それもいいさ」

「木村さん、本当にいいの？　比佐子さんが悩んだことはとても深刻なことよ。特に介護のお母さんを抱えていることはね」

坪井が諭《さと》すように念を押した。

「はい、彼女が年上だろうが、介護を必要とするお母さんがいようが、僕は全部を受け入れます。ありのままの彼女を愛しています」

木村は、坪井に言った。

心平は、今までの木村の中で、最高にカッコイイと思った。

「どうなの？　比佐子さん、木村さんはこう言っているけど」

坪井が言うと、比佐子は再び泣き出して、木村に寄りかかり、「嬉しいです」と聞こえないほどの声で言った。

「よかったですね。間違いを正すことができて」

希は、木村に向き直ると、「良かったわね」と言った。

「はい、ご心配をおかけしました。彼女とちゃんとつきあっていきます。フロント業務をないがしろにしたこと、坪井さんからお金を借りたことなど、服務規律に違反した責任はとりたいと思います」

木村は、希を見つめた。

「今回は不問にするわ。でもあなたにも大切な人が出来たのだから、単なる従業員の意識ではなく、プロフェッショナルの意識、さらに言えば経営者意識をもって仕事をしてくれないと困ります」

希は、厳しい口調で言った。しかし、その態度は優しさに溢れていた。

「ありがとうございます」

木村は頭を下げた。

「木村リーダー、結婚式はホテル・ビクトリアパレスで！」

心平ははしゃいだ調子で言った。

「ぜひ、そうしたいと思います。安くしてください」

木村が言った。

「じゃあ、オンリーワン委員会を始めましょうか？　花森君、続けてください」

希が言った。

「はい、続けます。私は、シャンプーなどのミニボトルを止め、ポンプ式にすることを提案します。これでコストは十分の一以下になると思います。またボールペンやメモ用紙も廃止したり、冷蔵庫の中には課金制であろうと飲料は入れないなどの対策を提案します。さらに言えば、六十室では採算を上げるには少ないと思います。なんらかの方法を講じて部屋数を増やすことも必要かと思います。以上です」

「説得力はあるけど、ここはビジネスホテルじゃなくてコミュニティホテルよ。お客様に快適さを感じてもらうサービスが低下しないかな」

郁恵が意見を言った。

「木村君はどう？」

希が意見を求めた。

「花森君の提案は十分検討するべきだと思います。確かにコミュニティホテルであり、シティホテルでもありますが、我がホテルにはビジネス客が多いですからミニボトルをポンプ式にしてもクオリティの低下とは受け止められないでしょう。快適さを求めるならば男性客の部屋にはシャンプーなどではなく、髭剃り後の化粧水やヘアーリキッドなどが置いてあった方が喜ばれると思います」

「それじゃ、コストがアップします」

心平が反論した。

「でも、お客様に喜んでもらうことがホテルの第一の仕事だよ。コストが下がって評判が落ちたら本末転倒だ」

木村が反論した。

「みんな、その調子よ。みんなが受け身の従業員意識じゃなくて、積極的なプロフェッショナル意識、経営者意識を持ってくれれば、最高のホテルになるわ。木村君が真剣になってくれたことはなによりね」

希が嬉しそうに言った。

「花森君が、僕を調査するという、出過ぎた真似をしてくれたお陰です」

木村が嬉しそうに言った。

「出過ぎた真似をするのは、花森君の専売特許ね」

郁恵が笑った。

心平は、みんなの意見を聞きながら、あの喫茶フランソワーズのマスターを思い浮かべた。プロフェッショナルの仕事を見せてやろうと言ったマスターの言葉が、希の言葉と重なったからだ。この会議でいつか、コーヒー教室の提案をしてみようと決めた。

第六章　出来ない理由よりどうしたら出来るか考えよう

1

汗が出る。暑いからではなく、恐怖からだ。

なにが恐怖かというと、トレイに載せたビール瓶が落ちるのではないかと心配でたまらないのだ。ひっくり返せば床がビールで泡だらけになってしまう。

研修が始まって二ヵ月。心平は相変わらず研修の名の下にいろいろな部署を転々としている。ハウスキーピングが終わったと思ったら、今度は料飲部だ。

料飲部では、まずウエイターの研修を受ける。指導員は、料飲部リーダーの橋本明だ。

彼の指示に従って、トレイの上に中身の入ったビール瓶五本を載せ、それを持ってテーブルの間を縫いながら、ぐるぐる回る。言うのは簡単だが、行うのは難しい。

中身の入ったビール瓶はいったいどのくらいの重さがあると思う？　心平は、あらためてその重さに驚いた。絶対一キロ以上はある。それが五本ということは五キロ以上だ。俺の片手に五キロかよ。これ人間のやることか。たちまち腱鞘炎《けんしょうえん》になるぞ。しかも蕎麦《そば》屋の出前のように肩の上に上げるわけではないが、目の高さまでは上げなくてはならない。

「お客様にお運びするものを自分の目の下に置くなんてホテルマンとして失格だ」と橋本は言う。

これが辛い。重い。腕がしびれる。なにも持たずにただ手を上げているだけでも大変なのに、トレイの上には五キロ以上のビール瓶が載っているんだ。大変に決まっている。

「ふらふらするな」

料飲部リーダーの橋本明が叱責《しっせき》する。

「は、はい」

返事をした途端にトレイがぐらつく。慌ててビール瓶を支える。

「ダメだな。ちょっとテーブルに置けよ」

心平は、テーブルにトレイとビール瓶を置く。ほっとする。一気に手首が楽になる。

橋本がつかつかと歩いて近づいてくる。本当に、つかつかなのだ。足が延び、颯爽《さっそう》と歩く。かっこいい。顔は普通。まあ、ホテルマンらしく嫌味がない顔だ。しかし、とにかく歩き方がいい。

橋本は、ひょいとビール瓶五本を載せたトレイを目より上に掲げると、「こうやるんだ」と、テーブルを巡っていく。すいすいと水すましのように、あるいは氷上のスケーターのように。滑らかで滞ることがない。

「すごいですね」

心平は、これで何度目のため息だろうか。

「感心ばかりしてないで、ちゃんとやれよ。これが出来ないとウエイターをやらせられないぞ」

橋本が、心平に「ほい、これ」とトレイを渡す。

「分かりました」

心平は、再び、恐る恐るそれらを目の高さに上げて、歩き出した。

「やってるね。まあまあじゃん」

フロント係の木村がやってきた。

「木村、いいのかサボって」

橋本が気安い口調で言う。二人は、ほとんど入社年次が一緒で、同期生のようなものだと言う。

「サボっているわけじゃないさ。オンリーワン委員会で決まったことを花森君に確認しに来たわけさ」

支配人の希をトップに据えたオンリーワン委員会は、順調に開かれていた。今では、従業員だけでなく外注さんなども参加している。みんなの中にオンリーワンになるためになにをなすべきかという機運が徐々に定着してきた感がある。

心平は、新人ながら、オンリーワンの言いだしっぺみたいなところが評価され、委員会のまとめ役になっている。

「俺も、もう少し真面目に委員会に参加しないとな」

橋本が、申し訳ないという顔で言う。

「そうですよ。料飲部は売り上げだけみると、全体の四割も占める重要セクションですから」

料飲部門が、全売り上げ約十億円のうち約四億円を占めるのは事実だ。

二人が話に夢中になっていることをいいことに、心平は、テーブルにビール瓶を置き、椅子に座って寛いでいた。

「おい、休んでいいって言ったか」

橋本が怒る。しかし、顔は笑っている。

「まあ、そういう橋本も最初から上手くいったわけじゃないから」

木村がフォローする。

「ええ、橋本リーダーを見ていると、まるでフロアを滑っているようですよ」

「すべるのは、橋本のギャグ」

木村が手を叩いてはしゃいだ。

「俺さ、新人のころ、ウエイターやってて真っ白なドレスを着た女性の上にトマトジュースをこぼしちゃって」と橋本は、身振り交じりで説明した。「もう大変だったよ。その女性は、泣き出すくらいわめくしさ。それに連れの男の人が、地域の有力者。もう頭が真っ白になったね。でもとにかく謝り倒して、あたらしいドレスを買うだけの弁償をしてさ。大損害。一時期は、ホテル、辞めようかと思ったんだ」

ダンスをするかのように華麗に動く橋本が、そんな失敗をしたとは、信じられなかった。

「それからは二度と失敗しないように練習したのさ。とにかく花森君、練習あるのみ」

「はい！　でも少し安心しました。橋本リーダーも私と同じだと知って」

心平は言った。

「おんなじじゃない！　オレはそこからちゃんと練習したんだ」

橋本は真面目な顔で言った。「ところでオンリーワン委員会の節約プランだけど、決まったのは固形石鹸からハンドソープに変える、冷蔵庫に飲み物を入れておかない、無料飲料は、お茶パックだけにするだったっけ」

「他にも坪井さんたちからのご提案でシャワーブースのガラス磨きを六十円から五十円にしてもらいました」

心平が言った。

シャワーブースがガラスになっているのだが、ガラスに洗剤などが付着し、汚れやすい。これを磨き落とすのに一回当たり、坪井たちに六十円支払っていたが、これを五十円に引き下げた。その他、冷蔵庫に飲料などを入れない措置にすると、飲料代ばかりではなく、坪井たちハウスキーピング担当者が取り替える手間がなくなり、それだけ清掃費用を削減できる。

「それにこれも坪井さん、平松さんからの提案で決まったのですが、寝具をパジャマから浴衣《ゆかた》に変えることになりました。浴衣と言っても、和風旅館のじゃなくてガウンみたいで、前ボタン式のです」

心平が言った。

「それも経費節減？」

橋本が聞いた。

「ええ、そうなんです。パジャマのように上下のある寝具は、洗濯代が三百円にもなるんです。これを浴衣式にしますと半分になりますし、洗濯して、機械が畳んでくれるのでもっとコストダウンになるんですって。もともとホテルのものじゃなくて、リネン屋さんからのリースですから、追加経費なしですぐに変えられるらしいです」

心平は、得意げに言った。いろいろ動いているところを分かってほしい。

「でも、オンリーワンって言ったってコスト削減策ばかりじゃないか」

橋本が不機嫌そうに言った。

「そうですけど、客の反応を見て、また考えようということになっています」

心平が言った。

「コスト削減も大事だけど、それ以上にこのホテルの問題は、単価が低すぎることさ。六十室しかないから、稼働率もあげなくちゃいけないし、単価も引き上げないとね。売り上げを上げる作戦を考えようよ」

「橋本の言う通りだ。だいたいツイン三万円の標準価格で、最近はどんどん安くなって八千五百円から五千五百円だからね。シングルじゃ二万円の標準価格で、五千五百円から四千五百円だよ。安すぎるというか、仕方がないというか」

橋本の話に木村が同調する。

「そんなに安いんですか」

心平は驚いた。半値以下じゃないか。これでは標準価格があってもなくても同じだ。

「こんなH市のホテルに客を呼び込むには安くしないと来てくれないのさ。大手ホテル並みにレベニューマネージメントと言ってさ、空き室状況などを考えて、最も収益が上がる価格を判断し、販売しているとは言っているけど、実際は単なる安売りになっているんだ。だからなんとかレストランや宴会で稼ごうと頑張っているんだよ」

橋本は眉根を寄せた。

いろいろと厳しいことを言うが、彼も真面目にホテル経営を考えている。彼みたいな社員が一人でも増えたら、希は喜ぶだろう。木村も最近は随分真面目になった。それには比佐子さんとの結婚が本決まりしたこともあるのだろう。

「じゃあ、オンリーワン委員会で今より客を呼べる、なにかいいアイデアを考えなきやならないですね」

心平は、なにかを思いついたように上目遣《うわめづか》いになった。

「おいおい、あんまり余計なことを考えずに、まずはビール瓶を運べるようになれよ。そう簡単じゃないから」

2

今日は宴会の予約も入っていない。心平はレストランで橋本から命じられたテーブルに皿やフォーク、ナイフなどを並べる練習をしていた。

テーブルの客が座る椅子の前に、真っ白で縁にレース編みのような模様を描いた大きな皿を置く。

「これ、飾り皿って言ったな」

直径十・五インチというから二十六センチ以上もある。

その両脇と上部に並べるのはシルバーと呼ばれるナイフやフォーク類だ。

「えーと？」

心平は、橋本から渡されたテキストペーパーと首っ引きだ。

「熱心ね」

驚いて振り返ると、希が立っていた。

「支配人！」

「驚かせてごめんなさい」

希は微笑んだ。だが、あまり元気があるようには見えない。

「すみません。仕事中に」

「いいのよ。どうせ客はいないし」

投げやりだ。

確かに客の応対に忙しければ、こんなことはしていられない。

「でも昼時はそれなりに混んでいました。今は丁度、お客様のいない時間ですから」

「そうね」

ため息まじりに呟く。

「これ、難しいですね」

心平は、ナイフやフォークを握ったまま、首を傾げた。

「ちょっと貸して」

希は、心平からナイフなどを取りあげると、

「向かって左にフォーク。外側から、オードブル、フィッシュ、ミート。右側にナイフ。オードブル、フィッシュ、ミート。右のナイフの外側にスープスプーン。続いてっと、上には手前からコーヒースプーン、アイスクリームスプーン。これらは頭を左ね。そして頭を右にしてフルーツフォーク。頭を左にしてフルーツナイフ」と手際よく並べていく。

「テーブルの左にはパン皿。その上には頭を左にしてバタースプレダー。左上にはバターボウルと頭を左にしてバターナイフ。これでオーケー」

希が手をパンと叩いた。心平は、あっけにとられながら拍手をした。

「すごいですね」

「そんなことないわ。まあ、あと、テーブルの右上にグラスを置けば満点ね。慣れよ、慣れ」

「覚えられないですね。僕は、箸以外使いませんから。どうして外国人はこんなに使い分けするんでしょうね」

「本当ね。西洋の人たちは、もともと肉を中心とした食事だからそれを切ったり、刺したりするからじゃない」

「でも一度、こんなにたくさんのフォークやナイフで食事をしてみたいです」

心平は言った。

「それはいいことね。ホテルマンになるためには一流の店で食事をすることは大事だから。ご馳走しなくちゃね」

希が、心平を見てにこりとした。希が食事に誘ってくれるのか。そう思うだけで心平は、嬉しくてドキッとした。

「ありがとうございます」

「でも本当にうまくいかないわね。こんなにガラガラじゃ、並木さんじゃなくても閉館したくなるわね。はあぁ」

希は、ミズナミ銀行の銀行員の名前を上げて、ため息をついた。

心平は、希のことをリーダーとしても尊敬していた。いつも前向きで、後ろを振り返らない。「みんなしっかり、思いっきりやって、責任は私が取るから」というのが希の姿勢だ。迷っていても希が発破《はっぱ》をかけてくれると、心平は頑張れる。ところが今日の希はおかしい。こんな弱気を見せているのは珍しい。

「また苛めですか」

「苛め？　そうね」

弱々しげに微笑んだ。

「新しい融資も出来ない。前の融資を返せの一点張り。交渉にも何もなりゃしない。ほとほとくたびれたわ。ホテルに愛着のある私たちと、まったくそんな気持ちを持ち合わせていない銀行員とが、気持ちを一つには出来ないのね」

「元気出してください」

「私もたまには元気がなくなるわ。でもこんなこと言ったら、支配人失格ね」

希の寂しそうな微笑みが、心平の目に入った。守ってあげたいと強く思った。

「許せないですね。あの並木って奴は……」

心平は、憎々しげに並木の顔を思い出した。

「あの人も、仕事だから仕方がないわ」

「どうすればいいんでしょう。オンリーワン委員会でみんな努力していますが……」

「とにかくここがにぎやかになればいいけど。そんな様子を並木さんに見せてあげれば、あの冷たい心が変わるかもしれないわね。でも……」

希は、客のいないレストランを見渡した。

「でも、なんですか？」

心平は真剣に聞いた。

「でも……、無理かなってこと」

希が寂しそうに言う。

「支配人、無理じゃありません。なんとかしましょうよ。そんな弱気な支配人は、支配人らしくありません」

心平は強く言った。

「ありがとう。そうね。私が弱気になったら、どうしようもないわね。ありがとう。頑張るわ」

希が手を伸ばし、心平の手を握った。しかしその手には力がこもっていない。言葉の強気の割に、本音はかなり弱気なのだ。

「しっかり練習してね」

希は、レストランから出ていった。

「なんとか元気づけなければ……」

心平は希の後ろ姿に呟いた。

3

「そう、そんなに元気がなかったの……。並木は本当に腹の立つ奴ねぇ」

郁恵が目の奥に怒りを燃やしている。

「支配人が弱気になったら、このホテルは一気におかしくなるさ」

橋本が言った。

「そうなんです。僕たちでなんとかしなくてはならないと思います。それにはレストランに客がいっぱいになるような企画を打ち出しましょう。それを並木って野郎に見せてやるんです」

心平が強気に言っても、「このレストランがいっぱいになる企画なんてそうそうないさ」と橋本が否定する。

「リーダー、失礼ですけど、やる前から、出来ないって考えるより出来るかもとか、どうしたら出来るかってことを考える方がいいんじゃないですか。生意気言ってすみません」

心平は橋本を怒らせないよう気遣って言ったつもりだったが、ムッとした顔をしている。新人から生意気なことを言われたのだから仕方のないことかもしれない。

「花森君の言う通りよ」

郁恵が助け船のように言った。

「俺もそう思う。比佐子の件もあるし、今、ホテル・ビクトリアパレスにがたがたしてほしくないんだ」

辞める、辞めると言っていた木村が前向きになった。恋人の存在は大きい。すっかり木村を変えてしまったようだ。

「今までだっていろいろやってきたけど、そんなに上手くいかなかった」

橋本が否定的なことを言う。

「そこよ、私たちがいけないのは」

郁恵が身を乗り出す。

「どこだって？」

橋本が聞く。

「上手くいかなかった経験が刷り込まれているから、もう出来ないって思い込んでいること。失敗した企画も、もう一度やってみたら成功するかもしれないじゃない。だから過去にやったことも、また少し雰囲気を変えてやってみるのよ。出来ない、やらないより、やってみる。どうしたら出来るかよ」

郁恵が力説する。心平は嬉しくなった。

「例えば、仕事帰りに一杯どうですか？　企画とか？」

橋本が言った。

「それなんですか？」

心平は聞いた。

「サラリーマンにちょっと一杯やってもらおうと思った企画なんだよ」

「上手くいかなかったんですか？」

「居酒屋に負けて、あまり来なかった」

「今、女子会がブームだから。サラリーマンより女子にターゲットを絞ったらどうかな？」

郁恵が言った。

「女子会か……」

橋本が考えるように呟いた。

「女の子につられて男の人も来るかもしれませんね」

心平が言う。

「男は、女の子のいる場所に群《むら》がるからな」

木村が言う。

「女子会プラン、いいわね。女子っていってもおばあちゃんも大歓迎。だからメニューをデザートから和食、洋食、取り揃えて。飲み物はフリードリンク。どう？　いける？」

郁恵の目が輝く。自分が客になったようだ。

「いける、いけますよ」

心平が賛成する。

「比佐子がね」と思案顔をしていた木村が言う。

「なによ、比佐子、比佐子って」

郁恵が機嫌の悪い顔をする。

木村は、そんな郁恵の思いにお構いなしに「この辺《あた》りにはランチするレストランが少ないっていうんですよ。仕事帰りに飲む女子会もいいですけど、ランチ女子会っていうのはどうですか？」と言う。

「確かにこの辺りには女子が喜ぶようなレストランはないわね。ランチ女子会かぁ」

郁恵が、なるほどという顔をする。

「うちのレストランにも食べに来ている女の子はいるけど、ちょっと高いしね。他の子たちは、コンビニ弁当で済ませているのかな」

橋本が言う。

「比佐子によると」

「また、比佐子」

「まあ、塩谷リーダー、いいじゃないですか。そんなに怒らなくても」

木村は余裕だ。

「それでなによ？」

郁恵が目を吊り上げる。

「『おひとりさま』っていうやつらしいんです。今はランチでわいわい食べる女子だけでなく、ひとりで食べたがるおひとりさまも多いんですって。昼時くらい、ひとりになりたいんでしょうかね」

「おひとりさまかぁ」

郁恵がまた何かを考えている顔をする。

「で、僕のアイデアは、徹底して女子にこだわって、女子会ランチプランってのはどうかな？　バイキング形式にしてランチを楽しんでもらうんだ。おひとりさま用の席も作るってのは、どうです？」

木村が言う。

「アフターファイブの女子会は、けっこうどこにでもあるから、ランチに絞ってやるのも面白いかな」

橋本が乗ってきた。

「男の人はどうするのよ」

郁恵が疑問を呈する。

「男性は昼メシにこだわらないからその辺の立ち食いですませますよ。どうせ宴会も入っていないですから、宴会場をランチ女子会専用にしちゃいましょうよ。儲かるかどうかじゃなくて、とにかくなんでもやってみるんです」

木村は如何《いか》にも楽しそうだ。

「兵は拙速《せっそく》を尊ぶだな」

橋本が言った。

「なんですか？　そのヘイハセッソクって？」

心平は首を傾げた。

「多少作戦に問題があっても早い方がいいっていう孫子の教えだよ。知らない？」

橋本がみんなの顔を見た。

「知らなぁい！」

心平も郁恵も木村も声を揃える。

でも、兵は拙速を尊ぶ、いい言葉だ。ごちゃごちゃ考えて言うより、まず動けってことだ。

「支配人を呼んできます！」

心平は立ちあがった。

「まさに拙速だね。拙速そのものだ」

橋本が笑った。

4

「おつとめご苦労様です。ランチ女子会を始めました。御利用ください。おひとりさま専用の席もございます」

心平は、大きな声でいい、チラシを渡した。H市駅の駅頭に立っていた。声を大きくすれば恥ずかしさが飛んでいく気がする。

心平たちオンリーワン委員会は、希と相談し、とりあえず数日限定で、午前十一時から午後二時まで女性だけに特別にランチサービスプランを作った。レギュラーメニューにしなかったのは、ニーズがどれくらいあるか検証しようということになったたからだ。もし、ニーズが高ければ、さらに開催日を増やすことになった。

メニュー作りには、料飲部長の河原康雄《かわはらやすお》が積極的に参加してくれた。バイキングにすることも了承してくれた。

問題は価格だ。近所のランチやコンビニ弁当などを調べてみると、大方はワンコインだ。五百円均一。これと戦わねばならない。五百円でバイキングは無理だろうという声があった。たしかに食べ放題で五百円は厳しい。でも千五百円も昼食にかける女子がいるとは思えない。そこで九百八十円にしてソフトドリンクやデザートもフリーにした。調べてみると、彼女たちは、五百円のランチを食べ、二百円から三百円のコーヒーかデザートを購入する。だから結果的には昼食に七百円から八百円はかけていることが分かったのだ。ちょっと高いが、その代わり思い切り質の良いサービスをしようということになった。

「目玉はローストビーフやな。蟹もつけよか。粉もんも女は好きやで。ピザやお好み焼き、タコ焼きやな」

河原は大阪出身だ。ノリがいい。

「お好み焼き、タコ焼きですか？　そんな道具あるんですか？」

心平はホテルでタコ焼きを焼いているのを見たことはない。道具があるとは思えない。

「借りて来るがな。知り合いがいる。屋台を出したらええやろな。女の子を喜ばすのは任せてちょうだい」

デザートにもプチケーキを十種類も並べることにした。フルーツもパッションフルーツなど珍しいものを加えて五種類用意した。

「これでソフトドリンク飲み放題、制限時間九十分で九百八十円や。これは、安いと思うで」

河原は自信ありげだ。聞くと、以前から女性をターゲットにした企画をやりたくて、腹案を持っていたんだそうだ。しかし、今まではなんだかそんなことを言っても仕方がないという空気があって提案出来なかった。それがオンリーワン委員会で若い人が動きだしたのを見て、やる気になったらしい。

チラシには蟹、ローストビーフ、タコ焼き屋台のイメージイラストを配置した。勿論、デザート、フルーツ食べ放題もつけ加えた。

「これで採算取れるんですか」

心平は心配になった。

「大丈夫よ。あまり儲けはないけど、赤字にはならないわ。高いのは蟹くらい。ただしボリュームが出ないとダメだけどね。女子会を三日間やるとして延べ四百五十人は来てほしいわね」

郁恵が管理部らしい意見を言った。

「四百五十人ですか」

心平はその数字の大きさに驚いた。

「原価がボリューム、即ち売り上げによってダウンしていくからね。席がほぼ満席で百。一・五回転で三日。これで四百五十人ですね」

橋本がたちまち計算した。

満員にしなくちゃいけないのか……。いつもの寂しい宴会場を知っている心平には、途方もない計画のように思えた。

「捕《と》らぬ狸《たぬき》の皮算用にならないようにしましょう」

木村が皮肉っぽく笑って言った。

「とにかく第一歩だから、なんとか頑張らなきゃ」

郁恵が鼓舞する。

会場は、五階の宴会場。真ん中にグループ用のテーブルを配置し、窓際におひとりさま用の小さなブースを作った。誰とも話さなくてもいいように周りを遮断したのだ。テーブルとブースの数は難しいが、ブースは簡単な作りにして、お客様のニーズに従っていつでも仕切りを取り外せるようにした。

「最近は、孤独な女性が多いんですね」

心平は、おひとりさま用の席を用意しながら橋本に言った。

「女性も疲れているんだろう。俺の知っている女性編集者なんかは、年中、肩こった、肩こったっておっさんみたいなことを言っているからな」

「へぇ、女性のおっさん化か。確かに駅前の牛丼屋で女性がひとりでどんぶりかかえていますもんね」

この女子会ランチ企画は当たるかもしれない。

心平たちが相談しているところに希がやって来て、「進んでる？」と勢い込んだ後、「大変なことになっちゃった」と言った。

「どうしたんですか？」

心平が聞いた。

「実はね、啖呵《たんか》きっちゃったの」

「啖呵ですか？　ヤクザとトラブル？」

「ヤクザみたいなものね。ミズナミ銀行だから。あの並木さんに、うちで女子会イベントをやるから女子行員さんに案内してくださいっていったのよ。そうしたら無駄な抵抗だって。人気が出るわけないっていったのよ。悔しくなったから、満員にしてやるわと言ってしまったわけ」と希は頬を紅潮させ「そうしたら出来るわけない。いや、出来ます、出来ない、出来ますの応酬。出来たら、融資回収を少し考えますってなったのよ。私、思わず、やってやろうじゃないって、この細腕を見せてしまったわ」とブラウスの袖をまくり上げ、白く細い腕を見せると、パンパンと平手で叩いた。

「支配人、偉い。それでこそ女の中の女よ」

郁恵が興奮した。

「大丈夫かな……」

心平は呟いた。もし満員にならなければ、より最悪になってしまう。

「花森君らしくないな」

木村が言った。

「僕、なにもかも初めてなので、いざとなると不安になるのかもしれません」

「やるしかないね」

橋本が言った。唇を嚙みしめている。容易ならない事態だと認識している顔だ。

「そう、やるしかないわ。なんとか満員にしましょう」

希が言った。

問題は、お客様への周知方法だ。多くの人に女子会を知らせねばならない。インターネットなどを利用しようという意見が出たが、最も基本的で、地味なやり方を採用することに決まった。ポスター貼りとチラシ配りだ。それが最も効果的だということになったのだ。

チラシは自前で作成した。案外と郁恵が可愛いイラストを描く才能があり、驚いた。みんなで協力するようになると、それぞれが隠れていた能力を発揮し出すものだ。


心平は、早朝も通勤してくる女性たちにチラシを渡した。チラシを配り始めて三日目だ。中には、「もう、もらったわよ」と受け取りを拒否する人もいる。それでも心平は手渡した。女子会イベントの初日は、今日だ。本当に客が来てくれるのか。もし来てくれなければ、食材は全て無駄になる。それればかりではない。並木は、やっぱり言った通りだろう、ダメホテルは、なにをやってもダメなんだと融資回収を強引に進めるだろう。ホテルの命運が、この女子会にかかっていると言っても過言ではない。

「楽しそうね」「絶対、行くね」と言ってくれる人もいる。反応は悪くない。ホテルでのランチ女子会というのは、思ったよりイメージがいいのだろう。

梅雨もそろそろ明ける。夏の太陽が早朝から照り輝き始めている。ゆらゆらと湯気が上がるほど暑くなってきた。こんな日は、仕事に疲れたＯＬは、クーラーのきいたホテルのレストランでちょっと贅沢なランチをしてみたいはずだ。ＯＬばかりじゃなく近所の主婦たちだって誘いあってくるかもしれない。とにかく女性を見つけたら小学生だろうと、「お願いします」と心平はチラシを渡し続けた。

「私も手伝うわ」

「あっ、支配人」

希が立っていた。笑顔だが、緊張が見える。

「じっとしてられなくてね」

「支配人でもですか？」

大丈夫だぜ、俺がついているから、と心平は想像の中で希をぐっと抱きしめ、弱気になった心が崩れないように支えていた。

「新米支配人だからね」

希が、可愛く微笑んだ。

「お願いします」

心平は、希にチラシの束を渡した。

5

会場の入り口前には希や郁恵、木村たちがうろうろしていた。

料理は全て準備完了していた。会場の真ん中に料理が並んでいる。蟹が山もりに積み上がっている。ローストビーフは、河原が自ら切り分けることになっている。タコ焼きは屋台を借りてきて、料飲部のスタッフが焼く。会場の一角に赤い暖簾《のれん》にタコ焼きの大きな文字。

フルーツやケーキが鮮やかな色彩を放って盛り付けられている。プチケーキは、幾つでも食べることが出来る可愛さだ。

野菜煮物、卵焼き、マーボー豆腐、チンジャオロース、五目焼きそば、ポテトサラダ、野菜サラダ、ミートソーススパゲッティ、グラタン、煮込みミニハンバーグ、野菜たっぷりカレー、ピザ……。お腹が膨《ふく》れるメニューを揃えた。これはコストを考えてのことだ。お腹が膨れれば、あまり多く食べられないからだ。

飲料も、豊富だ。ウーロン茶、オレンジジュース、コーヒー、紅茶などが充実している。ソフトドリンク類は、コストが低いことを心平は知って驚いた。「飲料はコスト調整が思ったより容易なのよ」とは、郁恵の言葉だが、確かに肉や野菜などの食材は、その日の相場が動くためコスト管理が難しい。その点、メーカーから供給される飲料は、コストをメーカーと交渉できるからだろう。

「食べてみいや」と河原に言われ、心平はローストビーフをつまみ食いしてみたが、美味いのなんの！　感激した。ジューシーで、肉の甘さがひと際ひき立っている。「最高です！」というと、「せやろ。女の子、何枚、食べるやろな」と河原も御満悦だ。屋台も見ているだけで楽しくなってくる。タコ焼きのタコにも河原はこだわった。切り身が大きいのだ。「最近のタコ焼きは、タコが小さい。タコは大きいほどええんや」と力説する。これもつまみ食いしたけど、美味い。お祭りみたいで人気が出るだろう。勿論、お客様が来てくれてのことだが。

「事前予約制にした方がよかったかも」

木村が言う。

「その方が安心だけど、女子はきままだから。予約制にするとふりの客が来てくれないでしょう。並ぶくらいがちょうどいいんだけどな」

郁恵が言う。

心平は、一緒にウエイターとしてスタンバイしていた。他に何人かのホテルスタッフがウエイター、ウエイトレスとして駆り出されている。

橋本は入り口で案内を担当する。

厨房では河原が料飲部スタッフを大声で注意している。「フルーツカットしろ」「冷蔵庫で冷やしておけ」「ハンバーグ、捏《こ》ね方が足らん。捏ねれば、捏ねるほど美味《うま》いんや」

厨房内は戦場のようだ。キッチン台では、絶え間なく包丁が叩かれ、コンロではフライパンが躍り、鍋が湯気を吹いている。

生きている。心平は、ホテルが生きていると感じた。厨房の中で働く人の動きを見、お客様を待つ間の緊張した空気を肌で感じていると、ホテルが猛烈に走っているような気がするのだ。どんなことをしてもお客様を満足させてやるぞ、という意欲に満ちている。支配人である希の顔には、お客様を待つ社員の顔と同じように不安と高揚が交錯している。

入社してそろそろ三ヵ月になろうとしている。心平はようやくホテルと一体感を覚え始めていた。

橋本が、会場でトレイを抱えて直立している心平に、笑顔を見せた。親指を立てている。心平は、その笑顔に促されて、入り口に目をやった。お客様が並んでいるではないか。心平の立っている場所からは、どれだけの人数かは分からない。しかし、橋本の顔を見る限り、少なくはなさそうだ。嬉しくなって、心平も親指を立てる。

午前十一時になった。心平の心臓が一気に高鳴る。

「いらっしゃいませ！」

橋本の声を合図に、心平たちウエイター、ウエイトレスが声を合わせる。

客が流れるように入ってきた。一応、橋本が整理をしているのだが、途切れることがない。たちまちテーブルが女性で埋まっていく。おひとりさま用のブースも埋まっていく。足らないくらいだ。ブースがなくなり、機嫌の悪そうな女性もいる。おひとりさま用ブースをもっと増やせばよかったと思ったが、すぐに女性のところに飛んでいき、合席をお願いする。女性たちは、自分の席を確保すると、すぐにローストビーフに並んだ。蟹のところにも行列が出来ている。

「ウーロン茶五つ、お願い！」「こっちは六つね」

次々とテーブルから声がかかる。心平は、トレイにウーロン茶を幾つも載せ、テーブルを駆け抜ける。重さは感じない。滑るような感覚だ。

「いいぞ、このまま行け！」

心平は、嬉しくなって自分を励ました。

6

河原が焼くローストビーフの前には長い行列が出来ている。タコ焼き屋台の前も同じだ。

料飲部スタッフが料理を追加していく。蟹の山は、あっと言う間に消え、何度も山が築かれる。

ある女性は、皿に山盛りの蟹をひたすら食べ続けている。心平が覚えているだけで、三度も蟹を山と積んでテーブルに運んだ。昼間からそんなに食べて大丈夫かと心配になるほどだ。

「いかがですか？」

心平がウーロン茶を置きながら、彼女に聞いた。

「大満足よ」

女性は、目の前にいる友人に「ねえ」と同意を求めた。目の前の友人も同じように蟹を食べている。

テーブルには、タコ焼き、スパゲッティ、ケーキ、フルーツが溢れるように並んでいる。

「同じく。今日だけじゃ全メニューを食べきれないから、明日も来るわ」

「ありがとうございます」

心平は、深く頭を下げ、河原のところに行く。

河原は、休むことなくローストビーフを切り分けている。

「河原部長、いい調子です」

心平は耳元で囁く。

「おう、すごいぞ。一人で四十七枚も食べた人がいるぞ」

河原が嬉しそうに囁き返す。ローストビーフは、一枚百グラム見当だから、四・七キロにもなる。いったいそれだけの量がどこに入るのか？

「それはすごい！」

心平は、驚きの声を上げる。

「ジュース、まだぁ」

「こっちはコーヒー、アイスでね」

お客様が手を上げ、叫んでいる。

「おい、無駄口叩いている暇はないぞ」

河原が言う。

「はい！」

心平は、再び、お客様のテーブルに向かった。

希が、男性を案内して会場に入ってきた。男はミズナミ銀行の並木だ。女子会イベントが成功しているかどうかを見に来たのだ。飲み物を運びながら近づいてみる。

「どうですか、並木さん」

希は、蜂の巣をつついたような騒ぎになっている会場を眺めながら、言った。相変わらず堂々とした態度だ。

「うーん、まあまあですね」

並木は、渋茶を飲んだような顔をしている。イベント成功を認めたくないのがありありだ。

「もうすぐ十二時半ですから、入り口に並んでおられるお客様と交代です」

会場入り口には、順番を待つ客がずらりと並んでいる。一つのテーブルやブースが空くたびに、次の客を手際よく入れていくが、客の行列が短くなることはない。

「だいたい客はどれくらいの時間、いるんですか？」

「九十分ぎりぎりまでおられる方もいらっしゃいますが、六十分くらいでしょうか？　データは整理したいと思っています」

「おひとりさまというのは、新しいですね」

「ええ、意外と一人で食事をなさりたいという方が多いですね」

「ところでこんなイベントで儲かるのですか？　まさか赤字じゃないでしょうね」

「赤字にはなりません。利益もさることながら、このホテルの存在を地元の人に再認識していただけると思います」

「再認識ねぇ」

「いらっしゃいませ」

心平は頭を下げた。

「あっ、君は」

並木の顔に緊張が走った。

「その節は、失礼いたしました」

「今日は、ウエイターか」

並木は心平を睨みつけた。追い返された恨みを思い出したのだ。

「並木さんの銀行の方もいらしていただいております」

心平は、笑みを浮かべた。

「えっ、うちの銀行の連中が？」

並木が、焦って会場を見渡す。

「ええ、あちらです」

心平が会場のテーブルを指差す。

「並木さーん」

女性が手を上げ、一斉に並木を呼んだ。テーブルの五人の女性たちがミズナミ銀行の女子行員だと分かり、心平が彼女たちに、「並木さんがお見えになっています。いつも大変お世話になっております」と言っておいたのだ。

「あちゃぁ、あいつらか」

並木は、頭に手を当て、顔をしかめた。苦手な女子行員がいるようだ。外でお客様にどんなに偉そうにしていても男子行員は、女子行員に頭が上がらない。彼女たちに嫌われると、自分の仕事が順調に進行しなくなる。彼女たちは、自分たちを大事にしない男子行員がいると、露骨に無視する。こうなるともう大変だ。にっちもさっちも行かない。融資の実行伝票も処理してくれない。出張の経費処理も放置され、挙句の果てに、支店長にあの人ダメ、と密告されてしまう。実際、女子行員に嫌われて左遷される男子行員は後を絶たないらしい。

「並木さーん」

再び、女性たちが呼ぶ。

「ご案内いたしましょうか？」

希が並木の背中を押した。並木は、心平を先導役にして、まるで処刑台に上るような顔で女子行員たちのテーブルに近づいた。

「並木さん、一緒にどう？」

「支店で昼食をとらないとダメだろう？」

女子行員たちは支店の食堂で昼食を食べる規則になっているのだ。

「並木さん、たまにはいいじゃない。外で、パーッとランチくらい」

ベテランらしき女性が言う。

「支店長に叱られても知らないぞ」

「許可もらっていまーす！」

別の女性が言う。

「ホントかぁ」

並木は驚いた顔をする。

「男の人は勝手に外で昼食食べるのに、女子行員だけはダメっておかしいでしょう」

ベテランが強気で言う。並木は反論できない。

「どう？　並木さんも一緒に」

「遠慮しておくよ、今日は女子会イベントだから」

並木の腰が引けている。

「ここのローストビーフ美味しいわよ」

「タコ焼きも楽しい！」

「蟹、こんなに食べちゃった」

次々と女性たちが並木に話しかける。

「いいホテルよね。こんなイベント、もっとやってね。並木さん、良いお取引先を担当しているわね」

「ええ、まあ、そのぉ」

並木の視線が泳ぐ。動揺している。まさか並木がこのホテルを廃業に追い込もうとしているとは、彼女たちは知らない。

「亜理紗《ありさ》さんは、よくここを利用するの？」

並木が聞いた。目が大きく、顔立ちのはっきりした美人だ。女子行員の中で目立っている。

「初めてです。こんなに料理が美味しいとは知りませんでした」

亜理紗と呼ばれた女性は、少女のように顔を輝かせた。

「あぁら、並木さん、私たちには何も聞かないの？　いつも亜理紗ばかりじゃ、噂にしますよ」

ベテランがからかい気味に言う。

「そうね、並木さんは、亜理紗ちゃんしか目に入らないのよね」

蟹を食べ続けていた別の女性が言う。唇に蟹の身がついたままだ。

「からかうなよ」

並木が、銀行員の顔から普通の若者になった。慌てている。亜理紗も恥ずかしいのか目を伏せている。

「もう、結構です」

向き直った並木が、希に言った。

「はあ？」

希が首を傾げる。

「ここを退散しようということです。すみません。女子会イベント成功、おめでとうございます」

並木は、固い表情のまま言った。

「ありがとうございます。これもみんな花森君たち若いスタッフの企画です」

希は、心平を見た。

「ああ、そうですか」

並木は、心平に視線を合わせないで、歩き出す。

「たまには亜理紗をホテルの食事に誘ったら。いつも居酒屋でしょう」

ベテランが、並木の背中に向かって言う。笑い声が上がった。並木の顔が赤くなり、足運びが速くなった。

「参りましたね」

並木は、会場を出て、ハンカチで汗を拭いた。

「いい方のようですね」

希は言った。

「あの亜理紗ですか？」

「ええ」

「いい方というか、付き合っていますが、彼女の気持ちはもう一つ分かりません。僕のことをどう考えているか……」

並木はうつむき気味に言った。そこには希を追い詰める非情な銀行員の顔はなかった。普通の恋に悩む若者の顔に戻っていた。

「失礼ですが、いつも居酒屋でデートですか？」

希は、テーブルにいたベテラン女子行員の言葉を思い出した。

「ええ、まあ、店、知りませんし、この辺には居酒屋程度しかありませんし……」

並木は呟いた。

「うちの料理長、河原というのですが、ええと、料飲部長を兼務してもらっていますが」

「あのローストビーフを焼いていた人ですか」

「ええ、そうです。彼のフレンチは一流ですよ。とても美味しいです。パリの三ツ星レストランで修業してきましたから」

希が真剣な表情になった。

「そんな人がこのホテルにいるのですか……」

「そんな立派な料理長が、こんな場末にという顔をされていますね」

希が微笑んだ。

「いえ、そんな気はありません」

並木は、すっかりいつもの勢いを失っている。ベテラン女子行員にからかわれたところを目撃されたせいだ。

「ぜひうちでお食事されたらいかがですか？　イベントで河原のフレンチを味わう会を開催したいと思っていますから、御批評していただければと思います」

希は頭を下げた。

「よろしいんですか？」と並木はびくびくした顔で聞いた。

「亜理紗さんとどうぞ」

希が、微笑みを浮かべる。並木がじっと考えている。

「止めておきましょう。融資の回収を進めているお宅で食事をするわけにはいかないでしょう。今回のイベントは上手くいきそうですが、所詮、一過性でしょう。長続きするとは限らない……」

並木は、暗い顔で言う。

「私たちの取り組みを評価していただけないんですか。融資回収を再検討するというのは嘘だったのですか」

希が厳しい顔で言った。

「嘘は言いませんよ。ちゃんとよく検討しますよ。しかし女子会がちょっと成功したからって銀行が、このホテルの経営に厳しい目を向けているのは変わらないですね」

並木は、感情を抑えて言った。

「よく分かりました。でもね、並木さん」と希の目が光り、「御担当としてこのホテルにどんないい点があるのか、お知りになることはとても重要だと思います。並木さんには亜理紗さんと河原のフレンチをぜひ味わっていただきたい。ええ、ちゃんと料金はいただきますから、御心配なさらないで。いろいろな可能性を見つけてもらえるように私も努力したいんです」と言い、頭を下げた。

「考えさせてください。無駄な努力にならなければいいですが。私も少し、努力してみます。でもあまり期待しないでください」

並木は、薄く笑い、力なく言った。

希は、気落ちしているようだ。もっと力強い回答を期待していたのだが、そうではなかったからだろう。まだまだミズナミ銀行とは厳しい交渉が続くことを覚悟しなければならない。しかし、並木がほんの少しでもこちらの話に耳を傾けてくれるようになった気がする。甘いだろうか。ほんの少しだが、いい傾向が現れている。

あの女子行員たちが、「美味しい」「いいホテルだわ」と言ってくれたのが影響しているのだろう。並木の頑《かたく》なな心を解きほぐしてくれたと思いたい。

ホテルは「安眠」と「食事」に尽きると心平は改めて思った。美味しい食事を提供して、ゆったり、ぐっすりと眠っていただくことだ。ホテルはホスピタリティ、おもてなしそのもの。それさえ評価してもらえれば、万年氷のような並木の頑なな心もいずれは融けだすに違いない。

「私は期待して、並木さんからのご連絡お待ちしていますわ」

希は、エレベーターに乗り込んだ並木に微笑んだ。

「並木さん、あっさりお帰りになりましたね」

心平は、希の背後に立ち、話しかけた。

希が振り向いた。

「相変わらず厳しいけど、ほんの少し、本当に、ほんの少しだけどいい方向に変わってくれつつあるような気がするの」

「良かったですね。女子会が盛況だったから、私たちを見直してくれたんでしょうか」

「少しね。でもほんの少しよ。まだ安心出来ないわ」

心平のストレートな言い方に希は「クスッ」と笑った。

「気になったんですが、河原部長のフレンチってなんですか？」

「花森君、知らないの？　あの人、フレンチの名人よ」

「へえ、知らなかったです。大阪弁のこてこてのおっさんかと思っていました。たしかにローストビーフは美味しいけど……」

心平は、真面目に驚いた。

「うちのホテルではなかなか腕を振るっていただけるチャンスがなくて申し訳ないと思っていたけど、今回の女子会イベントの成功で自信がついたわ。河原さんのフレンチをメインにする食事会をやりたいと思ったの。どう？」

希の目がきらきらと輝いている。

「どうって、それはいいと思います。大阪弁で料理の説明をされたら、それも面白いですね」

心平は笑った。

「そうね。それも面白いわね」

希が、力を込めて言った。

「ケチですね」

「女子会、やってよかったですね」

「まだまだ安心するのは早いわよ。今日は、初日。あと二日、あるんだから。さあ、行きましょう」

希が、勢いよく足を踏み出した。すらりと伸びた足が、フロアを蹴った。希のヒールと床が呼応して、澄んだ音がした。それはホテル・ビクトリアパレスへの祝砲に相《ふさ》応《わ》しい音だ。

「なんでもやってみるに限りますね」

心平は、希を後ろから追いかけながら言った。

「そうよ。失敗を恐れるより、どうしたら出来るかってみんなで考え、まずやってみることね。今回のことで私も勉強になったわ」

希は、まっすぐ会場に向かって歩いていく。お客様の楽しそうな笑い声が聞こえてくる。それは木魂《こだま》のようにホテル中に響き渡っていた。

第七章　日々の仕事にベストを尽くすこと、それがリーダーの資質

1

浮き浮きしてくる。自然と笑顔がこぼれる。食事を運びながら、テーブルの間を歩いていても、まるでダンスステップを踏んでいるようだ。

「調子良さそうだな」

橋本が声をかけてきた。

「えへへへ」

「何があった？」

「えへへへ」

自然と顔がほころぶ。

「話せよ」

「あとで。お客様が来られましたから」

レストラン『トップオブビクトリア』の入り口に親子連れが立っている。

心平は、飛ぶように入り口に向かった。客の案内、食事のサービスは全て橋本と二人でやっている。

夕食時の六時から九時ごろまではかなりてんてこ舞いの忙しさだ。バイキングなどの場合は、客が勝手に食事を選んでテーブルに持っていってくれるが、通常営業の時はそういうわけにはいかない。客をテーブルに案内し、注文を聞き、それを調理場に繋《つな》ぎ、飲み物、食事を運ぶ。客が食べ終わったら、すぐに片付ける。

最近は、心平も片手に二皿ずつ、計四皿も持てるようになった。一皿は、手の上に載せるが、もう一皿は腕の上だ。バランスが崩れるとひっくり返しそうで大変だが、練習の成果もあり、今のところは客の前で失敗はしていない。

「いらっしゃいませ。三名様でいらっしゃいますか」

夫婦に女の子は小学校低学年のようだ。時間は、午後八時を回っている。遅い夕食だ。

「どうぞこちらへ。夜景がきれいに見えますよ」

今日は、比較的客が少ない。運よく窓際のテーブルが空いている。夜景といってもH市はたいしたことはないが、今日は、晴れているので星の海のように輝いている遠い新宿の夜景が美しい。

「きれいだね。ねえ、ママ、きれいだよ」

女の子が、弾んだ声を上げながら、窓に顔を寄せる。

「本当ね。玲奈《れな》のお誕生日をお祝いしてくれているみたいね」

母親が言った。こちらは若いけれど疲れているようだ。目の周りがやや黒ずんでいる。

「こんな時間になってすまない。いつも仕事が遅くて」

真面目そうな感じの父親が言った。父親は、スーツ姿だ。それもレストランのために着てきたのではなく、仕事からここに直行した雰囲気が漂っている。首筋から顎にかけて、うっすらと髭が伸びている。

「仕方がないわ。仕事が優先だものね」

「でも玲奈の誕生日くらいは、早く帰りたかったんだ。約束していたからね。これでも必死で帰ってきたんだ」

「もうお祝い出来ないかと思っていたわ。でもレストランに来られてよかった。玲奈が行きたいって言っていたから」

ようやく親子は席についた。心平は水とおしぼりを運ぶ。

「ご注文をお受けします」

心平は、メニュー表を父親と母親に渡した。

「コースにしてもらおうか？　説明してもらえますか？」

「はい。アミューズは、プチトマトの甘露煮《かんろに》、ホワイトクリーム添え、前菜は、北海道産の甘エビを使ったテリーヌ。サラダは、地元野菜たっぷりサラダ、スープはインカの目覚めというジャガイモの冷製ポタージュ、メインは魚か肉をお選びください。魚は甘鯛のポワレ、プロバンス風ソース、肉は宮城産牛のヒレ、キャビア添え、デザートは酸味のきいたレモンケーキアイスクリーム添え。そして食後に、コーヒーか紅茶でございます」

心平は、まる暗記した料理の内容を口にした。実は、自分では食べたことはない。橋本から教えてもらった通りに喋っている。必ず言えと命じられているのは、「当ホテルのシェフは、フランスの三ツ星レストランで修業いたしました」ということだ。

「美味しそうね」

母親が言った。

「そうだね」

父親が答えた。顔がやや浮かない。値段を気にしているのだろうか。確かに一人五千円だから決して安いとは言えないが……。予算が足らないなら、ここから何品か抜いて一人三千円に抑えることもできる。

「当ホテルのシェフは、フランスの三ツ星レストランで修業しておりますので味には自信があります」

心平は、教えられた通り言った。

「ねえ、おじさん、アミューズってなあに？」

女の子が、心平の顔を上目遣いに見つめている。なにかを疑っているような目つきだ。

「アミューズは、最初に楽しんでいただく小さな料理でございます」

心平は得意げに言った。よく知っているだろうという顔をした。

「じゃあ、プロバンス風ソースって？」

女の子が畳《たた》みかけてくる。

「これ、玲奈」

母親が叱った。

「だって分かんないんだもん」

女の子は心平を見つめたままだ。

焦った。知らない。プロバンス風ってなんだ？　プロバンス地方というのは南フランスのはずだ。そこのソースに違いない。脈拍が高鳴ってくる。こんな小さな子に質問されて言葉に詰まるとは、ああ、情けない。日ごろから、料理場に行き、河原料理長の仕事振りを盗み見ていればよかった。顔が熱くなってくる。いつの間にか、女の子を睨んでいた。

「ねえ、おじさん、教えてよ」

しつこい。先ほど、両親が、今日はこの子の誕生日だと言っていたが、いったいいくつなんだ。どう見ても七歳か八歳だ。こんな小さい時から、これほど質問を繰り出すようでは先が思いやられる。そんなことはどうでもいい。知らないとは言えない。どうしようか。

「プロバンスというのは、フランスの南の地方です。南は暖かく地中海に面しています。太陽がサンサンと照り、とても明るいところです。そんなソースです」

たらーりと一筋汗が流れた。なんだか訳の分からない説明になった。女の子は、満足したのか、しないのか分からないが、唇をへの字に曲げて、何度か頷いた。少しは納得したのだろうか。

「子ども用になにかありますか？」

父親が聞いた。

「私、オムライスがいい。こんな大きいの」

女の子が両手を広げた。

「これ、勝手を言うんじゃない」

父親が少し厳しく言った。女の子は、しゅんとして大人しくした。

「大丈夫ですよ」

心平は、女の子に笑顔を向けた。

「あるの？　オムライス！」

女の子は、途端に元気になった。

「はい。こんな大きなオムライスです」

心平は、両手を広げた。

「ねえ、パパ、オムライスにして」

「分かった、分かった。じゃあ、私たちはこのコース料理。飲み物は、お祝いだから、シャンパンをグラスで……」

「私は、オレンジジュース！」

女の子が言った。

「承知いたしました。コースをお二人、オムライスの特大？　をお嬢様に、そしてシャンパンをグラスでお二人に、オレンジジュースの特大？　をお嬢様に」

心平は、特大のところを強調した。

「オレンジジュースも特大があるの」

女の子の目が輝いた。

「これ、もう、止めなさい」

母親が言った。

「大丈夫ですよ。こんな大きなコップで……」

心平は両手を広げた。

「嘘、嘘」

女の子が唇を突き出し、文句を言った。

「そうですね。このくらいかな。できるだけ大きなグラスでお持ちします」

心平は、両手でグラスのサイズを示した。

「申し訳ございません。我がままで……」

母親が謝った。

「そんな、申し訳ないなんて。私どもはお客様の要望を聞くのが仕事ですから。ところで失礼ですが、今日は、お嬢様のお誕生日でございますか？」

「はい、七歳の誕生日です」

「それはおめでとうございます。それでは当レストランが腕をふるって、お嬢様のお誕生日をお祝いしましょう」

心平は、女の子に微笑みかけた。

心平は、厨房の河原に注文を伝えた。

「料理長、ケーキを作れませんか？」

「ケーキ？」

「あの女の子の誕生日祝いのようなんです。あのお父さん、仕事が忙しいみたいで、こんな時間になってしまったようなんです」

「誕生日ケーキか？」

河原は、心平の質問に答えながら、厨房スタッフに鋭く指示を飛ばしている。

「分かった。レモンケーキを利用してやってみよう。サプライズケーキだな。ところで女の子の名前は？」

「レナと言っていましたね。間違いないです」

「レナちゃんね」

河原は、微笑んだ。頭の中には、ケーキのデザインが浮かんでいるのだろうか。

そして心平の目には、あのちょっと生意気な女の子が大喜びする姿が浮かんでいた。

2

「さっきもったいぶっていたけど、今日のニコニコの原因はなんなんだ」

空になった皿を運んできた橋本が聞いてきた。

「実は」と心平は、入り口から目を離さないまま、「外を歩いていたら声をかけられたんです」と言った。

「なに、それ?」

橋本は、たったそれだけのことかという顔だ。

「ランチ女子会、とっても楽しかったって。もっと頻繁にやってくださいって言われたんですよ」

「ホント?」

「本当ですよ。若いOL風の人たちでしたが、僕がウエイターをやっていたことを覚えていたんでしょうね。嬉しかったな」

心平は、うっとりとした顔をした。

「それは嬉しいな」

「嬉しいですよ。地元の人に受け入れられたんだなって気になりました」

「あのイベントは、恒例にしなくちゃならないな」

「恒例にしましょうよ。それにもっと地元に喜ばれるイベントも企画しましょう」

心平が弾んだ声を上げた時、背後の厨房から「ケーキ、出来たぞ」と河原が言った。

「ケーキを焼いてもらったのか」

橋本が聞いた。

「ええ、あの子が誕生日なんです。それでサプライズに作ってもらいました」

心平が言った。

「それはいいや。早く持っていけ」

心平は、橋本に促された。心平は、急いで厨房に向かった。

にこやかな笑みを浮かべて河原がキッチン台に載せたケーキを見つめている。

「どうだ、これならいいだろう」

「いいですね」

心平は、思わず言った。

直径二十センチほどの小ぶりのケーキだが、白い生クリームで表面を覆い、イチゴやメロンなどのフルーツがいっぱい飾り付けてある。ケーキ上部に置かれた板チョコには「HAPPY　BIRTHDAY　RENA」の文字が鮮やかに描かれている。

「喜ぶだろうな。俺も一緒に行くか。料理も一通り終わったしな」

河原が厨房を出て、女の子のお祝いをするという。

「行きましょう。ケーキは料理長が運んでくださいよ。いいですか？」

「えっ、俺にそんないい役をくれるわけ？」

「ええ、お願いします。私は先にテーブルに行っています」

心平は、急いで女の子のテーブルに向かった。

「いかがでしたか」

父親は、微笑んで「どれもとても美味しくいただきました。ここには初めて来ましたが、こんなに美味しいとは思いませんでした」と言った。

「お肉も本当に美味しくて、ペロリと食べてしまいましたわ」

母親が言った。

「オムライスも最高だった。私、残さなかったわよ」

女の子はそう言って、相好《そうごう》を崩した。

「玲奈ったら、私のお肉まで取ったのですよ」

母親が笑った。

「いかがでしたか？」

河原がやってきた。手には丸い皿を持っている。なにが載せてあるのか分からないように蓋《ふた》で隠されている。

「わーい、コックさんだ」

女の子が河原の帽子を指差して喜んだ。

「当レストランの料理長、河原です」

心平が紹介した。

「今日は、当レストランをご利用いただき、ありがとうございます。お聞きしますと、お嬢様のお誕生日だとか？」と河原は、首を傾げた。

「ええ。今日、七歳になりました」

母親が、怪訝そうに言う。

「それでは当レストランからのプレゼントでございます」

河原が、皿をテーブルに置いた。

「プレゼントなの？」

女の子が身を乗り出した。

河原が蓋を取った。色鮮やかなケーキが現れた。

「ワーッ、ケーキだ。英語が書いてある。これが私の名前？」

女の子が、板チョコを見て、弾《はず》んだ声を出した。父親も母親も驚き、目を見張っている。

「それでは皆さんでハッピーバースディの歌を歌いましょう」

心平は、ケーキにローソクを七本刺した。そしてライターで火をつけた。

「さあ、いいですか」と心平はテーブルを見渡す。女の子は、今にもローソクの火を消そうと、身構えている。父親と母親は、嬉しさで笑みを溢れさせ、抱き抱えるように女の子に手を伸ばしている。

「ハッピーバースディ、ツー、ユー、ハッピーバースディ、ツー、ユー、ハッピーバースディ、ディア、レナ、ハッピーバースディ、ツー、ユー」

「さあ、お願い事をして、ローソクの火を消して」

心平が言った。

「ちょっと待った」

橋本がやってきた。ポラロイドカメラを持っている。

「写真を撮ります」

橋本はカメラを構えると、ローソクの火がゆらゆらと燃えるケーキを前に女の子と両親を並べ、シャッターを押した。

「さすが、橋本さん、気がききますね」

心平は言った。橋本が、親指を立てた。

「さあ、玲奈、ローソクを消すのよ」

母親が促した。

女の子は、思いっきり息を吸い込むと、真剣な顔をして、一気に吹いた。見事にローソクの炎が消えた。拍手が鳴り響いた。心平たちばかりではない。レストランに居合わせた客たちが、期せずして拍手したのだ。

「おめでとう」

心平は女の子に言った。

「ありがとうございます」

女の子はにこやかに言った。

「何をお祈りしたの？」

河原が聞いた。

「お父さんのお仕事が上手くいって、来年もここでお誕生日が出来ますようにって」

女の子は、屈託《くったく》のない笑みを浮かべた。

突然、母親が手を口にあて、うめくように泣き始めた。父親が、手を母親の背中にまわし、「大丈夫だ。頑張るから」と言い、目に涙を溜めた。女の子も両親を見つめ、目を赤くした。

「おめでとう。また来年もね」

心平が小指を立てると、女の子は「や、く、そ、く」と言って、自分の小指を絡ませてきた。

3

「そう、そうだったの。よかったわね」

郁恵が、感じ入ったように大きくため息をついた。

「お父さんがリストラで会社を辞めさせられ、最近、やっと新しい職場に移ることが出来たんですね。それで慣れないんでどうしても帰りが遅くなる。誕生日会もやれないねって言っていたら、お父さんがこのトップオブビクトリアに予約したから、行こうと企画したそうなんです。私たちも六時半からの予約だったのに一時間経っても現れないので、もう来られないかなと思っていたんです」

心平は言った。

「ケーキは花森君のアイデアなの？」

「ええ、河原さんに無理を言いました」

「レナちゃんっていったっけ。一生、このホテルのことを覚えているでしょうね」

「そうだといいですが。そろそろオンリーワン委員会、開きますか。もうすぐ木村さんや橋本さんも来るでしょう。僕、支配人を呼んできます」

「今日は、大沢部長や高島マネージャーも来られるって言ってね」

「はい」

心平は、管理部に向かった。業務が一段落した夜の十時に週一回、オンリーワン委員会が開催されるようになってもう数ヵ月が経つ。若手中心で、経営改善策やイベント企画などを自主的に検討している。ここで検討したことは、かなりの程度で実行に移されている。それは支配人の希がこの会議に出席していることが大きい。多少、くだらない案でも「まず、やってみよう」というのが希の方針だからだ。失敗を恐れず、やってみようという彼女のおかげでホテルの空気が変わってきたように思える。みんなが少しずつ積極的になってきたのだ。

「おかげで僕も街で声をかけられたしね」

心平は独り言を言いながら、管理部を覗いた。

「支配人、いらっしゃいます？」

「あれ？　さっきまでいらっしゃったのにね」

予約の電話を担当している女性社員が言った。

「どこに行かれたか分かります？」

「きっとホテル内を巡回されているんじゃないかな。毎日、決まって部屋を見て回っておられるから。本当に熱心よね」

女性社員は、感心したように言った。

「じゃあ、僕、探してきます。行き違いになったら、オンリーワン委員会を宴会場の端っこでやってますのでいらしてくださいって、伝えてください」

「分かったわ。頑張ってね」

心平は、十階の客室フロアに向かった。そこから順番に探せば希を見つけることが出来るだろう。

希は、素晴らしいリーダーだと思う。美人で、心平好みな女性だというばかりじゃない。社員たちのやる気を起こさせてくれる。希は、「日々の仕事にベストを尽くすこと、それがリーダーの資質です」と言う。いい言葉だと思う。リーダーといっても特別な才能が必要なわけではないと分からせてくれる。毎日の仕事を一生懸命やっていることがリーダーシップなんだと思えば、自信が湧いてくる。

十階の廊下についた心平は心持ちウキウキとした足取りで希を探し始める。

廊下には誰もいない。別のフロアかな、と思い、立ち去ろうとした。

あれ？　なにか聞こえる。はっきりしないが、言い争いをしているようだ。

心平は、耳を澄ませながら、声が聞こえる方向に歩いていった。

ここだ。立ち止って部屋番号を見る。一〇〇五号室。ここは、あの謎の客の部屋じゃないか。名前は、杉村亮一。毎日、このホテル・ビクトリアパレスに宿泊しては、どこかへ出かけている。心平たち、ホテルスタッフとは、会釈程度で深く接触しない。木村や郁恵たちベテランでさえ杉村がどんな仕事をし、なにをしているのか全く知らない。

いけないと思いながら、心平は一〇〇五号室に近付き、耳をドアにつけた。勝手に聞こえてきたんだからな、と自分に言い聞かせた。

「だめよ！　絶対、だめよ！」

女性の声だ。

「もう、いい加減にしろよ」

男性の声だ。

「……私は諦めないわ」

「僕は君のことを考えているんだ」

大したトラブルでなければいい。心平がドアから耳を離そうとした。

「このホテルは、私が守る。あなたの勝手にはさせない」

一際《ひときわ》、甲高い声が聞こえた。心平は、心臓が止まるかと思った。その声に聞き覚えがあったからだ。そして以前、この部屋から飛び出してきた女性の姿をありありと思いだしたのだ。

希、だ。

どうして一〇〇五号室に希がいるのか。杉村と希との関係は？　いろいろな疑念が渦巻く。このホテルは、私が守る、とドアの向こうの希は言った。それは悲鳴のように悲痛に聞こえた。恋のさや当てではないかもしれない。あなたの勝手にはさせない、とはいったいどういうことか。

もっと強くドアに耳を当てた。

ドアが勢いよく急に開いた。心平は、あっと小さく叫び、ドアに弾き飛ばされそうになった。

希が姿を現した。顔を心平に向けた。そこに心平が、あんぐりとした顔で立っているのを見て、驚いている。

「花森君、こんなところで何をしているの？」

「支配人を探していました。オンリーワン委員会が始まりますので。今日は、イベントの相談ですが」

心平は、どぎまぎしながら言った。立ち聞きをしていたことを疑われるのではないかと思ったからだ。ホテルマンが、どんな理由にせよ、客室に耳をそばだてて話を盗み聞くことは許されるはずがない。

「希、ちょっと待ってくれ」

部屋の中から男が慌てて飛び出してきた。男はやはり、杉村だ。がっしりした体躯で、眉が濃い、男らしい顔立ちだ。杉村は腕を伸ばし、希を掴もうとする。希が、それを振り払った。

「君は？」

杉村は、心平に気づき、慌てて手をひっこめた。

「お客様、なにか、ご要望がございましたでしょうか？」

心平は、へりくだって聞いた。

「僕？　なにか、ご要望って？」

「はあ、お部屋からお呼び出しがあったものと思いまして」

「呼んでいないよ」

杉村は機嫌の悪い顔をした。

「私が呼んだのよ」

希が言った。

「君が？　いつの間に？」

「もういいわ。あなたとはもうこれでおしまい。いつまでも私に付きまとわないで。私には、この人達とこのホテルを守っていく使命があるのよ。あなたにはわからないわ。さようなら」と希は、決然と言い、心平に振り向くと「花森君、行きましょう」と大股で歩き出した。

「はい」

心平は、希の後に従った。

「希、僕は明日も来る。明後日も来る。そして君を必ず説得してみせるから。僕は、君を幸せにしたいんだ」

杉村は、廊下に響き渡るような声で言った。

希は、カーッと耳まで赤く染めた。歩くスピードが速くなった。心平は、絶対に杉村との関係を聞かねばならないと決意した。それはホテルが関係していることだと思ったからだ。

4

心平は、黙って希の後をついて歩いた。希は、エレベーターを使わず非常階段を歩き始めた。みんなが会議をしている宴会場までは、五階も下りなければならない。

「お客様から感謝のお手紙がきたわ」

希が、歩きながら話しかけてきた。俯《うつむ》き気味で、心平からはその表情は見えない。

「そうですか」

「花森君にとても感謝していたわ。お子様の誕生日が、素晴らしいものになったって。ケーキをサプライズしたんですって」

希が振り向いた。笑みを浮かべているが、眉根には皺が寄っている。複雑な表情だ。

「あのご家族ですね。とても喜んでおられました」

心平は、レナという女の子の嬉しそうな顔を思い浮かべた。

「一家心中しようかと思うほど落ち込んでいたんだって」

「そうだったのですか」

道理で、レストランに入ってきた時など、父親の表情が暗かったはずだ。

「リストラ、失業、転職で、新しい仕事に就いたものの上手くいかなかったらしいのね。そんな時の誕生会だったらしいのよ。落ち込んでいた時なのに、料理も美味しかったし、サプライズのケーキもいただいて、スタッフの皆さんから祝福していただいたおかげで明日への希望が湧きましたっていう内容だったわ」

「それはよかったです。僕は、あの女の子の誕生日だって耳に入ったものですから。どうしてもお祝いしてあげたくなったのです。それがホテルマンの仕事だと思ったものですから」

心平は、謙遜して言った。

「花森君は、盗み聞きが得意なのね」

希が皮肉っぽく言った。目は笑っている。先ほどの一〇〇五号室の出来事を咎《とが》めているのだ。

「いえ、そんなつもりじゃ。僕は、なにも聞いていません」

心平は、慌てて否定した。

「いいのよ。いずれ分かることだから」

希の肩が力なく落ち、背中が寂しそうだ。あまり見たことがない希の力を落とした姿だ。

心平は、深呼吸して「思い切って伺います」と声を強くした。

「なあに」

「あの一〇〇五号室の杉村様とはどういう関係なんですか？　このホテルを勝手にさせないという言葉の意味はどういうことですか」

希は、階段の途中で立ち止り、心平を見つめていたが、ふっと息を吐き、薄く笑った。

「杉村って名前を知っているのね」

「それは……、あれだけ毎日お泊りになっていれば、名前くらいは覚えます」

「そうね。毎日、だものね」と、希は心平を見つめ、なにかを話すべきかどうか迷っているように見えたが、「今は、止めておくわ。話す時には話すから」と言い再び階段を下り始めた。

心平は、肩すかしを食ったような気がしてがっかりしたが、希の前に行き、宴会場に通じる鉄扉を開けた。希は急ぎ足で郁恵らが待っている場所へと向かった。

「みんな、ごめん、遅くなって」

希が言った。

「支配人、待っていましたよ」

木村が言うと、郁恵や橋本、大沢、高島が一斉に希の方に振り向いた。

「さあ、始めましょうか」

希は明るく振る舞って、椅子に着いた。

「テーマは、イベントね。夏に向けてどんなイベントをするかってことね」

希が、確認する。

「そうです。サマーフェスティバルと銘うって歌手でも呼んで、ドンとやろうかって話になっています」

木村が言った。

「ドンと？」

希が首を傾げる。

「木村君、最近、異常に前向きなんですよ」

郁恵がからかい気味に言う。

「恋人がいるんだからしっかりしないといけないのよね」

希が言った。心平には、無理に明るく言っているように聞こえた。あの杉村は、希の恋人に違いない。悔しいけれど、二人の間には非常に親密な空気が漂っていた。

「歌手を呼んでのイベントって利益は出るんですか」

心平は聞いた。有名な歌手を呼べば、半端なお金じゃ済まないだろう。そんなに費用をかけてペイするのだろうか。

「そこが問題よね。ディナーショーってホテルのステイタスのようにどこでもやっているけど、実は儲からないのよね」

郁恵が言った。

すると大沢がおずおずと手をあげる。

「ホテルを活性化させるためにディナーショーをやろうというのはいいんですが、実際、やろうとするとリスクが大き過ぎると思うんですよ。歌手だけじゃなくて舞台の設営、機器の搬入・搬出、サービスクリエーターチームへの依頼なども大変な費用です」

「サービスクリエーターってなんですか」

心平は、橋本に聞いた。

「サービス専門の派遣会社なんだよ。宴会やディナーショーをやる時に十人、二十人って配膳やお酒のサービスなどの人を派遣してくれるのさ」

「コンパニオン？」

「それとは違うんだ。男性が中心かな。勿論、女性もいるけどね。その人達は、宴会開始の二時間前からやってきてテーブルのセットから料理の配膳、後片付けまでやってくれるけど、テーブルセッティングなど専門知識もそれなりに必要だから、時給が高いんだよ。二千円くらいとるからね」

「自分たちでやらないんですか？」

「社員ばかりでやるとコスト高になるんだよ。それでディナーショーをやるようなところは、サービスクリエーターを頼んでいるね。その方が、コストダウンになるんだよね。AからC、そしてSランクがあってね。学生アルバイトなんかはCランク。安いだけにそれなりの技術しかない。Sランクになると、サービスだけで生計を立てている人が多いから、上手いよね。料理のとりわけから、ワインサービスに至るまで、プロなわけさ」

「それで暮らしているんですか？」

心平は、驚いた。ホテルの仕事は奥深い。

「テーブルセッティングだって難しいだろう？　それに料理の説明、ワインの解説、グラスへ注ぐなんて誰にでも出来ることじゃない」

橋本は心平をちらりと見た。心平は、テーブルセッティングも料理の説明もまだまだだ。ましてやワインのことなんて分からない。

「歌手を呼んで、客が入らなかったら最低ですよ」

高島が言った。

「売れる人は高いし、売れない人はまったく売れないし……」

大沢が嘆いた。今まで数々の辛酸《しんさん》を嘗《な》めてきた様子がありありだ。

「抱き合わせとかね」

橋本が、吐き捨てるように言った。

「なんですか？　抱き合わせって？」

心平が聞いた。

「売れる歌手を頼んだら、その所属事務所が売れない歌手をセットで送りこんでくるのよ」

郁恵が言った。

「まるで売れないゲームソフトみたいですね。その売れない歌手にもギャラを払うんでしょう？」

「当然よ」

「それにね。芸能界って上下関係が厳しいの。私たちが若手の注目歌手に六百万円でディナーショーをやってくださいって頼むとするでしょう？　勿論こんな値段だから、今が旬で売れている歌手なのよ。そうしたらとんでもない、私なんてそんな値段じゃダメですよって」

「安いっていうんですか？」

「そうじゃないの。例えば十年も二十年も先輩の歌手が五百万円なのに、私のような新人が六百万円なんてとてもとても、という感じなのよ」

「難しいんですね」

「芸能界って上下関係が厳しいからね」

「そんなことよりディナーショーは儲からないんだ。飲食コストだけなら、かなり安く抑えられる。三万円のディナーショーなら、飲食は客単価一万五千円。だけどとにかくギャラのコストが高い。一流歌手なら二時間で三百万円だ。客単価三万円で、百人集めてもやっと歌手のギャラにしかならないんだよ。これじゃ赤字になるから二百人も三百人も集めなくてはならない。営業としては無理だよ。だってこのホテルの宴会場では三百人の客は入れない。ゆっくり食事を楽しんでもらおうと思ったら、百五十人が限度さ。そうすると値段を上げなくてはいけない。そうすると売れない。営業は苦労するわけよ」

大沢は一気にたたみかけた。

「みんな消極的だな。やりましょうよ。地域の人も喜ぶし……」

木村が眉をひそめた。

「そうやって今までは赤字覚悟でやってきたよ。だけど今のホテルの経営状況を考えると無理じゃない？」

郁恵が言った。

「花森君にはなにか提案はないの？」

希が言った。

「僕は、大がかりなディナーショーより、日々の仕事にベストを尽くすようなイベントがいいと思います」

　心平は、胸を張った。サプライズケーキが、お客様から非常に感謝されたことを思い浮かべていた。

「あら、私が日ごろ言っていることの受け売りね」

　希が笑った。

「花森君は、支配人を尊敬しているみたいですよ」

　郁恵がちょっとからかい気味に言った。

「でもいいことを言ったわね。奇抜なことより、日々の仕事にベストを尽くすことから生まれたアイデアの方が受け入れやすいかもね。どんなアイデアなの」

　心平は、希の期待が大きいことをひしひしと感じていた。緊張してしまう。今、希は明るく振る舞ってはいるが、深い悩みの中にいるはずだ。その悩みがなにかは分からない。希は、いずれ話すと言ったが、自分のアイデアが、希の悩みを少しでも晴らすことが出来るだろうか。

「では申し上げます。私は、先日、大変うれしい体験をいたしました。それは地元の人から、感謝の言葉をかけられたことです。ランチ女子会を実施いたしましたが、その際にご来店いただいたお客様でしょうか、『美味しかった』『また企画してね』と言われたのです。こんなことは初めてでした。そこでこのホテルの方向性として、とにかくなにがなんでも地元重視路線を貫くことが必要なのではないかということを実感しました。ですから有名な歌手を高額のギャラを払って呼んでくるより地元の有名人を呼んで教室みたいなイベントをやったらどうかと思うんです。要するに宴会場を地元に開放するんです。そこでいろいろな地元の人たちのための企画を行います。ホテルとしては、場所提供費用や、もし食事を提供するとなればその食事代をいただきます。出来るだけ安く提供して、幅広い人に利用してもらいたいと思います。日々の仕事にベストを尽くす過程で出会った人々に、ホテルを利用してもらい、日々の仕事にベストを尽くしている人を登場させるプランでもあります」

心平は、大げさに両手を広げて声高に締めくくった。

周囲を見渡した。反応は？　イマイチ？　誰も納得した、すごい、素晴らしいという顔をしていない。がっくりと両手を下ろした。

「例えばどういう地元の有名人に利用してもらうの？　なにか考えているの？　具体的な人を」

郁恵が聞いた。

心平は、前から頭の中にあった喫茶フランソワーズのマスターの顔が浮かんだ。

「うーん、例えばですね。フランソワーズのマスターによるコーヒー教室とか、どうでしょうか？」

「あのマスターのコーヒー教室？　うーん、客、来るかな？　美味しいとは思うけど、地味過ぎない？」

「やっぱり歌手を呼んだ方が、地元の人に喜んでもらえるんじゃないのかな」

木村も否定的に言った。

「営業的にはどうですか？」

希が、大沢に聞いた。

「確かに地味ですが、コストをかけなくていい、ギャラも発生しない場合もあるならリスクは少ないから、まあ、やってみてもいいかなという感じです。人を集めるのは、出演者自身がやるでしょうからね」

大沢が否定的とも肯定的ともいえる意見を言った。

心平は、あまりの反応の低さにアイデアをひっこめようかと思った。

「あまりピンときませんか？」

心平は、弱々しげに聞いた。

「そんなことはないわよ。ホテルといえば、ディナーショーと固定的に考えないところはいいわね」

希が言った。

「ありがとうございます」

心平は、少し心が穏やかになった。

「私は、このホテルが良くなるか否かは、私も含めてみんなが日々の仕事にベストを尽くすことだと思っています。私もホテル支配人なんて初めての経験だし、なにをやっていいか分からないことが多い。だからベストを尽くす姿勢をみんなに見てもらえば、それがリーダーとしての役割を果たすことになるんじゃないかと思ってやっているわけです」

と、希は、みんなを見渡した。心平は、視線が合った時、大きく頷いた。

「その視点から考えた花森君のアイデアは、一見、地味だけど、多くの人に訴えかけるかもしれないと思うわ。例えば、私なら三ツ星シェフ河原料理長の地元食材を使ったフレンチフルコースの夕べなんか、どうかしら？」

「いいですね。人知れず地味にベストを尽くしている河原さんにスポットを当てるんですね」

心平が同意した。

「例えば地元で踊りやダンスを習っている人の発表会につかってもらうとか……」

郁恵が自信なさそうに言う。

「それならわりと簡単に人を集められそうですね」

高島が言った。

心平は、徐々に空気が変わり始めたのを感じ、嬉しくなった。

「日々の仕事にベストを尽くしている人、応援プロジェクトっていうのはどうでしょうか。なんだか花森君のアイデア、そのままですが」

木村が照れくさそうに言った。

「いいな、それ。ちょっとひねったら、お父さん、毎日、ご苦労様といったディナーパーティも出来ますね」

大沢が言った。

「お父さんだけじゃなくてお母さんもいいじゃない？」

郁恵が言った。

「それじゃ日々、頑張る人、応援プロジェクトとして具体案を練りましょう」

希が強く言った。

「ありがとうございます」

心平は、自分のアイデアが採用されたことで気持ちが浮きたった。

希が、心平に近付いてきて、「ねえ、花森君、日々の仕事にベストを尽くすことがリーダーの資質だと思うけど、それあなたにピッタリよ。頑張ろうね」と囁いた。

心平は、痺《しび》れるように嬉しさが体の芯から湧きあがってきた。頑張りますと言葉にならない声で言い、希を見つめた。

5

心平は、客が一通り朝食を食べ終わったのを見計らって木村に会うためにフロントに行った。

「杉村だ……」

心平は、今まさにホテルから外に出ようとしている杉村を見つけた。

あいつはいったい何者？

気づくと、心平は、杉村の後をつけてホテルの外に出ていた。今から、昼食の準備など料飲部スタッフとしてやることはいっぱいあるのだが、もうそんなことはどこかに消し飛んでしまっていた。

杉村は、きっちりとスーツに身を固め、ビジネス用の小ぶりなトランクを提《さ》げている。どこから見てもエリートビジネスマンだ。タクシー乗り場に向かっている。タクシーに乗るのか。心平は、財布の中身を想像した。なんとかなるかは分からないが、もう止まらない。最後まで見届けてやる。

杉村がタクシーに乗った。心平は、迷わず次のタクシーに乗り込む。

「前のタクシーをつけてください」

運転手の顔がミラーに映った。緊張している。

「分かりました。刑事さんですか？」

運転手が聞いた。

「うん、まあ、そのう……。とにかく見失わないようにしてください」

心平は、厳しめに言った。

運転手は、黙ってエンジンをふかした。背中から、ぴりぴりとした張りつめた雰囲気が伝わってくる。

杉村を乗せたタクシーは、市内を抜け、高速道路に入った。都心に向かっている。

心平は、後部座席に乗っている杉村を睨みつけていた。

連絡しておかないといけない。心平は、携帯電話を取り出した。手に取った携帯電話を見つめた。橋本の番号を押すことを考えたが、止めて、ポケットにしまいこむ。心平が乗ったタクシーの料金メーターが跳ね上がっていく。ドキドキするが、もう見ないようにした。

杉村のタクシーは霞が関で高速道路を下りようとしている。

「下りてください」

心平は運転手に叫んだ。

「は、はい」

運転手が、慌ててハンドルを切った。

杉村のタクシーは、官庁街を走り、丸の内方面の金融機関が集まっているエリアに向かっているようだ。心平にとっては馴染みがないエリアだ。就職活動の際もこのエリアは端から相手にしなかった。というよりも相手にされなかった。

杉村はこのエリアで仕事をしているのか。エリートの杉村が、希と関係があると思うと、腹が立ってきた。

「前の車、止まりましたよ」

運転手が言った。

杉村のタクシーは、見上げるように高いオフィスタワーの前に止まった。

「じゃあ、止まってください」

心平のタクシーも杉村のタクシーのすぐ近くに止まった。

「料金は？」

心平は、杉村を見失わないように気をつけながら、財布から一万円札を出した。

「お釣りは……。早くしてください」

杉村はタクシーを降り、ビルに入って行ってしまう。ここで見失ってはなにをしにきたか分からない。

「お釣りです。まず千円札から」

運転手が千円札を出した。

「もう、小銭はいいです。ありがとう」

チキショーと思いながら、心平は、タクシーを飛び出した。

「ありがとうございます！」

運転手の声を背中に聞きながら、心平はビルに向かって走った。もう杉村はビルの中に入ってしまった。急いだ。見失うな。こちらは大きな投資をしたんだ。回転ドアがまどろっこしい。ドアの前で足踏みをしてしまう。ビルの中は、まるで天空に向かってそびえるかのように吹き抜けになっている。早朝にも拘らず忙しそうにビジネスマンが行きかっている。

どこだ？　どこに行った。エレベーターホールが三つある。高層、中層、低層だ。

心平は、息を弾ませながら目を見張った。

「いた！」

思わず声を出してしまった。

高層エレベーターを待つ人の中に杉村がいた。間違いない。あのトランクを持っているのは、杉村だ。

走った。走った。汗が噴き出る。杉村がエレベーターに乗り込もうとしている。間に合わないか。

「すみません！」

心平は、エレベーターに飛び込んだ。

間に合った！

ほっとしたのもつかの間、乗っている人が、全員、迷惑そうな顔をして心平を睨みつけた。

杉村も心平を睨んだ。目が合った。心平は、申し訳なさそうに目を伏せた。すごすごとエレベーターの隅に身を寄せた。ホテルで何度か顔を合わせているので気づかれたかと一瞬、警戒したが、杉村はすぐに目を離した。大丈夫だ。気づいていない。ホテルの従業員は、影のようなものだ。客が、それに注目していることはまずない。心平は、杉村の動きを注視した。息を整え、彼のどんな動きにも対処出来るようにした。

エレベーターのドアが開いた。三十階だ。杉村が動いた。心平の体が緊張で固まった。

杉村が外に出た。他に三人ほど降りた。

「すみません」

心平も外に出た。

ここからが勝負だ。杉村がどこへ行くのか最後まで見届けねばならない。

杉村は、迷わずエレベーターホールを右に曲がった。心平もその動きを見届けた上で、ゆっくりと歩き出した。杉村は、ホールを突き当り、また右に曲がった。

心平は、オフィスの案内表示を見た。カタカナや英語ばかりの名前がずらりと並んでいる。これらのうちのどのオフィスに行くのだろうか。歩いて行った方向に顔を向けた。

ああ、いない！

杉村が消えた。廊下には誰もいない。さっきまで颯爽《さっそう》と歩いていたはずだ。

「どこ、どこに行った」

心平は、悲痛な声を上げ、廊下を走った。タクシー代が頭に浮かんだ。チキショー、こんな時にタクシー代が浮かぶなんて、俺はなんてケチな野郎なんだ。心平は、自分が情けなくなって、頭を叩いた。

廊下の真ん中で、心平は悄然《しょうぜん》とたたずんだ。その時、後ろから誰かが肩を叩いた。

はっ、と思い、振り向いた。

「あっ」

思わず、目を見張り、声を上げた。

「君は、ホテル・ビクトリアパレスの人ですね」

にこやかに微笑みながら杉村が立っていた。

心平は、幽霊にでもあったように顔をひきつらせて、その場に立ちすくんだ。何も言えず、目を見開くことしか出来ない。その目の中には杉村の笑顔が広がっていた。

第八章　色気は、非効率性から醸し出されるものです

1

心平は、すっかりしょげかえり、うなだれていた。なにも言わずに黙って首を垂れている。

「なんとか言え」

橋本が、血相を変えて問い詰めている。その隣には、希が立っている。橋本のように怒りをぶちまけてはいない。心配そうな顔だ。

「訳を言わないとなにも分からないでしょう？　なにか事情があったんでしょう？」

希が優しく問いかける。上目遣いに希を見る。口が動きそうになる。なにかを言わないといけないと思う。

「説明しろよ。君が見つからなかったことでみんなが心配したんだ。レストランもとても忙しかったんだぞ」

「すみません」

「すみませんじゃすまない。一度ならず二度までも。これは懲戒ものだよ。無断で職場を放棄したんだから」

「花森君は、日々の仕事にベストを尽くすことが信条のはずよね。それからすると、今回の行動はとても理解出来ないんだけどな」

希の言葉に、心平は心臓が締め付けられそうに痛くなった。このまま誤解されたままでいたくない。しかしここで本当の理由を話していいのだろうか?

心平は、顔を上げた。希の顔を見つめた。

「理由を話していいですか?」

「いいよ、話せよ。なにも言わないなんて花森らしくない」

橋本が、腕組みをし、話す内容によっては許さないぞという顔をしている。

希は黙って心平を見つめていた。

心平は無断で職場を離れて、丸の内のオフィス街にまで杉村亮一を追跡した。そしてあろうことかその追跡を見破られてしまったのだ。しょげかえってホテルへ帰って来た心平を待っていたのは、希と橋本からの追及だった。管理部内の一室に呼ばれ、先ほどから詰問を受けていた。

理由を話していいものかどうか、ずっと迷っていた。しかし、意を決して希を見つめ「杉村亮一さんのことです」と言った。

希の表情が変わった。強張ったのだ。突然のことで驚いているようにも見える。

「杉村亮一？　いったい誰だ？　それは？」

橋本が首を傾げた。橋本は杉村のことを知らないようだ。

「いいの、申し訳ないけど、橋本さん、後は任せてくれないかしら。もうそろそろ忙しくなる時間でしょう？」

希が腕時計を見た。午後四時だ。

「ああ、もうそんな時間か。夕食時になりますね。では支配人、後はよろしくお願いします。きっちり叱ってください」

橋本は、急に希が態度を変えたことに、少し戸惑いを見せたが、夕食時の準備があるので急いでレストランに戻っていった。

橋本がいなくなったのを確認した希は、心平に向き直った。

「杉村亮一って、花森君、どういうことなの」

希の顔が険しい。

「どこへ出勤するのか追跡したんです」

心平は、希の目を見つめて言った。

「なぜ、そんなことをしたの？　気になる客は、みんな追跡するわけ？」

「そうじゃありません。支配人と杉村さんがなにか揉めていらしたことがずっと気になっていました。それで気づくと、追跡していたんです。いてもたってもいられなくなったのです」

「呆れた人ね」

希の顔が一層、険しくなった。こんな希を見るのは初めてだ。もっと動揺し、言い訳じみた態度になるかと思っていたのに意外だった。

「支配人は、あの時、私にはこのホテルを守っていく責任があると杉村さんにおっしゃいました。あの言葉が気になって仕方がなかったのです。杉村さんが、このホテルを攻撃しているから、支配人が守ろうとされているんだと思ったのです。いずれ話すからとおっしゃっていましたが、僕は、我慢出来ませんでした」

心平の話を聞き、希は、ふうとため息を洩らした。

「仕方ない人ね。それで？」

「丸の内のオフィスまで行きました」

「えっ、本当にそこまで」

希は当然、杉村の勤務先を知っているのだろう。

「はい、そこで見つかってしまったのです。三十階のオフィスフロアまでは順調だったのですが、そこで一瞬、見失いました。気がついたら僕の後ろに立っていて……」

「ばれちゃったの？」

希が、少し笑った。心平の間抜けさがおかしかったのだろうか。

「ええ、杉村さんは、僕の顔をうっすらと覚えておられたようで、なぜここにいるのかとエレベーターに乗っている時から気になったのだそうです。それで僕の様子を見ようと、廊下の途中にあるトイレに身を隠したんです。僕は、杉村さんが消えてしまって、大慌てしてしました。その様子を見て、僕が追跡してきたのだと確信して、後ろから肩を叩かれました」

「バカね。スパイにはなれないわね。それでどうしたの？」

「杉村さんのオフィスに連れ込まれました」

「グローバルリアルエステートファンドの事務所に？」

「そうです」

心平は、希を見つめた。希は、視線を外した。

「杉村さんは、支配人の恋人なのですか？」

「そんなプライベートのことまで彼は話したの？」

希が、眉根を寄せた。

「事務所の中にひっぱり込まれまして……。まずなぜ追跡してきたのかと問い詰められました。私は、杉村さんがホテル・ビクトリアパレスにとって禍《わざわい》をもたらす人だと思ったのでなにをされようとしているのか知りたかったと申し上げました」

「彼は、なんて言ったの？」

「希を説得してくれと言われました。早くホテルを売る決断をして自分の妻になるようにって」

希が、突然、笑いだした。

「あの人、そんなこと言ったの？」

「ええ、真剣でした。支配人とはアメリカ留学中に知り合い、それ以来、将来を約束した仲だっておっしゃいまして、希とはホテルを処分して結婚する約束をしていると……」

「そんなことまで……」

希は、視線を落とした。

「杉村さんの仕事は、ファンドで資金を集めて不動産に投資をすることだそうですね。銀行と組み、大型商業施設などの投資をするそうです。杉村さんの言葉をそのまま言いますと、『希はあのホテルの相続人だ。そこで円滑に売却するために支配人になったはずだが、最近、おかしいんだ。売らないと言いだした。僕には理由が分からない。希は、あんなちっぽけなホテルを経営するためにＭＢＡを取ったわけじゃない。もっと大きな仕事をしてほしい。だから早く売却の合意をするように君からも説得してほしい』……。支配人はこのホテルを売却するためにやってきたというのは、本当ですか」

心平は、厳しい口調になった。

希は、ふいっと視線を上にあげた。

「この話は、また別の機会にゆっくり話す方がいいかもしれないわね」

希は、なにかをつくろうような笑みを洩《も》らした。

「杉村さんは、ミズナミ銀行の並木さんたちの仲間のようです。頻繁に相談しているんですね。支配人も同じなんですか。僕たちを騙しているんじゃないですよね」

心平の言葉のボルテージが上がっていく。

「信じてほしい。私は、今は、このホテルを愛しているわ。それは本当よ。今日は、これまで。花森君、持ち場に戻りなさい。これからはどこかに行く時は、上司に連絡しないといけないわよ」

希は、無理に話を止めようとした。

「逃げるんですか」

心平は責めた。

「誰が逃げるの！」

希の目が大きく見開かれた。

「だったらこのホテルは売却しないとはっきり言ってください。でないと支配人のことを信じられません！」

心平が言うと同時に、右頬が大きな音を立て、熱くなった。心平は、そこに手を当てた。希の手が延びてきて、心平の右頬を打ったのだ。希の息遣いが激しくなり、心平を強く睨んでいる。

「杉村さんがなにを言おうと、僕は支配人を説得しようとは思いません。このホテルを売らないでください。お願いします。失礼しました」

心平は、深く頭を下げ、希の前から逃げるように駆けだした。

「花森君……」

希の声が後ろから追いかけてくる。

2

「元気ないな。相当、叱られたな」

橋本が嬉しそうに話しかけてきた。

「ええ、まあ。本当にすみませんでした」

「若いころにはいろいろあるが、ホウレンソウって言葉知っているか？」

「野菜の、ですか？」

「それが違うんだ。報告、連絡、相談ってことだよ。略して『報連相』さ。これをきっちりすることが会社では大事だってことだ。とにかく俺は、今、お前を教育しているんだ。だから俺への『報連相』を忘れるな」

橋本はぐっと目を見開き、心平を睨んだ。

「はい。もう二度としません」

心平は、神妙に頭を下げた。

「お客様が、そろそろ多くなる時間だ。しっかりやろう」

橋本は、心平の肩を叩いた。

「はい」

心平は、返事をすると、厨房に入った。

厨房では河原が調理担当者を指揮して調理をしている。

「おう、無断欠勤男」

河原がからかう。

「欠勤じゃないです。持ち場を離れただけです」

情けない顔で言った。

「叱られたか？」

「ええ」

「当然だな。嫌になる時もあるさ。まあ、頑張れ」

河原は、包丁を動かし続けている。牛肉をカットしている。その量は、半端じゃない。キッチン台に大きな肉の塊がいくつも置かれている。それを手際よく切り、同じ大きさにしていく。

「嫌になったんじゃありません」

心平は言った。

「おお、反論するね」と河原は、心平に振り向き、「その顔は、なにか言いたげだな」とにやりとした。

「今日は、ビーフ食べ放題のファミリーディナーバイキングの日ですね」

午後の五時半から八時半まで蟹とビーフの食べ放題が行われる。制限時間は九十分。大人二千三百円、シニア二千百円、子ども千三百円だ。生ビール飲み放題なら五百円プラス。ビールからワイン、カクテルなど飲み放題なら千三百円プラスという料金になっている。

「そこを開けてみろ」

河原が、冷蔵庫を指差した。

心平が、厚い扉を開けると、冷気が煙のように噴き出してきて、心平の体を包みこんだ。

目を凝らすと、白い冷気の中にうっすらと赤い色が見える。ズワイ蟹だ。

「ほう、蟹の山ですね」

「それが今夜、半分は無くなるだろうよ」

調理担当者がやってきた。

「邪魔だよ」

「すみません」

心平が体を避けると、担当者は冷蔵庫の中に入り、凍った蟹の塊を抱えて出てきた。

「それを解凍するんですね」

「そうだよ。そして食べやすいように処理するんだ。鋏《はさみ》を入れたりね」

担当者はそう言いながら、蟹をキッチン台の上に置く。邪魔かなと思いつつ、心平は質問を続けた。

「大変ですね」

「まあ、蟹が出ないバイキングは人気ないからね。それに食べやすいようにしておかないと、蟹の鋏で唇を切ったなんて苦情が出るからね」

「えっ、蟹の鋏で怪我したって苦情があるんですか」

なぜ蟹の鋏で怪我をするんだろうか？　確かに鋭くとがっていたり、ぎざぎざだったりするが、もしあれで唇を切ったとしても自己責任だろう。苦情を言われても、注意してくださいとしか言いようがない。

「花森君は、まだ入社したてだから分からないだろうが、本当に苦情を言う客は多いんだ。でもそれでも客は客だからな」

河原が、後ろに立っていた。

「どんな苦情があるんですか？」

「ハエや虫をわざと入れるのは普通だし、古典的な嫌がらせだ。髪の毛が入っているというのもある。だから見てみろ」

河原が帽子を取ると、丸刈りだ。他の調理担当者も髪の毛は極端に短い。

「絶対に髪の毛が入らないようにしているんだ」

「そんな苦労があったんですね。僕ももっと短くします」

心平は、河原の頭をまじまじと見つめて言った。

「さあ、一気にやるぞ」

河原が担当者に声をかけた。

肉を切る、野菜を切る、果物を切る。それぞれ分担して大量の材料を切っていく。

厨房は、戦場のようだ。機関銃のような包丁の音に続いて、その材料を使って大量の炒め物が作られ、油が弾ける音がする。餡《あん》かけ焼きそば用の餡が作られている。大きな寸胴《ずんどう》鍋から真っ白な湯気が立ち上る。覗くと大量の人参やジャガイモがある。おかずとして人気の高い肉じゃがを作っている。

バイキングといっても蟹と肉を提供するだけでは魅力がない。その他にも人気のメニューを揃えねばならない。老若男女、誰もが食事を豪華に、そして楽しんでもらいたいからだ。

「これ、みんな地元食材だったらいいですね」

心平が言う。

「ああ、それも考えようじゃないか。しかし、蟹は無理だな」

河原が豪快に笑う。

「その通りですね。ザリガニならいるかもしれませんが」

「ザリガニもいいぞ。フランス料理の高級食材だ。さあ、花森君、もうすぐ客が来るぞ。元気に出迎えてくれ」

河原に背中を押され、「はい」と大きな声で返事をし、心平は持ち場に戻った。

騒ぎは、起こしたものの、橋本も河原も、誰もが温かく迎え入れてくれたことが嬉しかった。

しかし、希に叩かれた頬は、まだ熱く痛い。希を信じていいのだろうか。あの杉村の計画はどこまで進んでいるのだろうか。いずれきちんと決着をつけねばならないと思う。それまでは日々の仕事をきちんとやろう。それが大事だ。このホテルが多くの客に愛されれば、存続は可能だろう。それに父母をここに泊めるという約束を果たさねばならない。

「頑張るぞ」

心平は強く言いきった。

3

「コーヒーは、アラビアでは千年もの昔から知られていたようです。一説では十三世紀中ごろ、イスラム教徒が飲み物として発見したとも言われています。ある祈禱師が王様の娘に恋をして、逆鱗《げきりん》に触れ、放逐されてしまいます。元気をなくしていた彼は、ある白い花が咲く樹を発見します。そしてその実を摘んで、スープを作って飲んだところ、えも言われぬよい香りがし、飲めばたちまち元気が出たのです。それがコーヒーだったのです」

喫茶フランソワーズのマスターが流暢《りゅうちょう》に説明する。

心平たちが企画した、「H市を元気にしよう！　地元有名人によるカルチャースクール・デザート食べ放題」企画第一弾だ。

この企画がこれから長続きするかどうかは、第一回にかかっている。心平は迷わずマスターのコーヒー教室を提案した。この提案はすんなりと通過し、全責任は心平の肩にかかることになった。

マスターとの交渉役は心平が担当した。マスターは、もともと乗り気だったからすぐにオーケーが出た。今回は、ホテル側から依頼をした企画なので宴会場の使用料は無料という有利な条件となった。しかも、マスターは、客の入りは任せておけと胸を叩いた。

「主婦が多いからデザートバイキングを一緒にやればいいんじゃないか。それで授業料込みで二千円でどうだろう?」

「マスターへの謝礼は?」

「そんなものはいらない。そっちの儲けにしたらいいさ。俺は、コーヒーの美味さを伝えられたらそれで満足」

マスターは微笑んだ。

「ありがとうございます。それなら参加費千五百円で、デザートバイキングをセットします」

心平は、すぐにオンリーワン委員会のメンバーたちと協議し、今日の開催にこぎつけた。

宴会場の半分を貸し切り、五十人限定で開催した。会場は、マスターの尽力もあり、女性だけでいっぱいになった。

「『コーヒー・ルンバ』の歌の通りですね。コーヒーは恋に効くんですね」

一人の女性が発言した。発言は自由だ。和気あいあいとした雰囲気の中でマスターは説明していく。サービス担当として、会場の隅にいる心平も心が浮き立ってくる。

「昔、アラブの偉いお坊さんが、恋を忘れた若者を元気づけるのにコーヒーを飲ませたと歌われていますね。コーヒー一杯に四パーセント含まれるカフェインには覚醒作用がありますからね。それにブラックコーヒーは、ほとんどカロリーはありませんからダイエットにもいいでしょう」

「でもマスター、あのデザートを見たら、今日はダイエットのことは忘れたくなりますよ」

女性は、テーブルに盛りつけられたデザート類を見つめている。

笑い声が起きる。

「皆さん、デザートを食べながら聴講していただいて結構ですよ。テーブルのコーヒーは、私が丹念にドリップしたものです。一緒に楽しんでください。フルーツにコーヒーも合いますからね」

マスターの合図で、女性たちは一斉に席を立ち、デザートテーブルに向かった。そしておしゃべりをしながら、思い思いにデザートを皿に盛った。上品に、ひとつだけという女性はいない。一人で幾つも皿に載せている。

「デザートは、豊富にありますから、ゆっくり味わってください」

マスターが言うと、また笑いが起きた。


「どんなもんだい？　俺のコーヒーの魅力はすごいだろう」

デザートの取り分けが終わるまで一休みしていたマスターは、近づいた心平に自慢げに言った。

「ええ、すごいです。でもあのデザートの魅力もあるのではないですか？」

心平は、会場のテーブルに溢れんばかりに並べられたデザートを指差した。

カラフルなフルーツで飾られたケーキ、生クリームが切り口から溢れだしそうになっているロールケーキ、蜜がたっぷりの焼きりんごを載せたパイ、コーヒーゼリー、色鮮やかなフルーツゼリーなどが、参加者の目を引き付けている。その隣のテーブルには、パイナップル、ブドウ、スイカ、オレンジなどの果物が山盛りになっている。

河原たち厨房スタッフが腕によりをかけたデザートばかりだ。

「それもあるな。これで千五百円なら大いに満足だろう。いい企画を実行してくれたよ」

マスターは、心平の手を強く握った。

女性たちはようやく席に着き、デザートにフォークを入れながら、再びマスターの話に耳を傾け始める。

心平は、数が少なくなったデザートを補充していた。

「日本で初めてコーヒーが文献に現れるのは十七世紀後半です。その後、やはりペリーの来航などで幕末の十九世紀半ばにコーヒーが輸入されるようになります。それから約百五十年で日本は、世界で第三位を誇るコーヒー輸入国になったのです」

「このコーヒー美味しいわ」

女性がうっとりと目を細めている。

「冷たいメロンケーキとよく合うわね」

「このイチゴショートとも合うわよ」

女性たちはマスターの話を聞きながらも、楽しそうに会話を交わしている。

「では最も一般的なペーパーフィルターによる美味しいコーヒーの淹《い》れ方をお教えします。ちょっと注目してください」

マスターはペーパーフィルターを取りあげて、女性たちに見せた。

「盛況ね」

会場の端で様子を見ていた心平の横に希が来た。

「はい。良かったです。こんなに集まってくださるとは思いませんでした」

「まだ誤解は解けていない？」

希が、緊張する心平をじっと見つめた。

「ええ、僕にはなにもよく分かりません。でもこんなに楽しんでいただけるお客様のためにしっかり働くだけです。それに……」

心平は、言葉を飲み込んだ。

「それに、どうしたの？」

「私の両親を、このホテルに呼んで泊まらせる約束を果たさねばならないんです」

「そうなの……。ところで一人、参加者が増えてもいい？」

「支配人の特権ですので、大丈夫です。席をおつくりします。支配人が受講されるんですか？」

「いいえ、そうじゃないの。呼んでくるわね」

希がその場から立ち去った。誰を連れて来るのだろうか？

「ドリッパーやサーバーなどの抽出器具、カップ、ソーサー、スプーンなどは、あらかじめ温めておくといいでしょう」

マスターは、ぬるま湯で温めたカップを布巾《ふきん》で丁寧に拭いている。女性たちは、デザートを食べるのを中断してマスターの様子に見入っている。いよいよ講習のクライマックスが近づいている。

「どうぞ」

心平は、息を呑んだ。戻ってきた希の後ろに立っていたのは、杉村だった。

「やあ」

杉村は、気楽そうに手を上げた。心平の顔が赤くなる。ここに杉村が？　そしてなぜ、希が連れてきたのか？

「杉村さん、どうぞ」

希が、テーブルに案内しようとした。

「女性ばかりですね。ここで見学していますよ。僕はデザートはいらないですから」

杉村は、微笑みながら心平の近くに自ら椅子を持ってきて座った。

「あら、いいの？　ここからで」

希が親しげに話した。

「希も、ここで見たら」

杉村は、まるで恋人に話しかけるように親しげに話した。

並んで座る二人に心平は、むらむらと怒りが込み上げてきた。

「スパイ君？　君がこの講習を企画したんだってね？」

杉村が笑みを向けた。

スパイ君？　なに、それ？　誰がスパイなんだよ。顔が硬直していくのが分かる。でも、ホテルマンだ。なにを言われても笑顔を絶やしてはならない。たとえ転んで骨折しても、ホテルマンは痛いと叫んだり、顔を歪《ゆが》めてはいけない。いつもニコニコ。それも嘘の笑顔は客に見破られてしまうから、本気の笑顔だ。

「みんなで考えました」

心平は、答えた。精一杯の笑顔だ。ひきつっているように見えているかもしれない。

「ペーパードリップで美味しくコーヒーを淹れるには、沸かしたての湯を使うことです。私は八十二度から八十三度が理想と考えています」とマスターはポットに温度計を入れ、湯の温度を計測し、「もし高すぎる場合は、水を加えてください。お湯の温度は、五度低いとコーヒーは薄くなり、五度高いと濃くなります。自分の好みの温度を見つけるのも大事ですね」

「面倒ですね」

出席者の女性が発言した。

「そうね。温度なんて考えたこともなかったわ」

別の女性が言った。

「非効率なこと、ひと手間加えること、これが物事を味わい深くするのではないでしょうか？　効率ばかりでは、薄っぺらになります。非効率なことこそ、色気になるんだと思いますよ」

マスターは優しい口調で言った。

「色気は、非効率から醸《かも》し出されるんですか？」

さらに別の女性が聞いた。

「その通りです。男の色気も女の色気も、非効率から醸し出されるんだと思います。色気というのは魅力ですよね。ストレートに進んだエリートより、人生の苦汁を嘗《な》めた人の方が、深みがあります。お化粧も皆さま方のようにお若いと、手間暇かけなくても色気十分ですが」とマスターが会場を見渡すと、女性たちが、「あらいやだ」「上手いこと言うわね」と口々に言い、笑いだした。

「もう、手間をかけて非効率な化粧を施《ほどこ》さないと色気も出ないわよ」

厚化粧の小太りな女性が言った。また笑いが起きた。

マスターは、その笑いにつられることなく、真面目な顔をして「そもそもコーヒーを飲む、味わう時間というのは非効率な時間ですね。これが皆さんの色気になると思いますよ。さて続けます」とドリッパーにペーパーフィルターをセットした。

「一杯分は約十グラムから十二グラムです。フィルターは、必ずぴったりとセットしてくださいね」とマスターは注意を促し、計量スプーンでコーヒーをフィルター内に入れ、ポットの湯を注ぎ始めた。女性たちの視線が、ポットに集まっている。

「とてもいいことを言う講師ね。あなたとは違うわ」

希が、杉村に囁くのが聞こえる。棘《とげ》のある言い方だ。

「なにが僕と違うんだ」

杉村が聞く。

「あなたは効率ばかりじゃないの。効率というのは、利益のこと。効率を上げれば、利益が増える。利益が上がらないものは、効率が悪い。そんな利益が上がらないものはダメ。それがあなたの考えよ」

「ひどい言い方をするね。でも企業としたら当然だろう?」

杉村の顔は、心平からは見えないが相当、不機嫌そうに違いない。

「色気は、非効率から醸し出されるか……。まるでこのホテルのためにあるような言葉ね」

希は、自分に言い聞かせるように呟いた。

「君は、変わったね。ビジネススクールでは、日本の湿ったビジネス風土を批判していたじゃないか。もっと効率を高めなければ、日本はグローバルコンペティションに敗北すると発言して、みんなの共感も得ていた。だからこのホテルを売却し、その跡地の再利用を検討しようということになったんじゃないのか。もともとは君が持ち込んだ話なんだ」

声のトーンを抑えながらも杉村は、希を厳しく批判している。

ホテルの売却は、希が相談したことだったのか！

心平は、希に向かって、それは本当ですか、と問い質したいという気持ちを必死で抑えた。

希の言葉に耳を傾けたが、なにも聞こえてこない。黙ってしまったのか。

「美味しいコーヒーのために必要なのは、蒸《む》らしです。最初に、二十ccのお湯をコーヒーにそっと優しく注ぎ、まんべんなくお湯を含ませ、そのまま二十秒ほど待ちます」

マスターは、ポットを持ったまま会場を見渡した。

「なぜ蒸らすんですか？」

女性が聞いた。

「蒸らすことでコーヒーに含まれるガスが放出され、コーヒーとお湯が馴染み、お湯の通り道が出来るんです。これがコーヒーの美味しい成分を引き出すのです」

「私なんか、蒸らされるより、焦《じ》らされてばっかりよ」

女性の冗談に、また笑いが起きた。

「その通りですね。コーヒーに焦らされているのかもしれませんね。早く湯を注いでください。美味しいコーヒーを抽出しますからという声が聞こえています。さあ、お湯を注いでいきますよ」

マスターがポットを持ち上げた。

女性たちが、マスターの前に足を運び始めた。お湯を注ぐ様子をしっかりと見ようというのだ。誰もが、席を立ち、マスターのテーブルを囲み、ポットを摑む指先に集中している。

雑然としていた会場の空気は、整然となり、静まりかえっている。凛《りん》とした緊張さえ漂っている。

「お湯は、コーヒーに向かって九十度の角度で、小さく『の』の字を書くように注いでください。コーヒー一杯は、百四十ccです。およそ百六十ccのお湯を注ぐと百四十ccのコーヒーが抽出されます。蒸らしのために二十ccを注いでいますので、ここでまず最初に八十ccを注ぎ、それが三分の一程度抽出されたら、再度四十cc、そして最後に二十ccを調整しながら注ぎます。ゆっくり、優しく、愛情を込めて、お湯を注ぎましょう」

マスターがポットを傾けると、糸を引くように口から湯が流れ出てくる。それがコーヒーに触れると、湯気が上り、かぐわしい香りが周囲に流れ始めた。女性たちは、目を細め、その香りを嗅いでいる。誰もが、うっとりと目を細めている。

「さあ、出来上がりました。最初の一杯は、誰が飲みますか？」

マスターが、声を上げた。

「はい」

「はい」

「はい」

女性たちが、我先に手を上げた。

「それでは私の独断で決めさせていただきます」とマスターは、にこやかに微笑んだ。

マスターが直々に淹れた最初の一杯を飲むことが出来る幸運に恵まれる人は誰だろうかと女性たちが固唾《かたず》を呑んでいた。

「花森さん」

マスターが言った。

会場がざわついた。お互いが顔を見合わせている。

えっ、花森？　俺？　まさか？

心平は、マスターを見た。視線があった。マスターが手招きしているのが見える。

俺じゃん。なんで、俺？　困ったなぁ。

顔をしかめた。

「このコーヒー教室の企画を立て、実行してくださったのは、あそこにいる花森さんです。その彼に感謝を込めて、この一杯目を差しあげたいと思います。いかがでしょうか？　彼は、このH市を深く愛する若者です」

マスターが言うと、女性たちから賛成という声が上がり、拍手が起こった。

「さあ、花森さん、こっちへ来てください。コーヒーが冷めてしまいますよ」

マスターが促す。拍手はまだ鳴りやまない。

心平は、希に視線を向けた。希が、ほほ笑み、「行きなさい」と唇を動かした。

杉村は、軽く小首を傾げている。

心平は、マスターのテーブルにゆっくりと歩いて行った。近づくにつれ、コーヒーの豊かな香りが鼻孔を刺激する。心平の心になんとも言えない喜びが満ち始めた。

4

「大成功だったな」

営業部長の大沢が、心平に声をかけてきた。

「お陰さまで好評でした。営業の方にもいい影響がありますか？」

心平は聞いた。

「あるとも、あるとも。カラオケ市民クラブが会場を貸してくれ、料理も頼むとか、踊りの会が発表会に使わせてくれとか、小さな金額ではあるけど、数は集まってきたよ」

大沢は、嬉しそうだ。

「地元を元気にするプロジェクトは、順調な滑り出しと言えますね」

「俺は、反省しているんだ」と大沢は、真面目な顔で言った。

「なにをですか？」

「大きい宴会や企業単位のパーティばかり追っかけて営業していたが、こんな身近にホテルを利用したい人たちが大勢いるとは気がつかなかったってことだ。まさに灯台下暗しというのは、このことだ」

「まるで貸しスペースみたいになってしまいませんか？」

「それでもいいさ。そこに料理などのサービスが出来ればいいんだ。こういう地味な営業が重要だな」

大沢は、「頑張ろうな」と勢いよく心平の肩を叩いて、その場を立ち去った。

心平は、大沢の後ろ姿を見送りながら、深くため息をついた。

「どうした？　肩を落としているじゃないか」

振り返ると、木村と橋本がいた。

「ええ、まあ……」

心平は、希と杉村との関係を誰にも話してはいない。そのことが負担になっていた。このままにしておくと、ホテルが窮地に立たされるのではないかと怖れているのだ。先輩である木村や橋本に相談出来れば、どんなに楽だろうか？

「二人で相談していたんだ」

　木村が橋本を見て言った。

「どんな相談ですか？」

「昨日のマスターの話を支配人から聞かされたんだ」

　橋本が言った。

「支配人が？」

　希がなにを言ったのだろう。心平は興味深く思った。

「非効率が色気になるって話さ。色気を解説すると、付加価値ってことかな。要するにこのホテルの魅力をアップするためには、徹底的に非効率にした方がいいって」

　木村は答えた。

「そんなことを支配人が言ったのですか」

「さっき支配人にリーダーやマネージャーが呼ばれてね。勿論、コストという面があるから無駄という意味の非効率はなくさなくてはいけないけど、サービスやおもてなしという意味の非効率までなくしてしまって、魅力を減じてはいけないという指示なんだよ。難しいことだけど、やってみる価値はあると思ったんだ」

　橋本が補足した。

「それはマスターが美味しいコーヒーを淹れるためには、非効率さが大事だと言ったからですね」

マスターが発言した際、希が感動して杉村に話していたことを思い出した。

しかし希は、もともと効率重視の考え方を持っていたようだ。今もその考えを持っているのだろうか。杉村と対立しているようだが、自分たち社員を欺《あざむ》いているのかもしれない。まさか、そんなことはないと思うが……。

「ところでさ」と木村が、硬い表情で「支配人とあの一〇〇五号室の客とはどんな関係なのか、花森、お前、知らないか」と聞いた。

「僕がですか?」

心平は、動揺を悟られないようなそぶりをした。

「コーヒー講習会の日、二人で会場にいただろう。結構、親しそうだったという話だ。あの客、杉村って言ったっけ、何者か、さっぱり分からないが、支配人と親しいとなれば、どういう関係なのかと気になってね」

木村が聞いた。

「そういえばお前、この間、無断で職場を離れただろう? あの時、どこに行ったんだ? まだ聞いてなかったぞ」

橋本が疑い深そうな目で心平を見つめた。

「いや、ちょっと気分がすぐれなくて……」

心平は、苦しそうな顔をした。

「違うだろう。あの日、お前は、杉村をつけて行ったんじゃないのか」

橋本の目が光った。

心平は、鉛の棒を呑み込んだようにずっしりと重い気分になった。

「実は、見ていたんだ。あの杉村って客が出た直後に、お前が慌てた様子でホテルから飛び出したんだ。お前、あの杉村をつけたんだろう。知っていることを言えよ」

木村まで疑いの目を向けてくる。

「ええ。そんなぁ、なぜ、そんなことするんですかぁ」

心平は、苦笑いでごまかそうとした。しかし、顔が微妙に引きつってくる。

「花森は嘘が下手だな。顔に書いてあるぞ。おっしゃる通りって」

木村が口元を歪めた。

「俺たち先輩に黙っているというなら、それなりに覚悟しろよ。苛めぬいて、苛めぬいてやるからな」

橋本は、舌で上唇を舐め、指をポキポキと鳴らす。

話してしまおうかと心平は思ったが、希のことを疑ったまま、話すのは嫌だった。自分の動揺が、みんなに伝わってしまう可能性もあった。希の本当の気持ちを確かめてからの方がいい。

「正直に言います。確かにあの日、僕は杉村さんのあとをつけました」

心平の言葉に、木村と橋本の顔が緊張した。

「詳しく話すのは少し待ってください。お願いです」

心平は、頭を下げた。

「なぜ、話せないんだ」

木村が怒った。

「すみません。ちょっと確かめたいことがあります。それが終わったら、必ず話します」

さらに頭を下げた。

心平は、逃げるようにホテルを出て、マスターのいる喫茶フランソワーズに向かった。

5

マスターは、自らコーヒーを心平に運んできた。

「まあ、これでも飲んで落ち着きなさいよ。コーヒーは、覚醒と同時に気を鎮《しず》める効果があるからね」

「ありがとうございます」

心平は、カップを鼻に近づけた。沈んでいた心が少し元気になった。

「それであのホテルを不動産ファンドに売却しようとしているというわけか」

マスターは、心平の前に腰を落ち着けた。

「支配人はそんなことを考えていないはずだと思っていたのですが、もともとこの話は支配人が持ちかけたようなのです。ですから信じられなくなって……。こんな話をマスターにしてすみません。先輩たちは、私が何も話そうとしないことに怒ってしまって……。もうクズだのなんだのと言われ放題です」

心平が情けない顔をすればするほど、マスターは嬉しそうに笑った。

「おかしいですか？」

心平は不機嫌な顔で聞いた。

「いや、悪い、悪い。まだ考えが足りないんじゃないか。君が追跡した杉村という男が、支配人が心変わりをしてしまったから、君に説得してくれなどとバカ正直に頼むと思うかね」

マスターは、にこやかに言った。

「要するに支配人が心変わりをしたってことでしょうか?」

心平は、希の心の内を推測した。

「そうじゃないかな。最初は、確かに古くて儲からないホテルをこのまま経営するのは、無駄だと思ったのだろう。だから恋人の言うままに売却に傾いたんじゃないか。しかし実際に経営に携わってみると、売却する気はなくなった。まあ、そんなところじゃないかな。可愛い君たちを路頭に迷わすわけにはいかないからね」

「それを信じていいでしょうか?」

「なぜ、そんな風に思うんだい」

「支配人は一度もホテル売却のそぶりを見せたことがないからです。最初から、僕たちに再建のために頑張ってほしいと言っていました。それは逆に、売却する時に有利になるよう利益を出しておこうとしていたんじゃないかと思うのです。今では、杉村が慌てるほど心変わりをしたのだとしても、以前は、まったくそうではなかったとすると、その芝居上手さには不信を抱いてしまうのです」

心平は目を伏せた。

「花森君」とマスターは優しく囁くように言った。

「はい」

心平は顔を上げた。

「よく考えてみなさいよ。今回のコーヒー教室の企画、全て仕切ったのは誰かな？」

あくまで優しく問いかける。

「僕です」

心平は、はっきりと答えた。これに関しては企画から実行まで全て責任をもってやったことは自慢だからだ。

「新入社員の君に、そんな大役を任せる人っているかな。僕には信じられないよ。新入社員なんか、どうでもいい存在さ。まだ何の役にも立たない。その新入社員が立案した企画を通すだけではなく、全て任せるっていうことは、支配人は余程君のことを信頼しているんだよ。『士は、己を知る者のために死す』って言葉を知っているか？」

マスターの問いに、心平は首を傾げて「聞いたような、聞いていないような」と言った。

「昔の中国の予譲《よじょう》という人は、自分を認めてくれた人が殺されたために、その後誰にも仕えることなく仇討のためだけに生涯を捧げたそうだよ。その認めてくれた人の評判は良くなかった。しかし、そんなことは関係なかったんだね。その予譲という人には。君もそうじゃないか。どんなことがあろうと、君を認めてくれた人のために働くのが、筋じゃないかな。信じるとか、信じないとかと言う前に、君を認めてくれた支配人のために働くことが、君を一人前にするんじゃないか」

マスターは、断固とした口調で言った。マスターの言葉は、心平の心にすっと入り込んだ。

「マスター、その通りです。僕は、支配人のために働かねば、男じゃないです」

霧が晴れたような気持ちになった。コーヒーを一気に飲む。と、同時に胸のつかえが全て消えた。自分を認めてくれる人のために働くこと、それは最高の喜びだ。その人を信じるとか信じないとかは、関係ない。

「先輩たちにも事情を話したらいい。そして支配人と君たちでホテルの将来について話し合ったらどうかな」

「分かりました。ありがとうございます」

心平は席を立った。まずホテルに帰って、先輩たちに自分の考えを伝え、希と話し合いを持とうと決めた。

「もう一つだけ、伺っていいですか？」

心平は聞いた。

「どうぞ」

マスターは、手を差し出した。

「支配人は、非効率から色気が醸し出されるというマスターの言葉に感激して、色気のあるホテルにしようとおっしゃっています。なにか非効率のアイデアはありますか？」

心平の問いに、マスターは、にやりと笑い、「俺の知恵を借りようというのかい。ちゃっかりしているな」と笑った。

「すみません。ほんの少しだけお願いします」

「知り合いのホテルは、海辺にあった。そこは客が少なくて困っていた。そこで海で網にかかった、いろいろな魚を料理して朝ご飯に出すようにしたんだ。どんな魚がいるか分からない。それぞれ調理法も違う。魚屋さんから仕入れるのとは違って、大変面倒なことだったそうだ。しかし、お客さんには大変好評で、朝ご飯が美味しいという評判が立ち、人気ホテルになった。効率を考えて、決まった魚を仕入れるのではなく、その日に網にかかったどんな魚でも料理するという非効率さの結果だな。参考になったかい？」

「はい。ありがとうございます」

心平は頭を下げた。非効率は客を楽しませ、喜ばせ、幸せにするサービスのことだ。朝ご飯の美味しいホテルか……。

「花森君、ホテル・ビクトリアパレスは地元に必要なホテルだ。俺も応援するから、頑張ってくれよ」

マスターは、心平の両肩を力強く叩いた。

「頑張ってみます」

心平は、喫茶フランソワーズから飛び出した。

「僕は、支配人のために働くぞ。彼女は、僕を信頼して仕事を任せてくれたのだから、それに報いるんだ」

第九章　地域社会満足度を考えていますか

1

「ホテルが危機なんです」

心平は、強く言った。

難しい顔をして木村、郁恵、橋本、それに坪井、平松が心平を見ている。

心平は、喫茶フランソワーズのマスターのアドバイスに従って、自分が杉村亮一と接触したことを説明していた。

「そんなの今さら取り立てて言うことじゃないさ。前から分かっていることだよ」

木村が少し投げやり気味に言った。

「今度は売却されてしまうんですよ」

「いっそさぁ、いい会社に売却されたら、俺たち安泰なんだけどな」

最近、恋人の吉川比佐子と上手くいっていないのだろうか。順調に交際している時は、別人のように前向きだったのに、また元に戻ってしまった。

「なに言ってるのよ。木村君なんか、真っ先にリストラされるわよ。それにホテルのまま存続するとはかぎらないじゃないの」

「それはまずいな」

「おい、もっと真剣になろうよ。本気でこのホテルが売却されて、取り壊されていいのか。俺たち、今、このホテルを建て直すために頑張っているんじゃなかったのか」

ニヤニヤする木村に橋本は怒っている。

「みんな頑張っているのが無駄になるのよ」

坪井の口調が厳しい。

「それで支配人とその杉村って客は、組んでいるのか」

橋本が心平を鋭く睨む。心平は正面を向いた。

「組んでいるかどうかは分かりません。でも、支配人は、必死で杉村の手からホテルを守ろうとしていると信じています」

「我々には、頑張れと言っておいて、裏で高値で売却しようと画策している可能性はゼロではないというのね」

郁恵が疑い深そうな目付きをする。

ゼロではないのか、と問われればそうかもしれない。

「まあ、信じたくはないですが」

「神崎オーナーは、どう考えているんだろう。売る気があるのかな」

木村が言った。

「オーナーにもきちんと聞いてみる必要はあると思います」

「でもさ、儲からなくて赤字になれば、俺たちがどんなに止めてくれと言ったたって、無理なんじゃないかな」

「おい、木村、お前、このホテルで比佐子さんと結婚式を挙げるんじゃなかったのか」

あまりに冷めた様子の木村にあきれ顔の橋本が言った。木村の顔が赤くなって「うん、まあそんなことも考えたけどね」と口をもごもごさせる。

「上手くいってないのね」郁恵が皮肉っぽい顔になった。

「そんなんじゃないですよ。式はここで挙げたいですよ。でも、このホテルを売る権利を持っているのはオーナーですよ。感情的ではなく、オーナーは算盤勘定をしていると思いますよ」

「なにを下らないダジャレを言ってるんだね」

「皆さん、これからどうしますか？」

議論を元に戻さなければならない。心平は皆に問いかけた。

「俺は、不信感をもったまま仕事はしたくない。神崎オーナーと支配人に直談判して、真意を問いただすべきだろう」と、強く言う橋本に続き「そうね、銀行にも抗議に行く方がいいと思う」と郁恵の鼻息も荒い。

「売るのは、止めてくれというの？　そりゃ無理だろう」

今日の木村はどうも消極的だ。「なにが、無理なのよ。やってもみないのに」と郁恵にまでつっかかられている。

「このホテルを取り壊したら地元の人が怒りますよ。それは銀行として得なことではないですよ、と言ったらどうかしらね」

平松が言った。

「本気で地元の人は怒るかね」

坪井が皮肉っぽく言った。心平の頭に喫茶フランソワーズのマスターが思い浮かんだ。

「怒るようにすればいいんじゃないですか」

「どうするのよ」

郁恵が聞いた。「なにかアイデアあるのかい」と橋本も真剣な顔になる。

「地域社会満足度ナンバーワンを目指すんですよ」

心平の言葉に木村もこちらに顔を向けた。

「この間のコーヒー教室の後、カラオケやいろいろと地元の方々の申し込みが増えているって大沢部長が喜んでいました。これをもう一歩進めてみてはどうでしょう。例えば地元食材を大いに利用するとか、駅周辺を掃除するとか、空いたスペースを利用して保育所を作っちゃうとか……とにかく地元の人のためにこのホテルを役立てれば、銀行も考え直してくれるかもしれません」

思いつきだが意外にいいアイデアかもしれない。地域のためにもなれば、ホテルのためにもなる。一石二鳥ってやつだ。

「いいねぇ」

坪井も嬉しそうに微笑んでいる。

「この場で、出たアイデアを全部実行しちゃうのはどうかしら」

「全部？」平松の言葉に郁恵が目を剝いた。「直談判も、銀行への交渉も、地元食材も、駅周辺の掃除も、保育園もやるんですか」

「やろうじゃないか」

橋本が賛成してくれた。

「やりましょう」

心平は笑顔で賛成の意思表示のために手を挙げた。

2

早朝七時に、心平たちは、ホテルからH市駅にかけて掃除を始めた。

出勤する人たちが、駅に向かって足早に歩いて行く。その間を縫うように箒《ほうき》で掃き、放置してある空き缶を拾い集める。

誰か一人でもありがとう、ご苦労様って声をかけてくれるんじゃないかと、期待している。しかし、そんな人は誰もいない。既に掃除を始めて一週間になる。ホテルの仕事の一環だと思われているのだろうか。いや、なにも感謝されるつもりでやっているわけではない。地元に貢献して、地域社会からの満足度を上げられたらと思っているのだ。今週は、心平の担当だ。順番に郁恵も木村も掃除をすることになっている。

「あれは」

心平は、箒を止めた。

　こんなに朝早くどこへ行くのだ。まさかホテルへ行くのか。

　心平の視線が捉えたのは、ミズナミ銀行H支店の支店長、蔭山と担当の並木だ。二人揃って、大股で歩いて行く。向かっている方向には、ホテルがある。

「並木さん」

　心平は、声をかけた。

　並木は、立ち止り、振り返った。そして「おはようございます」と頭を下げた。しかし、蔭山が、行くぞと目で合図をすると、再び歩き出した。

　二人は、ホテルに入った。

　心平は、二人の真剣な顔が気になって仕方がない。掃除なんかしている場合じゃない。彼らの後をつけて急いでホテルに戻った。

「どうした？　掃除は終わったの？」

　フロントにいた木村が言った。

「今、ミズナミ銀行の並木さんらが来たでしょう？」

「なんだか真剣な顔をしてエレベーターに乗ったぞ」

「どこに行ったんでしょうか」

「そんなの分からないさ」

「杉村さんの部屋じゃないでしょうか？」

「そうかもしれないな」

木村もようやく真剣な顔になった。

「ということは、いよいよ本格的に売却の相談をしているんじゃないでしょうか」

「やばいな。ちょっと見て来いよ」

「分かりました」

心平は、エレベーターに向かった。

「おい、その箒、ここに置いて行けよ」

木村が言った。心平は、慌てて箒を木村に渡した。

エレベーターのドアが開き、心平は乗り込んだ。十階のボタンを押す。

こんな朝早く、銀行員が来ることにロクなことがあるはずはない。

十階に着く。当然、廊下には誰もいない。一〇〇五号室に向かった。ドアに耳を当てて中の様子を探るわけにはいかない。

「あっ」

心平は、急いで廊下の角のところに隠れた。希ではないか。

なぜ、希が……。

心平は、心臓をどきどきさせながら、角のところから顔を出した。

希は、やや憂鬱な顔で、一〇〇五号室の前に立った。ドアをノックした。

カチリッ。ドアが開いた。中から顔を出したのは、並木だった。

「どうぞ」

並木が、ドアをいっぱいに開く。希は、一瞬、背筋を伸ばし、一礼すると、部屋に入って行った。

ドアが閉まった。心平は、駆け寄った。この中でなにが話し合われているのか。それは自明だ。このホテル・ビクトリアパレスの売却を具体的に相談しているに違いない。

希は、追い詰められている。心平の目の前に、杉村や並木や蔭山に責められている希の姿が浮かんだ。希のことは信じている。彼女は、このホテルを売りたくないと真剣に思っているはずだ。

心平は、エレベーターに乗り、急いでフロントに戻った。

「どうだった？」

木村が聞いた。

「みんないました。一〇〇五号室です。支配人も入りました」

心平は、動揺したまま言った。

「支配人が！　チクショー、やっぱり売っちまうんだ。裏切り者め」

木村は呻《うめ》くように言った。

「支配人が裏切っているとは思いません」

心平は言った。

「じゃあ、なにを相談しているんだ？　こんなに朝、早くから」

木村は憤慨して言った。

「追い詰められているんじゃないでしょうか。売れ、売れって」

心平は、希のことは信じたいと思っている。喫茶フランソワーズのマスターも上司を信じないで仕事なんか出来ないと言っていたじゃないか。

「分からんぞ。なにせＭＢＡを取っているんだろう。結局は、ビジネスライクに考えるんじゃないか」

「どうします？」

「こうなったら団交だ、ストライキだ」

木村は言った。

「ストライキですか？」

心平は、胸を大きく打った。

「ホテルを売るなと声を上げるしかないだろう」

木村は、ぐっと心平を睨んだ。

「みんなに相談しましょう」

心平は、ごくんと唾を飲み込んだ。

このホテルを銀行の言うままにさせるわけにはいかない。希を守れ、ホテル・ビクトリアパレスを守れ。

3

なんでもやろうとプランを決めたうちの一つ、地元食材だけを使ったランチフェアが始まった。

料飲部長の河原が、心平たちのアイデアを採用してくれたのだ。

「なあ、花森君、地元食材といったって限りがあるから、この際、地元で評判のいい生産者や店から仕入れた材料を使ってのランチフェアでもいいかい？」

河原が言った。

「お任せします。とにかく地元に喜んでいただけるホテルになれば、地域満足度ナンバーワンになると思います」

「その地域満足度ってなんやねん？」

「地元に愛されるホテルになろうということです」

「よし分かった」

河原は、してやったりという顔で自信ありげな笑みを浮かべた。

このプランは大成功だった。ランチタイムには今まで以上に客が集まってきた。

地元野菜たっぷりのカレーがある。人参、ジャガイモ、玉ねぎなど使用した野菜には生産した農家の方々の名前と顔写真が掲げてある。サラダは、もっと多くの種類の野菜がある。レタス、ほうれんそう、キャベツ、トマト、きゅうり、小松菜等々。それらにもみんな生産者の顔写真と名前がつけてある。

見ているだけで楽しく、食欲が湧いてくる。

豚シャブ、ポークソテー、とんかつに利用した豚肉も地元農家の顔写真と名前。このH市には豚を飼う畜産農家が多い。ローストビーフも用意されているが、これらは地元の肉屋さんからの仕入れだ。肉屋さんのお店の名前と、にこやかに笑う店主の写真、名前が添えられている。

面白いのは、「H市つけうどん」と河原が名づけたつけ麺《めん》だ。

最近は、つけ麺ブームだが、これはラーメンではなくうどん。H市は、昔は小麦が栽培されていてうどんが多く食されていたという。今でも街にはうどん屋さんが多い。やや濃いめの出汁《だし》に、地元産の豚肉と長ねぎが入っている。この出汁にうどんをくぐらせて食べるのだが、これがめっぽう美味い。

河原は、このつけうどんを作るに当たって料理人としてのタブーを破った。市販のうどん汁を使ったのだ。

「いいんですか？」

心平は心配になった。

「ええんや。このうどん汁、そしてとんかつに使ったソースは、地元で家内工業的に作っているメーカーの物なんや。ここは全て自然の材料を使い、人工の調味料を使わずに作っているんだ。勿論、量は少ないがね。知る人ぞ知るという名品なんやぞ。なまじの料理人が作る麺つゆやソースなんかよりずっと美味い。自然の味がする。この味を地元の人にもっと知ってもらって、この地域の名産にしたいんや」

河原は熱く語った。地元野菜の生産者などばかりではなく、地元で評判の店からの仕入れにも範囲を広げた河原の意図がよく分かった。

河原は、つけ麺ブースの脇に、そのメーカーの麺つゆやソースを並べた。笑顔のマークが可愛いラベルだ。そして大きめのポップには、「地元には、こんな美味しいソースメーカーがあります。全て天然素材です。ご家庭で利用ください」と明るい色文字で書かれてあった。ひと際目立つので、客たちはうどんを皿に盛るついでに、ソースや出汁の瓶を手にとってじっくりと眺めていた。

「好評で良かったですね」

心平は言った。

「おい、物騒な話が聞こえてきたけど、本当か？」

河原は眉根を寄せて、小声で聞いてきた。

「ストライキの話ですか？」

「そうだ。ホテルでストライキなんて聞いたことがないぞ」

さらに眉間の皺を深くした。

「本当です。今、計画中です」

心平も深刻そうな顔をした。

「そんなこと出来るのか」

「ええ、そうなんですが……」

「支配人たちがこのホテルを売却しようとしているらしいな」

「支配人にはそんな気持ちはないと思います。僕は、信じています。でも銀行などが売却方針を変えないようです」

「でもなあ、ストライキはなぁ……。支配人とよく話し合ったのか？　あるいはオーナーとは？」

河原が厳しい顔になった。

「まだです。こちらも覚悟を固めてからという考えです。そのうち河原さんにも正式に相談に来ます」

「うーん、よう考えてみるわな」

河原は、天井を見上げた。

「ねえ、このソースや麵つゆを使えば、こんなに美味しく出来るの？」

客が麵つゆの瓶を持って聞いてきた。

「はい、もうプロ以上の味になります」

心平は答えた。

「へえ、ひと瓶、いただこうかしら。ここで買えるの？」

「ええ、勿論でございます。お帰りの際にレジにご持参ください」

「普段は、どこで買えるの？」

「そこに書いてあるメーカーの直販所で販売しています。なにせ数が少ないですから、ほとんど数時間で完売になるようです。ぜひメーカーにお問い合わせの上、お買い求めください」

「ありがとう」

客は、トレイに麵つゆの瓶を載せてテーブルに行った。

地元食材と言えば、野菜や肉になるが、こういう地元だけでしか販売していないソースやお菓子や酒など、メーカー品も地元食材の範疇にいれるべきだと心平は、今さらながら河原の慧眼に敬服した。

その河原がストライキには懸念を示している。行動に移す前に希には相談しないといけないのではないか……。でもそれは橋本や木村たちを裏切ることになるかもしれない。心平は、大勢の客を案内しながらも心が晴れなかった。

4

ホテルがストライキをするというのは、客に迷惑をかけることだ。レストランも宿泊も全て断ることになる。これは地域満足度を引き下げることになるんじゃないか。

心平は、悩んでいた。

「絶対にストライキだよ。それで売却を諦めさせるんだ。このホテルをなくして、ショッピングセンターになんかさせるものか」

最強硬派の橋本が意見を述べている。

今日は、ストライキか否かを決定する会議だ。ここに集まったメンバーにその権限があるかどうかは疑問だ。大沢や河原や高島などの幹部は出席していない。若いリーダー以下の従業員たちや坪井などベテランの下請けの人など、十人ほどが出席している。

若い従業員は、ホテルの経験が少なく、すぐに転職できるとは限らないため、ホテル売却に反対なのだ。下請けの人たちは、仕事を失うので当然、ホテル売却反対だ。

「支配人は、私たちに頑張れと言いながら、実は売却を進めている。こんな裏切りは許されない」

橋本とともに、すっかり強硬派に変わってしまった木村が意見を述べている。

「支配人をここに呼んで考えを聞いたらどうかなあ？」

坪井が言う。

「支配人は、何度も一〇〇五号室にこっそりと入り、銀行員らと相談しています。このことに対してなんの説明もないところを見ると、売却を密かに画策していることは明白です。許せない」

橋本が煽《あお》った。

「だから本人に考えを聞いたら？　私たちだってこうやって空いた部屋にこっそり集まって相談してるんだから同じじゃないの」

坪井が反論した。

「説明を求めれば、否定されることは間違いない。あの支配人の顔で、泣かれたりしたら、僕たちの気持ちも萎《な》えてしまいます。説明を求めるのは反対」

木村が言う。

「私も、一気にストライキか、それに準ずる行動をした方が、衝撃を与えられていいと思います」

郁恵までが、いつの間にか戦闘的になっている。

「そうかねぇ。ホテルでストライキなんかすりゃ、さあ、どうぞって売却側に弱味を見せるような気がするんだけどねぇ」

坪井が、ぶつぶつと言う。

「ストライキしたら問題が解決するのかしら」

平松も心配そうに言う。

「ああ、弱気だな。そんな弱気だから、ダメなんじゃないですか。ガンと行きましょう。ガンと」

橋本は、あくまでストライキ路線を譲らない。

「おい、花森君、君はどうなんだ。さっきからなにも言わないけど。元はと言えば、君が一〇〇五号室の謎の客、杉村の跡を追跡したから、こんなことになったんだぞ」

木村が厳しい顔で言う。

「そんな……。僕のせいですか。参ったなぁ。僕は、支配人やオーナーと話し合いたいと思います」

心平は、少しおどおどして言った。

「まだ支配人を信用しているのかい」

木村が言った。

「コーヒー教室の時、支配人は、杉村さんにこう言っていました。『あなたは効率ばかりじゃないの。効率というのは、利益のこと。効率を上げれば、利益が増える。利益が上がらないものは、効率が悪い。そんな利益が上がらないものはダメ。それがあなたの考えよ』と杉村さんの考えを非難されていました。それはマスターの『色気は、非効率から醸し出される』という言葉に触発されたからです」

「その言葉なら前にも支配人から聞いたぞ。うちみたいな小さなホテルは、効率を追うことは出来ない。だから独自の非効率さを色気、魅力に変えていかねばならないって」

橋本が言った。

「経理や財務は、どうしたら効率化出来てコストを下げられるかばかり考えているから、あの支配人の言葉は新鮮だったわ」

郁恵が言った。

「その考えを受けて、地元食材のランチフェアやお客様のお名前を覚えることや、荷物をお部屋までお運びすることや、お誕生日のお祝いなど、ちょっと手間暇がかかってもお客様第一のサービスを考えてきたんじゃないですか」

心平は言った。

けっして多くの利益は望めないが、コーヒー教室から始まってカラオケ教室、舞踊教室など、地元の人々に宴会場を開放するサービスも人気になっている。これらも料金が低額で、効率良く利益が上がることではない。

「こんなに自由に僕たちの思い通りに色々なことをやらせてくれる支配人が、僕たちを裏切っているとは思えません。きっと僕たち以上にホテルを愛しているんです。今、大いに悩んでおられるんじゃないでしょうか」

心平は、声を振り絞った。

「うーん、まあな。希さんが、支配人になってから、仕事が少しは楽しくなったかな」

木村が言った。

「支配人は、私たちの意見をよく聞いてくれるわね。聞いて、いいことなら断固としてやらせてくれるし、ダメなものは、すぐにダメって言わないで、もう一度、こういうところを考えてくださいって言われるのよ。後でじっくり考えると、支配人の言うことが、いちいちポイントをついているのよね」

郁恵が興奮が冷めたようにしっとりと言った。

「私たちみたいな、下請けにもよく声をかけてくださるしねぇ」

坪井が平松と頷きあった。

他の出席者も、希が支配人になってから風通しがよくなったと意見を言った。

「おいおい、みんな、おかしいぞ」

橋本が慌てた様子で言った。

「支配人の話を聞いてからでもいいんじゃないのかい？」

坪井の一言が流れを決めた。

「そうかもね。悪い人じゃないしね」

木村が、たちまち日和《ひよ》った。

「俺だって、支配人を悪い人だとは思っていないさ。だけど、ガンと迫った方が、解決が早いと思っているだけさ。俺たちの意思を中途半端じゃなく、伝えたいだけさ」

橋本の声がなんとなく弱くなった。

「僕は、信じないといけないと思うんです。絶対に支配人は、苦労されているんです。ミズナミ銀行から借金を返せと言われている状況は改善していないんですよ」

と言いながら、希は銀行に詰め寄られてホテル売却にまさか傾いていないだろうな、心平は、そうならないことだけを祈っていた。

5

「いつもありがとうございます」

心平が駅前を掃いていると、背後から声をかけられた。驚いて振り向くと、和服の太った女性と喫茶フランソワーズのマスターが笑みを浮かべて立っていた。

「あ、ありがとうございます」

心平は、頭を下げた。

初めてのことだった。掃除を始めて二週間になる。今日は、木村の当番なのだが、どうしても抜けられない仕事があって、心平が交替していた。交替した時は、嫌な気持ちになったが、この女性の一言で、気持ちが晴れた。

「久しぶり。いつもここを掃除してくれているのを見てるよ。ホテルの皆さん、素晴らしいね」

マスターが弾んだ声で言う。

「ありがとうございます。地域満足度ナンバーワンを目指していますから。地元に少しでも役立とうと思っています」

「えらいわ。感心して見ていたのよ。私のこと、覚えてる？」

女性は、何かを握るような動作をして、その手を口元に運んだ。

「あぁあぁ、カラオケの先生」

心平は言った。

宴会場でカラオケ教室を開催した時に、講師で来た人だ。あの時は、カクテルドレスだったので、和服だと雰囲気がまったく違っていた。

「カラオケ教室、楽しかったわ。生徒さんにも好評だったの。お酒も飲めたでしょう？　最後は、本当の宴会になってしまったわね、ホホホ、ハハハハ」

カラオケ先生は、口に手を当てたが、その手からはみ出すような大きな口を開けて、笑った。

「俺のコーヒー教室も好評でさ。店の客も増えたし、またぜひやってくれって言うんだよ」

「ありがとうございます。マスターのコーヒー教室が良かったものですから、あの後もいろいろな方にご利用いただけるようになりました」

心平は、深々と頭を下げた。

「お礼を言わなくちゃならないのは、こちらよ。ホテルでサービスを受けながら、趣味を楽しむなんてなかなか出来ないから。嬉しいわ。今までホテル・ビクトリアパレスなんて関心もなかったんだけど、今ではなくてはならないものになったわ」

心平は、嬉しさで胸が熱くなり、涙が溢れてきた。

「それでさ、例の件はどうなった？」

マスターが周囲を気にするようにして聞いてきた。

「例の件って、あのことですか」

心平が聞いた。

マスターが例の件といえば、ホテル売却のことだ。喫茶フランソワーズで相談したことがあるのだが、心平にはカラオケ先生の存在が気になっていた。

「あのことしかないさ。この人は心配しなくていい。今やホテルの大シンパだからね」

「大大シンパよ」

カラオケ先生が言う。

「それじゃあ……どうも売却を強制されそうな気配なんです」

この間、支配人やミズナミ銀行、ファンドの責任者の杉村の動きが活発になったこと。従業員が抗議のストライキをしようかという話にまでなったこと。とりあえず支配人を信じて事情を聞こうということになったこと。今までのことの概略を説明した。

「マスターが『士は、己を知る者のために死す』と言ってくださったので、私は、支配人を信じて、ストライキはとりあえず思いとどまろう、って言っています。しかしどうなることやら」

心平は肩を落とした。

「許せないわね。銀行は」

カラオケ先生が顔を赤らめた。

「ちゃんと決められた額は返済をしているようなのです。それなのに突然、売却を迫られたようなのです。あそこの土地を欲しい企業があるのでしょう。ホテル以外のショッピングセンターにすると聞いたことがあります」

「まあ、そんなことをしたら地元商店街も大きな影響を受けるじゃないの」

カラオケ先生はますます赤くなった。

「何か商売をやっておられるのですか」

「私はカラオケが本業じゃないわよ。ソース、ソースメーカーよ。笑顔のソース、知らない？」

「えっ、あの地元食材ランチフェアで使ったソースですか？　河原シェフがお気に入りの」

「そうよ」とカラオケ先生は自慢げに言い、「カラオケ教室で出していただいたお料理が美味しかったから、河原さんにお礼で差し上げたの。そうしたらびっくりされて。これは美味しいってね」と嬉しそうに言った。

「そうでしたか」

心平は、ホテルのイベントの一つ一つが地元との絆《きずな》を深めていることに感激していた。

「ぜひお客様に紹介したいって河原さんがおっしゃってね。あのランチフェアで紹介していただいたお陰で、買いたいっていうお客様が増えて、万々歳よ。まあ、あまり増産はできないけど、地元の商店にも卸そうと思っているのよ」

「俺にも、アイデアがあってね。ここH市は昔からうどんが美味いし、よく食べられているんだ。だからここの笑顔のソースを使った焼きうどんや麺つゆを使ったつけ麺なんかを町のB級グルメにしてさ。町興《まちおこ》しが出来ないかって思っているんだ。河原シェフにも協力してもらおうと思っているんだ」

マスターは嬉しそうに構想を話した。

喫茶フランソワーズでもコーヒーと焼きうどんやつけ麺を出す計画なのだろうか。

「それなのにホテルがなくなっちゃどうしようもないじゃない」

カラオケ先生は厳しい目になった。

「私たちもホテルを残してほしいと思っている。地元にとっちゃだんだんとなくてはならない存在になりつつあるしね。食材も地元産を重視してくれるし、みんな喜んでいる。この小さな田舎の街に、一つくらい心から俺たちにサービスしてくれる場所があってもいいじゃないか」

マスターは言った。

「ありがとうございます。心強いです」

心平は言った。

「私たちもなにかお手伝いしたいわ」

カラオケ先生が言った。

「そうですね。なにか考えましょう」

マスターが同意した。真剣な顔だ。

「そうだ。どこか空いた部屋があったら地元老人会のサロンに提供してくれないかな。虫のいい話だけど、コーヒー屋がこんなことといっちゃおかしいが、コーヒー代くらい払うからさ。そこで囲碁や将棋を指したり、無駄話をしたいのさ」

マスターが両手を合わせた。

「分かりました。考えてみます」

心平は言った。

嬉しくて、また涙が出そうになった。自分たちの毎日の努力の積み重ねが、一つ一つ客に届いているのだという実感が込み上げてきた。

「じゃあね、頑張るんだよ」

マスターは、心平の肩を叩いた。

二人は、駅に向かって去って行った。心平は姿が見えなくなるまで頭を下げていた。

6

会議室の中は、重苦しい沈黙が支配していた。全ての時間が止まったようで、誰かが深いため息をつくと、それはまるで岩に閉じ込められたサンショウウオの嘆《なげ》きのように聞こえた。

希が、深くうなだれている。泣いてはいないが、もし支配人という立場でなければ大きな声を上げて泣いていたかもしれない。

「ごめんなさい……頼りなくて……」

希は消え入るような声で言った。希の前にいる心平たちに言っているのではないように思えた。自分自身を叱っているようだった。明るい希しか見たことがなかったので、心平の心は針を何本も刺されたようにしくしくと痛んだ。

「もうダメだって。なんどもなんども話したわ。だけど銀行として譲れないっていうのよ」

希は顔を上げた。今までにない悲しい顔だ。

「でも並木さんは、少し軟化してきたじゃないですか」

心平は、ランチ女子会に来た時の並木の姿を思い出して言った。あの時、並木は女子行員らにも、いいホテルだと言われて、存続方向に考えを変えつつあったように思えたが……。

「並木さんは、確かに少し変わってきたけど、支店長の蔭山さんはダメ。それに本部が許さないらしいわ」

「そんなの貸し剝がしでしょう。金融庁に文句を言ってやりましょうよ」

木村が言った。かなり興奮気味だ。

「木村君の言う通りね。私も金融庁の貸し渋り・貸し剝がしホットラインに通報すると言ったわ。だけどうちのように超長期の融資は不良債権と認定されていて、そんなことをしても無駄だというのね。それにミズナミ銀行との関係を悪化させては新しい融資を受けられないし、他の銀行が助けてくれるわけじゃないし……」

「杉村さんはどう言っているんですか。あの人、支配人の恋人ではないのですか？」

心平が言った。

「恋人？」

希が、首を傾げた。

「恋人じゃないんですか？　婚約者じゃないんですか？」

「別れたのよ。私がこのホテルの経営に関わると言った時に。あの人、大反対したから」

心平は、どこかほっとした気持ちになった。嬉しいと言えば、希に悪いが、嬉しくなったことは確かだ。

「そうだったのですか」

心平は、嬉しそうな気持ちを悟られないように顔を伏せた。

「でも今回は、支配人を助けてくれてもいいじゃないですか」

かつての恋人が窮地に陥《おちい》っているのに助けないで、さらに足を引っ張るなんて男らしくない。

「杉村はドライな人よ。銀行から融資を受けて、ファンドの組成を頼まれたら、それをウエットな私情で止めるという選択肢を持ち合わせていないのよ。このホテル買収と土地開発計画は、杉村の会社が行う事業で、杉村個人も勝手に動けないみたい。それにあの人は、私がホテル経営を諦めれば、自分の下に帰ってくると信じているの」

希が、ふっと笑った。

「それはどうなんですか？」

郁恵が聞いた。

「ホテル経営を止めたら、杉村の下に戻るかっていうの？」

「ええ」

「それはないわ。でもあの人は、それを信じているみたいね」

希は、キリッとした目で郁恵を見つめた。その目は、悲しさを振り切ろうとしている目だった。

「オーナーはどう言っておられるのですか？」

橋本は聞いた。

「弱った体を押して、いろいろな支援先を探しているけど、上手くいかないようね。祖父はまだ望みを持っているみたいだけど、これ以上無理をさせられないわ。体を壊してしまうから」

「どうしようもない。銀行の考えを変えさせるしかないってことですね」

橋本が怒りのこもった目を希に向けている。

「そうね……。私もこの間、必死で説得したけどダメだったわ」

希は、一〇〇五号室の杉村の部屋に頻繁に出入りしていた。そこには蔭山や並木も来ていた。あの一室で激しいやり取りが行われたのだろう。

「ひどい銀行ね。私たち、一生懸命努力しているのに……」

泣き始めた郁恵を見ると、心平まで泣きたくなってくる。

「本当にそうね。彼らのこのホテルがH市で安定的な収益を得られるのは難しいという結論は変わらなかったわ。彼らは、まるで役人と同じね。一度、決めた計画はなかなか翻《ひるがえ》さないのよ。それも本部が承認しないの一点張り。もうこの計画は、本部がやれと言っている以上は、一支店の力では変更出来ませんと言うのよ。私は、本部の偉い人に直接説明すると言ったのに、それは出来ないというの。もうほとほとくたびれたわ」

希はやつれた横顔を見せた。

経営を立て直しつつ、銀行と交渉する苦しさが、希から潑剌《はつらつ》さを奪っていた。

「もうやるしかない」

橋本が急に立ちあがった。

「なにをやるのよ」

郁恵が涙を拭って、橋本を見上げた。

「ストライキだよ」

橋本が断固とした口調で言った。

「ストライキ？　本気でやるの？」

木村が驚いたように聞いた。

「当たり前だろう。支配人と話して問題が解決しないなら、ストライキをやるはずじゃなかったのか」

「そりゃそうだけど、今の話を聞いたら、無理だろう。支配人は売却したくないと頑張ってこられたのだし……」

木村は弱気な態度を見せた。

「銀行相手にストライキをやるというのですか？」

心平は聞いた。

「そうだよ。銀行が不当にこのホテルを売却して、俺たちから雇用の場を奪おうとしていると主張するんだ。銀行は驚いて考えを変えざるを得なくなるはずだよ。ねえ、支配人、そうじゃありませんか」

橋本は、希を食い入るように見つめた。希にもストライキに賛成してほしいという思いがこもっている。

一方の希の目には涙が溜まっているのか、悲しく光っていた。

「あなたたちがストライキを打てば、このホテルを利用している人が一番困るわ。それに理由はどうあれストライキを打って、お客様を人質にするようなホテルに泊まったり、食事をしたりする気になるかしら。お客様はこのホテルに寛ぎに来られるのよ。ストライキを打つようなホテルで寛ぐことが出来るかしら。ホテルの評判は落ちて、今まであなた方が努力してきたことが水の泡よ。それこそ経営が急激に悪化して、銀行の思う壺になるわ」

希は冷静に言った。橋本は宙を睨んだ。そしてゆるゆると力が抜けたように再び椅子に腰を落とした。

「いったいどうすりゃいいんだ」

木村が、悲鳴のような声を上げて頭を抱えた。

「そんなの自分で考えろ！」

橋本が怒鳴った。泣いていた。

父母をこのホテルに招待する。そんなささやかな思いすら叶えることが出来ないのか。

心平は、どうしようもない現実に、何も出来ない自分たちの無力さをひしひしと感じていた。悔しくてならない。会議室は、一層、重苦しい空気になり、誰も一言も発しなくなった。

「あなた方の思いは、よく分かったわ。私、もう一度、頑張ってみるから」

希が沈黙を破った。しかしその声に力はなかった。

7

「支配人はいるか」

並木が、青い顔をして飛び込んできた。

心平は、木村と宿泊者の夕食数などの見込みについて相談をしていた。木村がフロントを離れられないために心平がレストランからフロントにやって来ていたのだ。

その目は焦点を失い、焦り、苛々していた。いつもの冷静さはどこかに吹っ飛んでいた。

「支配人ですか？」

フロントの木村は聞いた。

「そうだよ、支配人だよ」

並木は、木村に襲いかからんばかりだ。

「花森君、知ってる？」

木村は聞いた。

「さあ？」

心平は、知っていたとしても答えるつもりはなかった。自分たちを窮地に追い込んでいる並木に微塵たりとも協力する気はない。

「支配人のいるところも把握していないのか」

「ちょっと並木さん、他のお客様もいらっしゃいますから、少しお静かにしてくださ い」

怒鳴り散らす並木に心平は冷ややかに言った。

「早く支配人をここに呼んで来い。でなきゃもっと騒いでやるぞ」

並木は、とても銀行員とは思えない口調で声を荒らげた。目は血走り、完全に自分を失っている。いったいなにが起きたというのだろうか。

「なにを騒いでいらっしゃるの」

希がフロントの脇から出てきた。裏の控え室で並木の大声を聞いていたのだ。希は、冷静な笑みをたたえている。

「支配人、あなたがたはなにをやったんだ。私を、いや私や支店長を潰すつもりか！」

並木は、唾を飛ばして希の側に駆け寄った。

「並木さん、冷静におなりなさいよ。私たちがなにをしたというの。あなたになにかされることがあっても、私たちからはなにも出来ないことは、あなたが一番ご存じでしょう」

希が冷たく言い放った。

「ワーッ、もう終わりだ」

突然、頭を抱え、並木はフロントに顔を伏せた。

いったいなにが起きたのだろうか。終わるのは、こっちじゃなかったのか。心平は、驚いて、並木の叫びを聞いていた。

希も木村も、当然心平も並木を遠巻きに見つめるだけで、当惑していた。

第十章　仕事は人生そのものです

1

ミズナミ銀行H支店の前は、大変な騒ぎになっていた。

支店は、駅前ではなく、少し離れたところにある。周囲には、市役所や警察署などがあり、小さな街ながらもちょっとした官庁街になっていて、他の都市銀行や保険会社の支店などが並んでいる。駅前の俗っぽさはなく、ちょっと気取っているような場所だ。

H支店の脇に支店の裏手にある駐車場に続く道がある。そのあたりに人だかりが出来ている。心平は、希と一緒に駆け付けた。先ほど悲鳴を上げて、ホテルに駆けこんできた並木も一緒だ。

支店に近づくと、音楽が聞こえてきた。それも演歌だ。「王将」だ。村田《むらた》英雄《ひでお》が歌っていた「吹けば、飛ぶよな将棋《しょうぎ》の駒に……」という歌だ。歌っているのは、女性だ。どこかで聞いたことがある。

コーヒーの香りがする。とても心が穏やかになる香りだ。この香りにも記憶がある。

まさか……と思いつつ、心平は人だかりをかきわけた。

「あっ、マスター、それにカラオケ先生！」

心平は驚いた。

そこはまるで祭りだった。マスターがキャンプ用のコンロを持ち込んで本格的にコーヒーを淹れている。そのコーヒーを喫茶フランソワーズの常連客たちが紙カップに注ぎ、いそいそと周りを取り囲んだ人たちに配っている。

「このコーヒー美味いな」

「俺にもくれよ」

人々は、賑やかに言い、手を差し出している。

その隣でカラオケ先生が、マイクを握って、「勝つと思うな……」とコブシをきかせて、歌っている。ちゃんと着物姿だ。彼女を取り囲むようにカラオケ教室の生徒さんたちがマイクを握っている。カラオケ先生が歌い終わると、すぐに自分の番がくるのか、緊張して待機しているという感じだ。

「上手いぞ」

「ソリャ上手いさ。先生だってよ」

手拍子しながら、周囲の人たちはカラオケ先生の歌声に聞き入っている。

「踊り先生も！」

心平は驚いた。カラオケ先生の歌に合わせて踊っているのは、歌謡演舞の先生だ。

他にもお菓子教室をしているお菓子先生が自分で焼いたクッキーを配り、お花先生も一輪のカーネーションを配っている。麻雀《マージャン》先生もいる。占い先生もだ。みんなこの街に長く住み、立派な仕事をしている人たちばかりだ。趣味が高じて、先生と呼ばれているが、本業は別にある。医者、弁護士、経営者などなど。彼らに共通しているのは、ただ一つだけ。それはホテル・ビクトリアパレスが地域の人たちのために宴会場の一部を開放し企画した趣味の教室を開いた人たちだということだ。その会では、誰もが輝き、スターになっていた。

歌ったり、踊ったりしていない先生たちが配っているのは、「ホテル・ビクトリアパレスを守れ」というチラシだ。

心平は、チラシを受け取った。

「ホテル・ビクトリアパレスは、H市にただひとつのホテルとして長年親しまれて参りました。お誕生会、結婚式、七五三、入学式、入社式、そして亡くなった方を偲《しの》ぶお別れの会など、人生の節目には必ずホテル・ビクトリアパレスがありました。

そして最近は、地元のために宴会場などを開放し、私たちのようないろいろな趣味を持つ同好の士を支援してくれています。

また食材なども地元にこだわり、多くの農家、畜産家、ソースメーカーなどが恩恵を受けています。

さらに雇用の面でも地元出身者を多く採用しており、パートやアルバイトまで含めれば、ホテル・ビクトリアパレスの貢献は大きいのです。

そのホテル・ビクトリアパレスが、今、危機に瀕しています。ミズナミ銀行は、無慈悲にもホテル・ビクトリアパレスに貸し渋り、貸し剥がしを行い、金融面から追い詰め、廃業させようとしているのです。

私たちは、このようなミズナミ銀行の横暴を許すわけにはいかないと立ちあがりました。

私たちは、ミズナミ銀行と取引がある者も多いのですが、極端な言い方をすれば、ミズナミ銀行がなくなっても困りません。しかし、ホテル・ビクトリアパレスがなくなると困るのです。

H市、ただ一つのホテル、街のランドマークであるホテル・ビクトリアパレスを守る戦いに、皆様の熱いご支援をお願いします。
ホテル・ビクトリアパレスを愛する有志一同

彼らの背後には、紅白の横断幕が張られ、「ホテル・ビクトリアパレスを守れ。ミズナミ銀行の横暴を許すな」と書いてある。

反対デモや集会ならば、シュプレヒコールや悲壮感に満ちた人たちが集まっている。しかし、この場所は、突如現れた路上パフォーマンスかお祭りのようだ。

銀行の警備員が近づいて、「すみません。ここは私有地ですから」とマスターに頭を下げている。

「おう近藤さんじゃないの」

マスターと警備員は知り合いのようだ。

「マスター、困るよ」

警備員は、眉根を寄せている。

「まあ、怒らないで、コーヒー飲みなさいよ。迷惑かけないからさ。あんまり杓子定規《しやくしじようぎ》な対応すると、毎日、うちの店でサボって、支店長の悪口を言っているのをばらしちゃうぞ」

マスターは笑いながら言った。

「勘弁してよ」

警備員は、マスターから差し出されたコーヒーを受け取ると、黙って飲み始めた。

「支配人……」

心平は、チラシを希に見せた。希は、それを受け取り、食い入るように読んでいる。心平は、その読んでいる様子をじっと見ている。希の顔は、徐々に赤くなった。興奮しているのが分かる。その大きな瞳には、うっすらと涙が光っている。

「どうしよう？」

希がチラシを握り締めて、まるで心平に助けを求めるようにして見つめている。

「どうしようって言われても……」

心平は戸惑いつつも嬉しかった。カラオケ先生の歌に合わせて、踊りたくなるくらいだった。

というのは隣にいる並木が、目を血走らせて慌てているからだ。

「支配人、あなたがやらせているのか」

並木は、怒鳴るように希に言った。

「知らないわよ」

希は、つっかかるように言った。

「君か？」

今度は、心平に聞いた。

「いいえ」

心平は、平然と答えた。

「あれを見てみろ」

並木が赤く染まった目で、睨んだ方向には、テレビカメラを構えた人がいた。

テレビ局が取材に来ていた。カメラがマスターとカラオケ先生に向けられている。

今度は教室の生徒が、美空ひばりの「柔」を歌っている。「勝つと思うな、思えば負けよ……」と朗々と歌っている。

「どうしてこんなイベントを行われたのですか？」

記者がマイクをマスターに向けている。

「銀行に、この街を守ってほしいということです。銀行もこの街の大切な一員です。それならば同じように大切な一員である、ホテル・ビクトリアパレスを廃業に追い込もうとするのは、言語道断です。それを改めてほしいのです。私たちにとってホテル・ビクトリアパレスがいかに大切か銀行に理解してほしいのです」

マスターが言った。

「そうよ。ホテル・ビクトリアパレスがなくなったら、街の玄関が死んでしまうわ。困るのよ。うちの笑顔のソースも使ってくれているのよ」

カラオケ先生が、ちゃっかり自社製品をアピールしている。

マイクを持った記者がカメラに向き直り、「この変わった、歌と踊りのデモンストレーションは、地元に愛されているホテルを廃業に追い込もうとする銀行に対して抗議のために集まって来た人たちで行われています。街が寂れていくのを食い止めることが出来ないH市にとって、ホテルがなくなることに危機感を覚えた人たちが自主的に集まっているのです。この騒動は、どんな決着を迎えるのでしょうか。これからも目が離せません」と興奮しながら喋っている。彼の背後では、カラオケマイクを持った女性や扇子も持って踊る女性が、カメラ目線で動きまわっている。

「はい、ご苦労さん。コーヒーどうぞ」

マスターが記者にコーヒーを渡し、「お前が来てくれて助かったよ。これちゃんと流れるんだよな」と、なれなれしく話している。

「親父、大丈夫だよ。ワイドショーで流すから。いいネタだよ。こういう陽気で、勧善懲悪がはっきりしているネタは大歓迎さ」

記者は、一気にコーヒーを飲み干すと、「編集しに社に戻るわ」と言った。車に向かおうとした記者に焦った並木が小走りに近づく。

「あのう、放送されるのですか」

「ええ、いいネタですから」

「なんとかなりませんか？」

並木は、愛想笑いを浮かべて、腰を低くしている。

「あなたは誰ですか」

記者が聞いた。

「はあ、あの、その」

並木が困ったように言葉を詰まらせた。

「あら、並木さん、あなたが悪者銀行員なのよね」

カラオケ先生が親しげに声をかけた。

「奥さま、悪者だなんて、人聞きが悪いですよ」

並木は苦笑いした。

「この人、ミズナミ銀行の人ですか」

記者が聞いた。

「そうよ。ミズナミ銀行の並木さん。ホテルを廃業にしようとしている張本人よ」

「奥さまぁ、酷《ひど》いですよ」

並木が嘆いた。この騒ぎにどんどん人が集まってくる。

「カメラ、回して。彼を撮って」

記者が言うと、カメラが並木を狙った。

「このデモンストレーションをどう思われますか？」

記者が並木にマイクを突き付けた。

「な、なに、なにをするの？」

並木は、後じさりして、怯えた顔になった。

「なぜホテルを廃業に追い込もうとされるのですか？」

「カメラ、撮っているの？」

「はい、コメントください」

記者は容赦なくマイクを突き付ける。

「君、君、プライバシーの侵害だ」

並木は意味不明のことを唾を飛ばして叫んだ。

マスターとカラオケ先生が笑った。

「なにが、プライバシーの侵害なんですか？」

記者が容赦なく詰め寄る。

「いや、その、あのぉ、勝手に撮るな！」

並木は、両手で顔を覆い隠し、心平の方に逃げてきた。

カメラはしばらく心平の後ろに隠れるようにして腰を低くする並木を捉《とら》えていたが、再び記者に向けられた。

「ミズナミ銀行の担当者はコメントを拒否し、逃げてしまいました。以上、現場からでした」

記者が言った。

「花森君、来ていたのか」

マスターがにこやかな笑みを浮かべて声をかけてきた。

「ええ、楽しそうですね」

心平も笑みを浮かべた。

人だかりが、さらに増えた。本当にお祭り状態になっている。銀行の入り口も人で塞ぎかねない勢いだ。

心平は杉村の姿を認めた。深刻な顔をしてこちらを見つめていた。周囲の人の陽気さとは、隔絶された空気を醸し出していた。

支店長の蔭山が出てきた。これ以上ないほどの渋い顔をしている。

「営業妨害になります。お止めいただけませんか？」

蔭山が丁寧にマスターに頼んでいる。

カラオケ教室の生徒が、石川さゆりの「天城越え」を熱唱している。「天城ぃ越え……」と伸びのある声が響いている。マスターが、蔭山に向かって一歩進み出た。

「ご迷惑をおかけしています。しかし、これは私たち地元有志の已むにやまれぬ気持ちの現れとご理解いただきたい」とマスターは言い、「これをお受け取りください」となにやら厚い束を蔭山に差し出した。

「これは？」

蔭山の表情が強張った。

「商店街の有志などが署名しています。ホテル・ビクトリアパレスの存続願いです」

マスターが頭を下げた。

蔭山は、不承不承《ふしょうぶしょう》の様子で、その署名の束を受け取った。

「この騒ぎは、ホテルから頼まれたのですか」

蔭山がマスターに聞いた。

「いいえ、私たちが勝手にやっているものです」

マスターは表情を変えずに言い、心平をちらりと見た。

「本当に？　これは確かにお預かりしました」

「ぜひホテル・ビクトリアパレスを生かす方向で再検討をお願いいたします」

マスターは深々と頭を下げた。

2

「今日のあけぼののテレビの『ニュース朝一番』見た？」

郁恵が興奮気味に言った。

心平たちいつものメンバーは、仕事が一段落した夜の時間に会議室に集まっていた。

心平と木村、橋本、郁恵の四人だ。

「見たよ。見たよ」

木村も生き生きしている。

「あの記者はマスターの息子さんみたいですね」

心平が言った。

「へえ、やるな。あのマスター、ただもんじゃないと思っていたら、本当にただもんじゃなかったな」

橋本がうきうきとした笑みを浮かべている。

「あの並木の情けない格好まで映ってたね。笑ったよね」

木村が、してやったりという顔で言った。

「自信、持ちましたね」

心平は言った。

「こんなに地元の人たちに愛されていたんだって思うと、熱き血潮が涙になって迸《ほとばし》ってくるぞ」

橋本が腕を目に当て、泣き真似をした。

「本当よね。これまで私たちがやったことは間違いではなかったと思うわ……。でも……」

郁恵の表情が陰った。

「なにを心配しているんですか」

心平が聞いた。

「こんなことをして銀行が顔を潰されたって怒らないかしら」

「それはあるな。銀行ってのはプライドの塊だからな」

橋本が上目遣いに、なにか考えるような顔つきになった。

実は、デモンストレーションが終わった後、心平は、マスターに近付き、感謝の意を表した。

すると、マスターは、少し浮かない顔で「已むにやまれん気持ちで、みんなと相談して、こういうことになったが、終わってみて、本当にホテルの役に立ったか、心配だな。ただのおせっかいだったかもなぁ」と呟くように言っていた。

そう言われ、恐縮した心平にマスターは「役に立つといいけど」と微笑みながら肩を叩いた。

あのマスターの微笑みを思い浮かべながら、「でも今回のデモンストレーションは、僕たちがやったんじゃないですよ」と言った。今回のことは、完全にマスターたちの好意だ。

「そりゃそうだけど。ホテルが廃業に追い込まれそうになっているという情報はどこから漏れたのかってことはあるわね」

郁恵は、心平を一瞥《いちべつ》した。

「僕を疑っていますね？　その目は？」

心平は郁恵に向かって口を尖らせた。

「花森君が、今回のことの仕掛け人だとは思わないけど、マスターたちを刺激したことは事実ね。もしこれがいい方向に転がればいいけど、悪い方向に転がれば、花森君」と郁恵が心平を見つめ、指を差して言った。「あなたのせいよ」

「がーん！　そんなのあり！」

心平はのけぞった。

「みんなお疲れさま」

ドアを開けて希が現れた。車椅子を押している。そこにはオーナーの神崎がいる。

「オーナー！」

心平たちは声を揃えた。

「今日は、嬉しかったわね。あんな愉快なデモンストレーションを地元のお客様がやってくださるなんて、私、涙が出そうだったわ。ねえ、おじいちゃん」

希は、神崎のことを役職ではなく「おじいちゃん」と呼んだ。今は、孫娘に還っている気分なのだろう。

神崎は、迫力ある大きな目で心平たちをじろりと見渡した。この目で見られる度に心平は緊張してしまう。

「私も嬉しかった。地元に愛されていることが確認出来て満足だ」

神崎は掠《かす》れた声で言った。

「私たちも感激しました」

橋本が、にこやかな笑みで神崎に言った。

「銀行は、大変なことになったようなの」

希が言った。

「そうでしょうね。すっかり悪者になりましたからね。怒っているでしょうね。どんな様子なのですか」

郁恵が真面目な顔で言った。

「ワイドショーであのデモンストレーションが流されると、ミズナミ銀行の本店にはパンクするほどの苦情がきたそうよ。金融庁からも問い合わせがあったそうよ。並木さんが、すっかり萎《しお》れてたわ。気の毒なくらいだった」

希が言った。

「自業自得じゃない？」

郁恵があっさりと言い放った。

「ほう、塩谷さんは、結構、厳しいですな」

神崎が嬉しそうに笑った。

「そうですよ。オーナーがご存じなかっただけですよ」

木村がからかい気味に言った。

「ひどい！」

郁恵の悲鳴が、その場の笑いを誘い、空気を一層和《なご》やかなものにした。

「これからどうなるのでしょう。こうなると、私たちも覚悟して銀行に対して徹底抗戦しないといけないのかなと思います。そうでないとあんなに応援してくださっている地元の皆様に顔向けができません」

その場の空気を変えるように、橋本が口元をきりりと引き締めた。

「その通りだ。ここで銀行の要求に屈して、売却、そして廃業を受け入れたら、私はこの街にもう住めないだろうな」

神崎は厳しい表情で言った。

「実は、明日、銀行が来るの」

希が言った。

「明日？」

心平が言った。

「ええ、勿論杉村さんも来るわ」

「杉村さん、あの集まりを見ていましたね」

心平は言った。

「あら？　そうだったの？　私は気づかなかったわ」

「じっと深刻な顔でごらんになっていました」

「あの人、ドライだから、反対運動みたいなものは感情的だと判断し、関心がないと思っていたのにね」

希が、意外だという顔をして神崎を見つめる。

「私たちが頑張らないといけないと思うが、これからのことを考えると、銀行の支援がなければ、やっていけないことも厳しい現実だ。新しい設備にするにも、毎日の資金繰りも銀行が応援してくれてこそ順調になる。銀行が、今回のことで私たちのホテルを見直してくれればいい。しかし逆に、一切の関係を解消するとも言いかねん。そうなると、このホテルは、早晩、にっちもさっちもいかなくなる」

神崎が厳しい顔で言った。

「私もそのことを心配していたんです。銀行って異常にプライドが高い組織じゃないですか。今回のことで恥をかかされた、顔に泥を塗られたって思うんじゃないかって……」

郁恵が不安そうに言った。

「塩谷さんの言う通りだ。企業を経営していくというのは、いろいろな方々の支えが必要じゃ。人、物、金と言ってな。人、これはあなた方のような従業員の皆さん、私たちのような経営者、利用してくださるお客様、これらがひとつになることを意味している。物、これは仕入れ先、出入りしてくれている下請け会社、いいサービス、いい料理などがひとつになることだ。金は、銀行、株主、そして私たちの節約の努力がひとつになることだ。この人、物、金の三つがひとつになってこそ企業を支えられる。どれかひとつが欠けても、バランスがくずれるのだ」

神崎は、時に声を嗄《か》らしながら、ゆっくりと諭すように言った。

心平は、神崎の言葉を心に刻みつけた。忘れないようにしたいと思った。多くの人の支えがなければ、人は生きていけない。

「オーナーの話は、人の人生そのものですね」

心平は、率直な感想を言った。

神崎は、心平を見上げ、にこりと笑った。

「その通りだ。仕事は、人生そのものなのだ。多くの支えがあってこそ人生は豊かなものとなる。仕事すなわち企業も同じだ。仕事が花開き、豊かなものになるということは、花森君、君の人生も豊かになっているということだよ」

心平は、思わず「ありがとうございます」と頭を下げた。

「私は、今までの人生で今日ほど嬉しい日はなかった。これほどお客様に愛されているという実感を持てた日はなかったからだ。このホテルのために地域の人が、立ちあがってくれた。心の底から嬉しさがこみ上げてきた。これはひとえに君たちのような素晴らしい従業員と一緒にこのホテルを経営出来たからだ。君たちがいなければ、素晴らしいお客様もいない。私こそ、君たちに『ありがとう』と言いたい」

神崎は、車椅子の上で、やや不自由そうに体を曲げ、お辞儀をした。

誰もが、神崎の言葉を神妙な顔をして聞いていたが、心平には、神崎の言葉が遺言のように聞こえた。

「後は、私たち経営陣の責任だわ。明日、銀行がどう出てくるか？　私たちがどう交渉出来るかね」

希が晴れ晴れとした顔で言った。

「頑張ってください。私たちが付いていています」

心平は、希に向かって一歩前に踏み出した。

絶対にこのホテルを存続させるとあらためて心に固く誓った。当初、それは父母との約束を果たすためだったが、「仕事が人生そのもの」になりつつあるということを実感したからだ。このホテルがなくなるということは、一緒に働く仲間を失うことであり、マスターやカラオケ先生たち地域の人たちとの繋がりを失うことだ。それは心平自身の人生の否定だった。

「明日は、私たちも同席させてください」

心平は言った。

希が、困った顔をした。そして神崎を見た。

「いいだろう。ただしひと言も発したらダメだぞ。どんなことがあってもな」

神崎は、念を押し、微笑んだ。

3

心平は、体を固めて緊張して椅子に座っていた。隣には、木村、橋本、そして郁恵が座っている。誰もが、息さえしていないのかと思えるほどだ。じっと目を凝らしている。

目の前には、神崎と希の背中が見える。その向こうには蔭山、並木、杉村、そしてミズナミ銀行営業担当常務執行役員の犬上錬太郎《れんたろう》だ。銀行の本部で、H支店などの営業を指揮している責任者だと自己紹介した。でっぷりとした体つきで、いかにも重厚さを漂わせているが、顔には、こんな場に引き出されて迷惑しているという表情がありありだ。蔭山も並木も普段の勢いの良さはすっかり影を潜《ひそ》めている。犬上の一挙手一投足に気を遣っている様子は、滑稽さを超えて、哀れにさえ見えるほどだ。

彼らが入室してきた際、ちょっとした騒ぎがあった。

「彼らはなんですか？」

会議室に入るなり、並木が希に食ってかかったのだ。

心平たちが、会議室にちゃっかりと座っていたからだ。

希は、心平たちに振り向いた。「彼らは従業員の代表です」

「今日は、オーナーと支配人だけと話すことになっていませんでしたか」

並木は納得しない。

「今回の話し合いは、当ホテルの存続に関わるものです。彼らにも無関係ではありません。それに彼らはホテル存続のためには、ストライキも辞さないという覚悟を持っています。彼らにもこの場の話し合いを見せなければ、納得は得られません。発言はしないようにと厳に言い渡してありますので、ご寛容に願います」

希は、堂々と落ち着いて話した。

「ストライキ？」

並木の顔が、こわばり、蔭山を見た。

「オーナー、私たちを脅すのですか？」

蔭山が言った。

「脅すことなど考えてもおりません。私たちは、ミズナミ銀行の支えがなければ、経営出来ないことを身に染みて知っております。そのことを彼らにも教えるいい機会です。よろしく」

神崎はゆっくりと頭を下げた。

「蔭山さん、並木さん、よろしいじゃないですか。黙って座っていただく分にはなんの問題もありません」

杉村が明るい調子で言った。

「でも……」

蔭山は、犬上に視線を向けた。彼の意向を気にしているのだ。

「蔭山君、始めましょうか」

犬上は言った。

「は、はい」

蔭山は、慌てて席に着いた。並木もまるでゴム毬《まり》が弾けるように希の前から離れ、席に着いた。この会議の中心は、犬上であることが誰の目にも明らかになった。

心平は、瞬きをするのも惜しむかのように彼らを見つめていた。

ところが誰も発言しないで、時間が過ぎていく。沈黙だけが重々しく会議室を支配している。心平は、腕時計に目を遣った。始まってから二十分も経過している。

隣に座る木村の膝を指でつついた。木村が、心平に顔を向けた。心平が首を傾げた。木村も、首を傾げた。顔には、戸惑いが浮かんでいる。

「あの騒ぎは、痛手でしたな」

犬上がやっとひと言、言葉を発した。

「痛手でしたか？」

神崎が言った。

「ええ、ワイドショーで取りあげられましたからね」

「そうでしたね」

「あれはあなた方のやらせでしょう?」

犬上の目がギロッと動いた。その視線が心平を捉えたようで、心平はどきりとした。

「あれはお客様のホテルを愛する気持ちから出たもので、私たちは恐縮しておるのです」

神崎は掠れた声で言った。希はなにも発言しない。この会議は、神崎と犬上の協議の場なのだ。

「そうですか? お客様の気持ちから出た行動? それほどこのホテルが地元から愛されているとは存じ上げませんでした」

犬上は、蔭山に視線を移した。蔭山は、何度も頭を下げた。汗をかいているのか、ハンカチで何度も額《ひたい》を拭っている。感情がないかのように犬上は淡々と話を進める。

「銀行の得たマイナスは相当、大きなものがあります。世間から非難を受けました。金融庁からもお叱りを受けました」

「それは大変でしたな」

神崎も淡々と応じている。

「どうも信頼関係が切れてしまったようです」

犬上が神崎を冷たい目で見つめた。

「と、言いますと？」

神崎が聞いた。

「私どもとあなたのホテルの信頼関係です。修復は難しいでしょう？」

「当ホテルが、地元に愛されていることをご理解いただければ、信頼関係は回復出来るのではないですか」

「難しいでしょうね。銀行と企業との関係は微妙です。ちょっとした行き違いで関係が壊れます。今回もそれに相当するでしょう」

犬上は、ホテル・ビクトリアパレスを支援し続けるのは難しいと言っている。心平は、心臓の高鳴りを抑えることが出来ない。

「地元の人が悲しむでしょうな」

「また騒ぎが起きるとおっしゃるのですか」

「いえ、そういうことではありません。悲しむでしょうと申し上げただけです」

皮肉っぽい笑みを浮かべた犬上に対し、神崎は感情を抑えている。

「実は、本音を申し上げると、非常に不愉快なのです。こんな騒ぎで私どもの計画がとん挫してしまうことが……。頭取にもひどく叱責を受けましてね」

眉根を寄せた。

「犬上常務は、頭取候補なのです」

なにを思ったか、突然、蔭山が顔を上げ、神崎に言った。

犬上が「余計なことを言うな」と言うと、蔭山は、再び黙って顔を伏せた。

「ほほう、経歴に傷がつきましたか」

「そういうことではありませんが、実は、この際、H支店を廃止し、隣の支店と統合してしまおうかと考えているのです」

犬上は渋い顔をした。

「そんな、この街を捨てるのですか」

希が、初めて発言した。

犬上は希を睨むように見つめた。

「より効率化を目指しています」

「犬上さん、あなたの銀行は、大手銀行には珍しく地元に貢献する、地元と生きると経営目標に掲げられていますが、それに矛盾しませんか」

神崎の言葉に犬上は唇をへの字に曲げた。神崎が続ける。

「私のホテルは、地域の人たちに貢献することを目標に掲げてきました。銀行も同じではないですか。経営のために色々なことをなされるのは、仕方がない。しかし、全てはお客様があってのことではないですか。廃止も統合も、当ホテルへの支援中止も経営判断としてなされることには、私どもがとやかくいうことではありません。しかし、お客様の存在を忘れてはいませんか？」

「私どもは、より多くのお客様に十分なサービスを提供するために効率化を進めているのです」

犬上が答えた。

「平行線ですな」

「そのようです」

「ではどのようになさるおつもりですか」

「ホテルを売却する話は、引き続き進めさせていただきます。これ以上、騒ぎが大きくならないようにしていただきたい」

犬上は、冷たく言い放った。二人の間にはただならぬ雰囲気が漂う。心平ごときが入り込む余地なんてない。

「では私どもは、ホテルを守るために頑張らねばなりませんな」

神崎の力のこもった言葉に希も口を開く。

「どうしても支援出来ないというのですか？」

「計画通り進めます。ホテルより、地元の発展に貢献するプロジェクトを進行させます」

犬上が言った。

心平は、だんだんと体が熱くなってきた。膝が震え、握りしめた拳がさらに固くなった。

堪忍袋の緒が切れた。

「このホテルは、僕の人生です。このホテルで働くこと、仕事をすることは人生そのものです。僕の人生を壊さないでください」

心平は、一方的に話した。

「君、発言が許されていないはずだぞ」

犬上が心平を睨んだ。

「花森君……」

希が哀しい声で言った。

「君の人生などには関心がない。これはビジネスの話だ。より効率的に収益があがるかどうかの選択だ。それしかないのだ。君も仕事を人生と同一視しているなら、もっと冷静、冷徹になりたまえ。情ではなにも解決しない。情熱は、大事だがね」

犬上は言い放つと、冷ややかに笑った。

「本気でストライキします」

橋本と木村も立ちあがった。

「また騒ぎを起こすのかね」

犬上が言った。

「騒ぎではありません。抗議行動です。ミズナミ銀行の横暴に対する抗議です」

橋本が言った。

「前回のようにテレビは来ないぞ」

まるで放送局に手をまわしたと言いたげだ。

「地元の人は応援してくれます」

「せいぜい期待したらいいが、彼らも銀行取引がある。当行との取引がね。その内、当行と事を構えるデメリットを理解するだろう」

犬上は、あくまで強気だ。

「常務さん、効率とか利益とかで、もっと大事なものを見失っていませんか」

心平は涙が出そうになった。しかしここで泣いたら、犬上に負けてしまう。ぐっと我慢だ。

「君は若いから、どうしても情緒的になるね。それではダメだよ」

犬上は、薄く笑った。

「犬上さん、それは間違っていませんか。世の中は、若い人の情熱で動くものです。年寄りの理《り》ではなく、若者の情《じょう》が、いつも世の中を変化させるのです」

神崎は静かに言った。まるで合理主義者の犬上を諭すようだ。

「情でこのホテルの経営が上向きますか？」

犬上はあくまで冷たい。

冷ややかな空気が会議室を埋め尽くした。心平たちは、力なく席についた。

誰もなにも言わず、お互い睨みあったままだ。時間だけが過ぎていく。

このまま決裂してしまうのか。そうなればホテルの存続の希望はついえてしまう。

銀行側は、あのデモンストレーションでかえって頑なになってしまった。自分たちが立てた当初の計画に意固地になっている。

どうしたらいいのか……。

心平は、頭を抱えた。

犬上が腕時計を頻繁に見ている。眉間の皺も深くなった。苛々しているのが、ありありだ。

「納得は得られないみたいですね。帰りましょうか？」

犬上が隣の蔭山に囁いた。蔭山が、気難しい表情のまま頷いた。

「お待ちください」

今まで一言も発言しなかった杉村が立ちあがった。

「どうしたのかね、杉村君」

犬上が首を傾げた。

「常務、今回のホテル跡地開発プロジェクトは、私どものファンドとの協力関係が不可欠ですね」

「そりゃそうさ、あらためてなにを言うんだい？　もともとは君のファンドが熱心だったんじゃないか」

「それを聞いて安心しました」と杉村は軽く頷き、神崎に一礼した。

いったいなにを始める気なのだろうか。心平は、杉村に視線を集中した。

4

「マスター、そういうわけでぜひご協力をお願いします」

心平は、喫茶フランソワーズに来て、マスターに頼みこんでいた。

「俺がホテル・ビクトリアパレスの株主になるっていうのかい？」

マスターは、心平のカップにコーヒーを注ぎながら聞いた。芳しい香りが、心平の鼻をくすぐる。

心平が、マスターに相談しているのは、杉村が提案した計画だ。杉村は、犬上たち銀行側と神崎たちホテル側との話し合いが、膠着《こうちゃく》状態に陥り、決裂しようとしたその時に、新しい計画を提案したのだ。

「私は、このホテルに暮らして、客の様子や従業員の皆さんの仕事振りなどを見てきました」

杉村は神崎を見ながら、真剣な顔で話し始めた。

杉村によれば、希が支配人になってからホテルの雰囲気が変わり始めたという。

「温かい空気が流れるようになり、サービスを超えたサービスと言いますか、さりげない気配りが随所に感じられるようになったのです。従業員は、私とすれ違う時、通り道を空け、挨拶をし、会釈をする。ホテルに入ると、気持ちのいい笑顔。夜にお腹の具合が悪くなると、すぐに薬を持ってきてくれる。料理も美味しくなり、客も確実に増えている。良い変化が見られました」

杉村は、希に向かって微笑んだ。希が、どうそれに応えたかは心平からは見えない。

「そしてこの間のデモンストレーションです。私は、参加者を見ていました。誰もが幸福そうでした。このホテルを支援することに喜びを感じているのが分かりました。私は、リーダーの方と話をしました」

杉村はマスターと話をしたのだ。いったいどんな話をしたのだろうか。

「自主的に集まったのは本当です。みんなこのホテルが好きなのです。地域のために一生懸命やってくれます。そのホテルが苦しいなら、私たちが応援しないといけないのではないかと思ったのです。リーダーは、陽気に話してくれました。彼らは、純粋にホテルを守りたかったのです。こんなことは信じられません。でも本当なのです」

犬上が、不愉快な顔になっている。杉村がホテルを評価しているからだ。

「常務」と言って杉村は犬上を見つめる。「もしこのまま強引にホテルを売却し、跡地をショッピングセンターなどに変えようとしたら、間違いなく地元の人が反対行動を起こすでしょう」

「そんなこと織り込み済みだよ」

犬上は言い放った。

「そうでしょうか？」

杉村は、犬上に身を乗り出した。犬上は、険のある目つきになって杉村を見た。

「これからさらに上を目指される犬上さんにとってどんな小さなもめ事も、想像以上に大きな痛手になる可能性があります。誰が、足を引っ張っているか分かりませんからね。実際、この間のデモンストレーションがワイドショーに取り上げられただけで銀行内は大混乱ですし、すでに常務の責任を問う声が聞こえてきます」

杉村が、薄く笑うと、犬上は、口元をすぼめて不愉快そうな顔をした。

「もし本当に彼らがミズナミ銀行の対応を問題視してストライキを行い、それに地元の人たちが参加し、もう一度テレビに取り上げられたら？　常務はそんなことはないとおっしゃいましたが、可能性は全くゼロではありません。世間は、金融庁はどういう態度に出るでしょうか？　一度は見逃しても、二度目は見逃しません。そうなると銀行はどうするでしょうか？」

「杉村君、君は、何を言いたいのかね」

「私は、常務のために申し上げているのですが、銀行は、常務に責任を取らせるのではないでしょうか？」

杉村の冷静さがより一層、真実みを増している。

「馬鹿な……」

犬上が眉根を寄せ、声を震わせた。

「私は、常務の評価を一気に引き上げる方法を提案します」と杉村は、心平たちに視線を向けた。

心平は身がまえた。どんな提案だろうか。

「ホテルをどうしても存続してほしいと地域の人たちが主張するなら、彼らのホテルにすればいいのです」

「地域の人たちのホテル？」

蔭山が、杉村の言葉を繰り返した。

「地元の人たちに株式を発行して、何割か持っていただく。このホテルの資本金は二千万円です。例えば額面の五万円で百人を集めれば五百万円で二十五パーセントは地元の人が株主になります。正式には株式の価値評価をする必要があるでしょうが、私が試算したところでは額面の五万円で大丈夫だと思います。そしてミズナミ銀行は融資残高を維持する。私どもも二十五パーセントの出資をさせていただく。地元、銀行、ファンドが一体になってホテルを支えていく。その後、もし経営が順調に推移すれば、時価発行増資なども検討する。これの良い点は、銀行やファンドが地域経済を支えるところです。これはニュースになりますし、私自身、あのデモンストレーションに参加している人たちを見て、ぜひやってみたいという気持ちになったのです。金融庁も地域経済を支えるファンドの活用を勧めています。どうですか、常務?」

「杉村君は、ホテルを他の施設に変えるというプロジェクトの旗を降ろすのか」

犬上の顔に怒りの表情が浮かんでいる。

「今回は、地域経済を私たちが支える方法を選択する方が、常務にとってもベターでしょう。私は、これを新聞などで好意的な記事にしてもらえば、ミズナミ銀行の評価も上がると思います」と杉村は明るく言い、「ただし」と心平を見つめ、「百人の株主を集められますか? 集められなかったら、この計画は終わりです。元のホテル売却プロジェクトが動きだします。どうですか? 花森君、集められますか?」と聞いた。

心平は、すっくと立ち上がり、「集めます」と答えた。自信がある訳ではない。勢いだ。希が、振りかえって心平を見ている。

「よかった。出来ないと言われたらどうしようかと思いました」

杉村は微笑んだ。

並木がゆっくりと立ち上がり、犬上を見つめ「常務、今の杉村さんの計画を進めさせてください。実は、私たち営業担当者は、地元の人たちから、厳しく非難されているのです。肩身が狭い思いをしています。支店への来店客もぐっと減りました。定期預金などの解約も増えました。みんなあのデモンストレーションとそれがワイドショーで報道されたせいです。鬼とか、守銭奴などと言われる始末です。なんとかしないといけないし、なんとかしてください。支店長も同じ思いのはずです」と嘆願して、頭を下げた。

「なんだって、蔭山君、君も杉村君と同じ考えなのか？」

犬上が厳しい顔で言った。蔭山は、情けないほど怯えた態度で「実は、支店の運営に支障をきたすほど地元の評判が落ちまして……」と聞こえないほどの小さな声で言った。

犬上は、今にも爆発しそうなほど顔を真っ赤にし、「帰るぞ。そんなに評判が悪けりゃ、なおさらH支店は廃止するぞ」と声を荒らげ、会議室を出て行ってしまった。

蔭山と並木は、慌てて、彼の後を追いかけた。

「杉村さん……」

希が、心配そうに言った。

杉村は、いたって平気な顔だ。「大丈夫でしょう。冷静になれば、どっちが得か分かりますよ。合理的な人だから」

「地元の人に株を持ってもらうのか……」

神崎が呟いた。

「地元が支えるホテルになりましょう。私も及ばずながらご協力しますから」

杉村が神崎の手を握った。神崎の顔に赤味がさし、笑みを浮かべた。

そしてしばらくして銀行から、杉村案でいきたいと言ってきた。

犬上が、折れたのだ。


「銀行などと地元が支えるホテルか。俺たちのお祭り騒ぎの結果なんだな」

マスターが真面目な顔で言った。

「はい」

心平はにこやかに言った。

「それなら責任はあるな。カラオケ先生などと相談してみよう。目標は百人か」

「その通りです」

「うるさいぞ。俺たちは」

マスターが笑った。

「覚悟しています」

心平は、胸を張った。

「払い込み期限は十二月二十五日。クリスマスか……」

「いいクリスマスにしたいのです。よろしくお願いします」

心平は頭を下げた。

「よし、協力する」

マスターは力強く言った。

「私や支配人やみんながどこにでも説明に行きます」

なんとしてでも百人を集めねば、ホテルは売却されてしまう。そんなことは絶対にさせない。心平は強く誓った。

5

宴会場の一画に設けられた会場の受付に心平と郁恵が座っていた。木村や橋本たちは、一階で案内を担当している。

今日は、ホテルの株主になってもいいと思った人たちへの説明会が開催される。

杉村の地域が支えるホテル案で進められることになったものの肝心の株主候補が集まるか否かが問題だった。金額の問題よりも、数だ。杉村は百人という数字を義務付けた。百人というのは、思った以上に大きな数字だ。そしてなおかつ百人が集まれば、それが千人、万人となるのは容易だと杉村は言う。ホテル再建の核になり、従業員や経営者と一緒に未来を夢見てくれる客である株主が百人も集まれば、とてつもない大きな力になるということなのだろう。

さらに杉村は、条件を付けた。出入り業者や縁故を頼りに遠隔地の人を無理やり株主にしてはならないことだ。株主は、厳格に地域の人でなくてはならないというのだ。

「本気でこのホテルを支えてやろう、地元に必要だと思う人が百人いるかどうかで

が大勢集まってきます。しかし、それは誰も本当の友人ではありませんでした。彼いる時は誰からも見向きもされません。しかし、一旦、仙人の力で金持ちになると人本気で支えてくれるでしょうか。芥川龍之介の小説『杜子春』の主人公は、零落《れいらく》してす。それは人生と同じです。自分自身が、苦境に陥った時、いったいどれだけの人が

は、絶望的な虚しさを覚えますが、それもまた人生の現実です。私は、仕事は人生そのものだと思っています。良い時もあれば、悪い時もある。悪い時をいかに過ごすかが、その人の価値を決めていきます。それを考えると、このホテルの悪い時を一緒に手を携えて歩こうとしてくれる人が、地元に百人もいるということは大変なことです。この人たちが存在するということが、株主という形で証明されれば、このホテルは、必ず再建出来るでしょう」

杉村は、希や心平たちを集めて言った。株主になった地域の人たちを役員や顧問に迎え入れて、一緒に再建していくとの考え方も杉村は、心平たちに伝えた。

「何人集まってくれるかしら」

郁恵が、さすがに心配そうだ。

みんなで手分けして地元の人たちにお願いして回った。反応は、さまざまだったが、必死に頭を下げて、お願いをした。希をリーダーにして従業員全員が力を合わせ

て株主獲得に走った。坪井や平松たちのような下請けの会社の人達も頑張ってくれた。そしてひと月が過ぎた。

株主候補者リストには倍の二百人ほどの名前が並んでいる。今日は、その人たちを集めて、希や神崎が趣旨を説明し、彼らに株式の払い込み申込書を配付する。そして勝負は、今日から二週間後の十二月二十五日にどれだけの人が実際に株式購入代金を払い込んでくれるかだ。

「大丈夫ですよ。一所懸命にやりましたから」

心平は言った。不安はあったが、とにもかくにも二百人のリストが出来た。全員が集まってくれるとは思えないが、半分はいけるんじゃないか。

心平と郁恵は、同時に立ちあがった。マスターの顔が見えたからだ。

「いらっしゃいませ」

心平と郁恵は声を合わせて、同時に言った。

「調子はどうだい？」

「マスターが最初です」

「みんなに声をかけたからな」

「ありがとうございます」

心平は言った。

「あれ？　並木さん」

マスターの背中に隠れるようにしてミズナミ銀行の並木がいる。

「彼も、私と一緒に地元の人を回ってくれたんだよ」

「そうだったのですか」

あれほどホテル売却に固執していた並木が、マスターと一緒に努力してくれたのか。

「並木さん、ありがとうございます」

心平は微笑んだ。

「並木さんが頑張ってくれたのなら、心強いわ」

郁恵も喜んだ。

「マスターに叱られましてね。地元が寂れると、マスターのコーヒーも飲めなくなるでしょう？　それにH支店を他の支店に統合されては堪《たま》ったものじゃありませんからね。このプロジェクトが成功すれば、地域を支える銀行としてH支店も残留決定です」

並木が嬉しそうに言った。

「それじゃあ並木さんにとっても今日は大事な日ですね」

心平は言った。

「はい、今日は、支店長の蔭山が株主候補の人たちに挨拶すると言っていました。よろしくお願いします」

並木は、心平たちに頭を下げると、まるでマスターの秘書かなにかのように後ろからついて歩き、会場へと入って行った。

「マスター、チェック完了」

郁恵がリストのマスターの名前の頭部にチェック完了のマークを記入した。

マスターを皮切りに続々と人が集まってくる。たちまち会場はいっぱいになった。

リストに記載された二百人もの人たちが、欠けることなく集まってくれた。

受付を終了した心平と郁恵は、会場の隅に入った。

「感激ですね」

心平は郁恵に言った。

「そうよね。なんだか涙が出そうね」

郁恵が言った。

木村と橋本が近付いてきた。

「よかったな」

木村が言った。

「本当に嬉しいな。これはストなんかよりずっと効果的だよ」

橋本が笑った。

希が、会場正面に設けられた演壇に立った。その傍には、車椅子に乗った神崎がいる。

「始まりますよ」

心平は、緊張して希を見つめた。

希は、いつもよりもさらに輝いて見えた。とてもきれいだった。演壇に立ち、黒く澄んだ瞳をいっぱいに見開いて会場を見渡すと「みなさん、ありがとうございます」と口火を切った。

「このホテル・ビクトリアパレスは地元に愛され、支えられてきました。今回、その経営を地元の皆さまと一緒にやっていきたいと思い、地元の皆さまから株主を募らせていただくことになりました。ここに至りました経過は、後ほど詳しくご説明いたしますが、私は、こうして多くの皆さま方がお集まりいただいたことに非常に感激しています」

希の瞳が輝いているが、それは涙で潤んでいるのかもしれない。

心平でさえ、嬉し涙が溢れそうなのだから……。

6

三月中旬、H市駅からホテル、そしてそれに続く商店街は桜の花の飾りつけで埋め尽くされていた。

H市公園を中心会場として行われる桜祭りが開催されているのだ。商店街から公園までの道のりに延々と桜並木が続いている。今までそれはただ咲いて、散っていくだけだった。しかし、今年は違った。新しく株主になった地元の人たちと心平たちが協議して第一回H市桜祭りを開催することになった。

メインイベントは、桜の結婚式だ。この日に合わせて、桜並木の間を花嫁、花婿が練《ね》り歩く花嫁道中だ。全員が昔のように和装の姿で歩く。H市が木材の街として潤っていたころの名残として、木遣り節を歌う人たちが、先頭を歩く。公園に着くと、そこで結婚式が行われる。第一回は、木村と吉川比佐子が選ばれた。

もうすぐホテル・ビクトリアパレスから紋付き袴《はかま》姿の木村と白無垢の花嫁衣装の比

佐子が出発する。その後ろには、親族や希たちホテル関係者が正装で続く。

このイベントが決まった時、木村が心平に頼みにきた。その顔は、真剣で、いつもの木村らしくなかった。

「花森君のご両親に仲人を頼めないかな」

木村は言った。

「えっ」

心平は、絶句した。

「このホテルは、変わったよ。本当に良いホテルなりそうだ。いや、しなくちゃいけない責任が出来た。地元の人が二百人も株主になったのだからね」

当初、百人の予定が、はるかにオーバーしたのだ。あの日、説明会に来てくれた地元の人たち、二百人全員が株主になってくれた。

「こんなに変わったのはいつからかと考えたら、花森君、君が入社してからだと気づいたんだ。なにせ僕は、それまでホテルを辞めることしか考えていなかったんだからね」

木村は、じっと心平の顔を見つめた。心平は、恥ずかしくなって、顔を赤らめた。

「そんなことないです……」

心平は言った。

「いや、君は否定するけど、君の熱意がこのホテルを変えたことは事実だ。今度、桜祭りで花嫁道中をすることになったけど、先導役の仲人には、君のご両親になってもらいたいんだ。君は、このホテルにご両親を泊めるのが目標だったのだろう？　宿泊代は、僕が負担するさ。なにせ仲人だからね。これは僕の君への感謝と、そして君が輝いている日をご両親に見せてあげたいという僕の勝手な希望なんだ。叶えてくれよ」

木村が頭を下げた。

「僕の両親なんて、田舎者《いなかもの》ですよ」

心平は、嬉しさで胸が熱くなった。先輩から、こんなに温かく評価されていたのだ。

希に、木村からの頼みを相談したら、「それはいいこと」と直ぐに賛成した。「木村君もよく人をみているわね」とも付け加えた。

心平は、父に相談した。父は、当然、躊躇《ちゅうちょ》した。自分は、それほどの任に耐えられる人物ではないと言った。が、心平は息子のために引き受けてほしいと頼んだ。それでも父は、納得しなかった。遂に、希が父に頼んだ。父は、希から頼まれ、やっと承知してくれたのだ。

今、父と母は、着付け室で仲人の正装に着替えている。もうすぐ心平が迎えに行くことになっている。

朝、トップオブビクトリアで、父と母に「よく眠れた？」と聞くと、「仲人のことを考えると、緊張で眠れなかったぞ」と父は答えた。母は微笑みを浮かべて、「ここの朝食、美味しいわね」と言った。

「地元の野菜や肉や卵を使っているからね」

ウエイター姿で、父や母のためにコーヒーを運んできた心平は胸を張って答えた。

「お前にコーヒーを運んでもらうなんて夢のようだよ」

父も母も目を細めた。

「お父さん、お母さん、今日はよろしくお願いします」

橋本と河原が挨拶に来た。

父と母が、慌てて立ち上がって、頭を下げた。

「これを食べてみてください」

コック姿の河原が、鶏のささみソテーを運んできた。

「地元の農家の鶏ですよ。当ホテルは、朝食にひと手間もふた手間もかけるようにしたのです。バイキング形式で、ありきたりの食材を並べるのを止めました。地元の食材を丁寧に調理してお出しするようにしたら、これが人気になりましてね。朝食目当てのお客様がいらっしゃるくらいです。これも花森君のアイデアです」

「河原さん、恥ずかしいですよ」

「なにが恥ずかしいものか。本当のことだ」

父と母は、美味しそうにささみのソテーを口にしていた。


「さあ、迎えに行くかな」

心平は着付け室のある五階に向かった。

「その前にマスターにも声をかけるかな」

心平は、エレベーターを降りると、同じ階にあるサロンの扉を開けた。

マスターの要望で作った地元の人たちのためのサロンだ。株主たちを中心に将棋や囲碁をする年配の人たちが集まってくる。

今日は、花嫁道中に参加する地元の人たちが正装で集まっている。

「みなさん、今日はご苦労様です」

ドアを開けると、マスターやカラオケ先生たちが一斉に振り向いた。

「おう、もうすぐ始まるな」

「はい、そろそろ一階へお集まりください」

「花森君は？」

「私はホテルで皆さまの帰りをお待ちしていますから」

心平はにこやかに言った。

「そうか、花森君はホテルで仕事か。少し残念だが、俺たちで今日の桜祭りは大いに盛り上げるぞ。Ｈ市公園の満開の桜の下での結婚式は素晴らしいものになるさ。さあ、行くか」

マスターがみんなに声をかけた。

「頑張ってください」

心平は明るく言い、着付け室に向かった。

「お父さん、お母さん、準備出来た？」

ドアを開け、着付け室に入った。そこには紋付き袴姿の父、黒の留袖姿の母が立っていた。

「馬子《まご》にも衣装だね」

心平がからかい気味に言った。

「それはこっちの言うセリフだ」

父が笑いながら言った。

「お父さん、行きましょうか」

母が、父を促した。

「心平」と父は、心平に向き直り、真剣な顔で「いいホテルに勤められてよかったな」と言った。

「ありがとう」

心平は、はにかんだように微笑んだ。

父と母と一緒に一階に降りると、今日の主役である木村と比佐子が、ホテル入り口に飾られた金屏風の前に並んで立っていた。多くの人から祝福の言葉を受けている。その傍に桜の花をあしらった華やかな振り袖姿の希が、神崎の乗った車椅子を支えていた。

「支配人、どうしたのですか?」

「どうしたってなによ?」

「その振り袖姿は?」

心平の質問に、希は、ぷっと膨れて「失礼ね。私はまだ振り袖を着ていいのよ。娘なんだから、ねえ、おじいちゃん」と神崎に言った。

「そうじゃな、いつまで娘でいてくれるのかのう」

神崎が、目を細め、微笑みを浮かべ、希を見上げた。

「いつまでも、よ。おじいちゃん」

希は言った。

そこに杉村が現れた。やはり紋付き袴姿だ。なかなか凜々しい。

「杉村さんも参加するんですね」

「このホテルの株主で、かつ経営顧問だからね」

杉村のファンドは、ホテル・ビクトリアパレスに出資した。そして杉村は経営顧問に就任した。

杉村は、希と並んだ。

「一緒に歩いていいかい」

杉村が希に言った。

「仕方がないわね。顧問だもの」

希が微笑んだ。

「花嫁道中出発します！」

ホテルの前で大きな声を上げたのは、並木だ。並木も紋付き袴姿だ。並木も花嫁道中の運営委員の一人だ。地元に伝承されている木遣り節が聞こえてきた。木村と比佐子が、心平の父と母に手を取られて、ホテルから出ていく。

「今日、一日、みんなが幸せでありますように」

心平は心から祈りながら、ホテルマンらしく、深く腰を曲げ、礼をした。仕事は、人生そのものだ。ということは、このホテルが自分の人生そのものだ。このホテルの輝きが、自分の人生の輝きだ。

ホテル・ビクトリアパレスにようこそ！

心平は、自分の心に強く叫んだ。その時、足元に、開かれたドアから風に誘われたのだろうか、桜の花びらが、ひとひら舞いこんできた。

●参考文献

『リッツ・カールトンが大切にするサービスを超える瞬間』(高野登著/かんき出版)
『伝説のホテルマンが語る「一流の仕事」ができる50の言葉』(林田正光著/イースト・プレス)
『最新ホテル企業会計完全マスター――真にグローバルなホテル・旅館経営のために』(山口祐司監修・北岡忠輝、青木章通共著/柴田書店)
『基礎からわかるホテルマンの仕事』(高月璋介著/柴田書店)
『ホテル・ビジネス・ブック――MMH Master of Management for Hospitality』(仲谷秀一、森重喜三雄、杉原淳子共著/中央経済社)
『新入社員テキスト』(プリンスホテルズ&リゾーツ)

プリンスホテルの木下豊さん、山口美和子さん始め、多くの社員の皆さんに取材のご協力をいただきました。お忙しい中、本当にありがとうございました。この場を借りてお礼申し上げます。

江上剛

本書は文庫書下ろし作品です

|著者| 江上 剛　1954年、兵庫県生まれ。早稲田大学政治経済学部政治学科卒業後、第一勧業銀行（現・みずほ銀行）に入行。人事部、広報部や各支店長を歴任。銀行業務の傍ら、2002年には『非情銀行』（新潮文庫）で作家デビュー。その後、2003年に銀行を辞め、執筆に専念。他の著書に、『不当買収』『小説 金融庁』『絆』『再起』『企業戦士』（すべて講談社文庫）などがある。

リベンジ・ホテル

江上《えがみ》 剛《ごう》

講談社文庫

定価はカバーに
表示してあります

2012年3月15日第1刷発行
2012年4月10日第3刷発行

発行者――鈴木　哲

発行所――株式会社　講談社

東京都文京区音羽2-12-21　〒112-8001

電話　出版部（03）5395-3510
　　　販売部（03）5395-5817
　　　業務部（03）5395-3615

Printed in Japan

デザイン―菊地信義

本文データ制作―講談社デジタル製作部

印刷―――豊国印刷株式会社

製本―――株式会社国宝社

ISBN978-4-06-277226-6

講談社文庫刊行の辞

二十一世紀の到来を目睫に望みながら、われわれはいま、人類史上かつて例を見ない巨大な転換期をむかえようとしている。

世界も、日本も、激動の予兆に対する期待とおののきを内に蔵して、未知の時代に歩み入ろうとしている。このときにあたり、創業の人野間清治の「ナショナル・エデュケイター」への志を現代に甦らせようと意図して、われわれはここに古今の文芸作品はいうまでもなく、ひろく人文・社会・自然の諸科学から東西の名著を網羅する、新しい綜合文庫の発刊を決意した。

激動の転換期はまた断絶の時代である。われわれは戦後二十五年間の出版文化のありかたへの深い反省をこめて、この断絶の時代にあえて人間的な持続を求めようとする。いたずらに浮薄な商業主義のあだ花を追い求めることなく、長期にわたって良書に生命をあたえようとつとめるところにしか、今後の出版文化の真の繁栄はあり得ないと信じるからである。

同時にわれわれはこの綜合文庫の刊行を通じて、人文・社会・自然の諸科学が、結局人間の学にほかならないことを立証しようと願っている。かつて知識とは、「汝自身を知る」ことにつきていた。現代社会の瑣末な情報の氾濫のなかから、力強い知識の源泉を掘り起し、技術文明のただなかに、生きた人間の姿を復活させること。それこそわれわれの切なる希求である。

われわれは権威に盲従せず、俗流に媚びることなく、渾然一体となって日本の「草の根」をかたちづくる若く新しい世代の人々に、心をこめてこの新しい綜合文庫をおくり届けたい。それは知識の泉であるとともに感受性のふるさとであり、もっとも有機的に組織され、社会に開かれた万人のための大学をめざしている。大方の支援と協力を衷心より切望してやまない。

一九七一年七月

野間省一

講談社文芸文庫

里見弴
荊棘の冠
実際の事件を基に、美しき天才ピアニストの少女とその父に焦点をあて、「天才よりも大事なものがある」という考えを軸とし、人間の嫉妬や人生の機微を描いた作品。
解説＝伊藤玄二郎　年譜＝武藤康史
さＬ4
978-4-06-290151-2

川村二郎
アレゴリーの織物
二〇世紀最大の批評家ベンヤミンと、彼のよき理解者アドルノ。今なお世界に影響を与え続ける思想家を、日本でいち早く受容した著者が敬愛を込めて論じた名著。
解説＝三島憲一　年譜＝著者
かＧ4
978-4-06-290154-3

吉行淳之介・編
酔っぱらい読本
古今東西、酒にまつわる日本の作家22人によるエッセイと詩を精選。飲んでから読むか？　読んでから飲むか？　綺羅星の如き作家群の名文章アンソロジー。
解説＝徳島高義
よＡ12
978-4-06-290153-6

講談社文庫　目録

衿野未矢　男運を上げる15歳ヨリウエ男〈悩める女の厄落とし〉
衿野未矢　恋は強気な方が勝つ!
R・アンダーソン 江國香織 訳 荒井良二 画　レターズ・フロム・ヘヴン
江國香織・文 松尾たいこ・絵　ふりむく
江上剛　頭取無惨
江上剛　不当買収
江上剛　小説 金融庁
江上剛　絆
江上剛　再起
江上剛　企業戦士
江上剛　リベンジ・ホテル
遠藤武文　プリズン・トリック
大江健三郎　新しい人よ眼ざめよ
大江健三郎　宙返り(上)(下)
大江健三郎　取り替え子《チェンジリング》
大江健三郎　鎖国してはならない
大江健三郎　言い難き嘆きもて
大江健三郎　憂い顔の童子
大江健三郎　河馬に嚙まれる

大江健三郎　M/Tと森のフシギの物語
大江健三郎　キルプの軍団
大江健三郎　治療塔
大江健三郎　治療塔惑星
大江健三郎　さようなら、私の本よ!
大江健三郎・文 大江ゆかり・画　恢復する家族
大江健三郎・文 大江ゆかり・画　ゆるやかな絆
小田実　何でも見てやろう
大橋歩　おしゃれする
大石邦子　この生命ある限り
沖守弘　マザー・テレサ〈あふれる愛〉
岡嶋二人　焦茶《こげちゃ》色のパステル
岡嶋二人　七年目の脅迫状
岡嶋二人　あした天気にしておくれ
岡嶋二人　開けっぱなしの密室
岡嶋二人　とってもカルディア
岡嶋二人　チョコレートゲーム
岡嶋二人　ビッグゲーム
岡嶋二人　ちょっと探偵してみませんか

岡嶋二人　記録された殺人
岡嶋二人　ツァラトゥストラの翼〈スーパー・ゲーム・ブック〉
岡嶋二人　そして扉が閉ざされた
岡嶋二人　どんなに上手に隠れても
岡嶋二人　タイトルマッチ
岡嶋二人　解決まではあと6人〈5W1H殺人事件〉
岡嶋二人　なんでも屋大蔵でございます
岡嶋二人　眠れぬ夜の殺人
岡嶋二人　珊瑚色ラプソディ
岡嶋二人　クリスマス・イヴ
岡嶋二人　七日間の身代金
岡嶋二人　眠れぬ夜の報復
岡嶋二人　ダブルダウン
岡嶋二人　殺人者志願
岡嶋二人　コンピュータの熱い罠《わな》
岡嶋二人　殺人!ザ・東京ドーム
岡嶋二人　99%の誘拐
岡嶋二人　クラインの壺
岡嶋二人　増補版 三度目ならばABC

2012年3月15日現在